네모의 미국 여행

Nemo en Amérique
by Nicole Bacharan and Dominique Simonet

This translated edition published by arrangement with Editions du seuil, paris through THE agency, seoul.

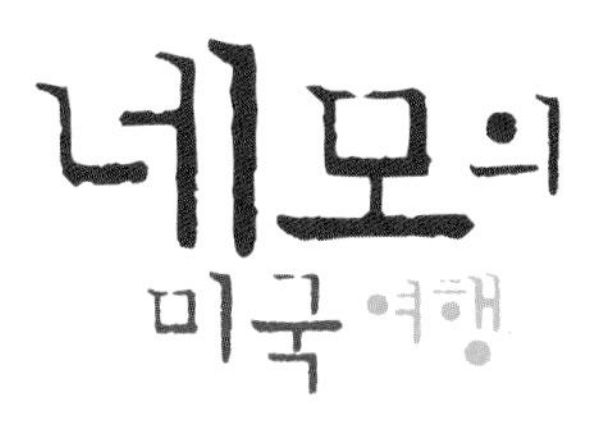

니콜 바샤랑 · 도미니크 시모네 지음
이수련 옮김

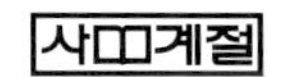

차례

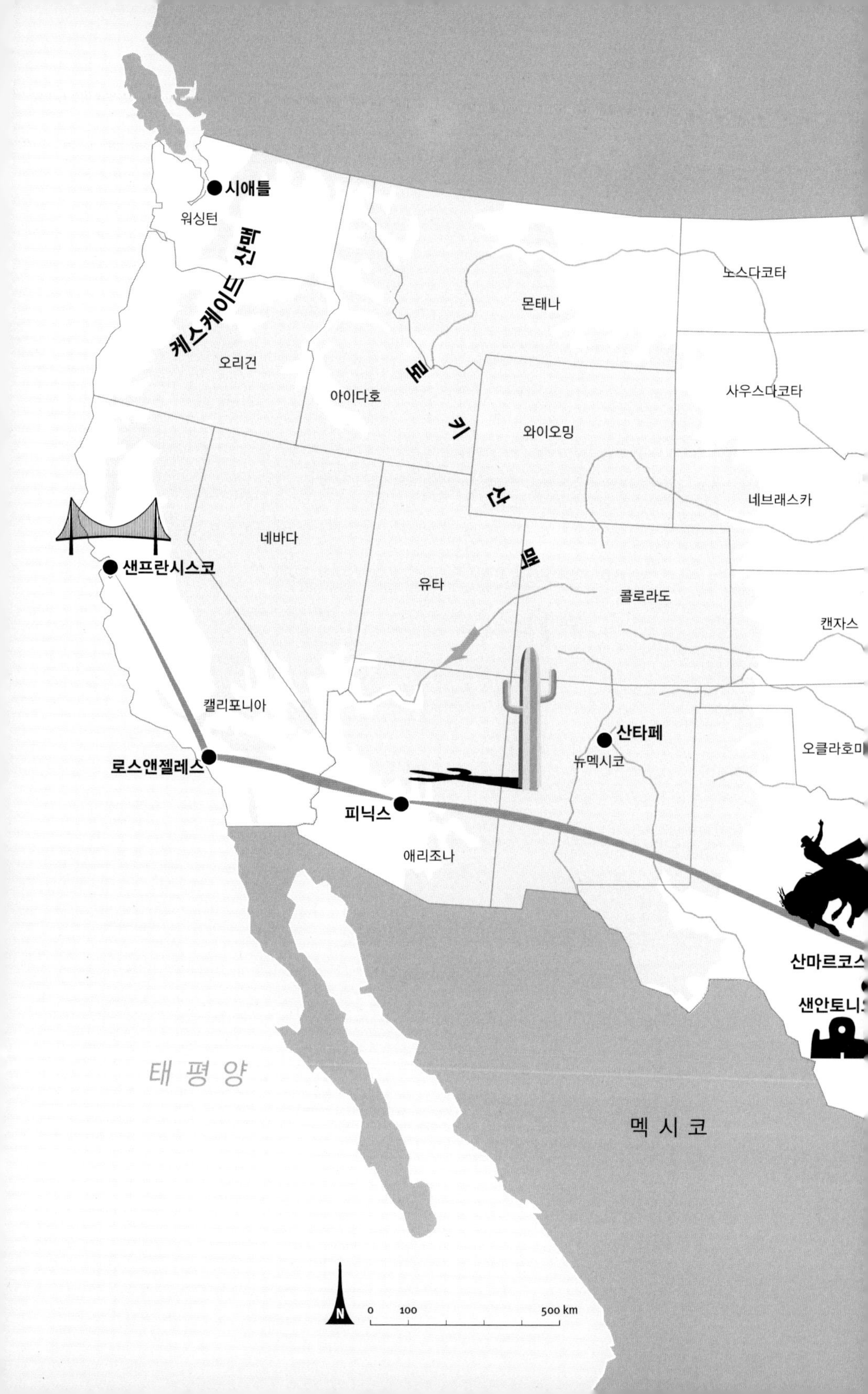

시애틀
워싱턴
케스케이드 산맥
오리건
몬태나
노스다코타
아이다호
로
키
산
맥
와이오밍
사우스다코타
네브래스카
네바다
유타
콜로라도
캔자스
샌프란시스코
캘리포니아
로스앤젤레스
피닉스
산타페
뉴멕시코
오클라호마
애리조나
산마르코스
샌안토니
태 평 양
멕 시 코
N
0
100
500 km

캐 나 다
뉴햄프셔
메인
버몬트
매사추세츠
코네티컷
보스턴
로드아일랜드
미시간
위스콘신
뉴욕
뉴욕
디트로이트
필라델피아
펜실베이니아
시카고
뉴저지
오하이오
워싱턴 D.C.
일리노이
인디애나
웨스트버지니아
버지니아
애팔래치아 산맥
미주리
세인트루이스
켄터키
노스캐롤라이나
테네시
대 서 양
사우스캐롤라이나
아칸소
애틀란타
미시시피
앨라배마
조지아
케이프
커내버럴
루이지애나
뉴올리언스
휴스턴
플로리다
마이애미
우리의 여정
시코 만

1. 린다

걱정하지 마세요.

그냥 잠깐 돌아다니다 올게요.

벌은 내일 주세요.

린다

언제나 그랬던 것처럼 방문 앞에 쪽지를 두고 나왔나? 확실치가 않았다. 광고 전단지 뒷면에 내용을 급히 휘갈겨 쓴 다음, 'I love New York'이라는 글귀가 새겨진 오래된 파란색 야구 모자를 챙겼었다. 그 모자는 밤 외출에 없어서는 안 될 물건이었다. 그래! 린다는 그제야 기억이 났다. 행여 엄마를 깨울까 봐 살금살금 나오면서 문턱 위에 쪽지를 잘 두었다.

어쨌든 한 번도 들킨 적이 없었기 때문에 부모님은 린다가 밤에 살짝 외출한다는 사실을 꿈에도 몰랐다. 그 날 밤도 아빠는 미국의 다른 쪽 끝으로 며칠씩이나 출장을 가야 하는 '사업' 때문에 집에 없었다. 아빠는 늘 그랬다. 이번에는 어디에 계실까? 캘리포니아? 미시시피?

린다는 한숨이 절로 나왔다. 아빠 주변에는 온통 '아주 중요한' 사람들뿐이었다. 한결같이 회색 정장에 줄무늬 넥타이를 맨 사업가들, 줄담배를 피워 대는—정말 식상한 모습이다—뚱뚱한 부동산 개발업자들, 석유 회사를 가지고 있으면서 뉴욕에서도 보란 듯이 카우보이 모자를 쓰고 다니는 텍사스의 엄청난 갑부들—그런 사람들은 전용 제트기로 세계를 돌아다니다가 일요일이면 드넓은 자기 목장에서 마구간 관리인들과 함께 "야호!" 소리를 지르며 로데오 시합을 벌인다—그리고 텔레비전에 나오는 것보다 더 심하게 거들먹거리는 정치가들, 정치가들, 정치가들……. Boring! 정말 지루하기 짝이 없는 세상이다!

뉴욕에서 가장 명성 높은 변호사 중 한 명인, 그 유명한 에드워드 T. 해링턴의 사랑스러운 딸 린다가 파크 애비뉴의 으리으리한 건물 34층, 아주 멋지게 꾸며 놓은 이 대형 아파트에서 왜 그렇게 틈만 나면 도망치려고 하는지, 왜 그렇게 다급하게 자기네 '패거리'와 그들만의 비밀 장소에서 만나려고 하는지 사람들은 다 이해할 것이다. 그렇다, 누구라도 이해할 수 있는 일이다. 물론 린다의 부모님만 빼고 말이다.

린다는 기회가 생길 때마다, 그러니까 아빠가 출장을 가고, 엄마가 낮 동안에 열정적으로 활동한 나머지—조깅, 쇼핑, 자선사업,

헬스, 요가, 예술 사업 등—녹초가 되어 침대에 쓰러지고 나면, 까치발로 집에서 나와 자전거를 수직으로 세워 들고서 승강기를 타고 조심스럽게 1층으로 내려오곤 했다.

그 다음엔 린다만의 요령을 사용할 차례였다. 뉴욕의 고급 건물들이 보통 그렇듯이 밤낮으로 보초를 서는 경비원 아저씨의 주의를 다른 데로 돌리기 위해 휴대전화로 경비실에 전화를 거는 것이다. 경비원 아저씨가 전화를 받으려면 일어나서 홀 쪽으로 등을 돌려야 했기 때문에, 린다는 자전거를 들고 건물 입구로 살금살금 빠져나갈 시간을 벌 수 있었다. 휴! 드디어 자유였다. 세상에서 가장 들떠 있고, 흥미진진하며, 미쳐 있는 도시, 절대로 잠드는 법이 없는 도시, 린다의 도시, 뉴욕에서의 자유였다!

밤 11시, 파크 애비뉴는 자동차와 리무진, 그리고 하수구 위를 뛰어오르며 내달리다가 빨간 불이 들어오면 바퀴를 갈아 대며 멈춰 서는 노란 택시들로 아직도 북적거렸다. 뉴욕 사람들이 극장에서 나와 밤을 더 즐기러 바를 찾는 시간이었고, 넋을 잃은 관광객들, 두 공연 사이의 예술가들, 밤의 노숙자들에게 모든 것이 시작되는 시간이었다.

린다는 자동차들 틈으로 슬그머니 끼어들어 70번 도로를 탄 다음 거침없이 보도 위로 내달렸다. 열심히 탁자를 닦고 있는 비치 카페의 종업원에게 살짝 인사도 건네고, 렉싱턴 애비뉴를 가로질러 3번가로 건너갔다. 거기서부터 이스트 강*이라는 이름의 해협까지는 완만한 내리막길이어서 더 이상 페달을 밟을 필요가 없었다.

앞으로 달려 나갈수록 거리는 점점 한산해졌다. 린다는 힘들이지 않고 속도를 냈다. 단지 그 물건 때문에 배낭이 무겁게 느껴질 뿐이었다. 그제야 린다는 슬슬 후회가 됐다. 아빠의 그것을 '빌려 오지' 말았어야 했는데……, 길거리로 들고 나오는 일은 더더욱 하지 말았어야 했는데……. 하지만 어쩔 수 없었다. 이미 저질렀으니까!

소화전 위에 멍하니 앉아 있던 덩치 큰 사내가 린다가 지나가는 모습을 유심히 바라보았다. 그런 눈길쯤이라면 린다는 익숙했다. 이제 열다섯 살인데다 누구나 이렇게 말했다. "넌 나이보다 성숙해 보여!" 린다는 자기의 긴 다리와 커다란 갈색 눈이 남자 애들의 관심—항상 찬미는 아니지만—을 부추기고 줄곧 쳐다보게 만든다는 것을 알고 있었다. 그건 뭔가……그렇다, 식탐 같은 것이었다. 마치 린다가 사탕이나, 아니면 더 나쁘게는 먹잇감이라도 된다는 듯이……. 린다는 대개는 모르는 체했지만, 가끔씩 아주 따끔하게 쏘아붙이기도 했다. 그런 애들은 그 정도로도 금세 잠잠해졌다.

이번에도 린다가 눈길 한번 주지 않자, 그 남자는 어쩔 수 없다는 듯 머리를 흔들 뿐이었다. 이런 밤 시간에는 훨씬 더 조심해야 한다는 걸 린다도 잘 알고 있었다. 린다가 지금 어디로 가고 있는지를 알게 된다면, 린다의 부모님은 아마 소스라치게 놀랄 것이다. 밤에 이스트 강 주변은 린다 같은 소녀에게는 자칫 위험한 장소가 될 수

* 이스트 강 : 뉴욕 시 맨해튼 섬과 롱아일랜드 사이의 해협을 말한다.

있었다. 하지만 걱정 없었다. 린다에겐 친구들이 있었으니까.

린다는 큰 병원 앞에서 꺾어 돌아 북쪽으로 몇 구역을 거슬러 올라갔다. 그리고 Dead End(막다른 길)라는 표지판으로 가로막혀 있는 81번 도로의 마지막 구간으로 접어들어 육교에 도착했다. 아래쪽에서 자동차 소리가 희미하게 들려왔다. FDR Drive, 프랭클린 델라노 루스벨트 순환 고속도로가 마치 밖으로 기어 나오는 뱀처럼 터널에서 빠져나와 있었다. 육교 맞은편으로 가면 밤 조깅을 하는 사람들이 가쁘게 숨을 헐떡거리는 강변 산책로에 다다를 수 있었다.

이스트 강의 검은 강물이 배에서 새어 나오는 휘발유 냄새와 바다 냄새를 풍기며 반짝였다. 린다는 몸이 부르르 떨렸다. 자전거를 어깨에 걸머메고 육교 밑으로 살그머니 들어가서 다리 아치 사이에 자전거를 내려놓았다. 자전거를 숨기기엔 안성맞춤이었다. 그러곤 재빨리 산책로로 다시 올라가 공원을 향해 성큼성큼 걸었다.

"Hey, Lin!"

그림자 하나가 무리에서 떨어져 나왔다. 제프리가 린다에게 다가왔다. 언제나 믿음직스러운 제프리…….

린다는 제프리를 보자 마음이 놓였다. 제프리는 린다보다 석 달 일찍 태어났지만, 키가 린다 어깨까지밖에 안 왔다. 센트럴 파크 콘서트 때 만난 이후로 제프리는 단 한 번도 약속을 어긴 적이 없었다. 북쪽으로 몇 구역 더 올라간 곳에 자리한 흑인 구역, 할렘에 살고 있는 그 애는 언제나 자기를 바래다줄 친절한 택시 운전사나 배달원을 찾아내곤 했다. 혼혈아인 그 애의 작은 얼굴과 곱슬곱슬한 머리, 특이한 초록색 눈의 매력을 모른 척할 수 있는 사람은 아무도 없었다.

제프리가 눈짓으로 묻자, 린다는 배낭을 톡톡 쳐 보였다. 그렇다, 린다는 그것을 가지고 왔다…….

둘은 공원의 나무숲 사이, 철책을 둘러쳐 놓은 자갈 천지 개 사육장과 농구장 사이로 들어갔다. 냄새나는 배설용 대형 모래판. 낮이면 할머니들이 개를 풀어 놓고 볼일을 보게 하는 곳. 우웩!

패거리의 다른 애들은 벌써 와 있었다. 여자 애들은 화장품 주머니를 주고받고, 다들 담배를 돌려 피우며 짐짓 태연하게 차례차례 연기를 들이마시고 있었다. 린다는 코를 자극하는 매콤달콤한 냄새에 속이 조금 메스꺼웠다. 정말이지 린다는 평소와 달랐다.

제프리도 어딘지 모르게 불편해 보였다. 린다에게 턱으로 살며시 거기서 100발자국쯤 떨어진 곳에 있는 또 다른 무리를 가리켰다. 작은 숲 뒤로 살짝 가려져 있는 남자 애들 일곱에 여자 애 하나. 린다는 다리를 떨면서 어깨를 거들먹거리는 덩치 좋은 남자 애를 알아보았다. Missing Link였다! 아, 이보다 더 재수가 없을 수는 없었다. 그 애였다!

미싱 링크, '빠진 고리'라는 뜻의 이 말은 진화에서 원숭이와 인간 중간 단계 어딘가에 있는 원시인을 가리킨다. 그 애의 긴 이마와 네모진 턱, 그리고 특히 멍한 눈빛 때문에 린다와 린다의 패거리는 그렇게 별명을 붙였다. 그 역겨운 애가 몇 주째 이 근처에서 어슬렁거리고 있었다.

신경 쓰이는 건, 미싱 링크와 그 일당이 화장품 주머니나 담배가 아닌 다른 것을 주고받고 있다는 사실이었다. 그 애들은 돈과 '물건'을 가지고 있었다. 그 물건이 뭔지는 정확히 알 수 없었다. 칼? 총? 게다가 그 애들은 부잣집 애들을 싫어했다. 하지만 두 패거리가 진짜로 맞붙은 적은 지금까지 한 번도 없었다.

무슨 바보 같은 짓이람! 정말 바보 같아! 린다는 마음속으로 스스로를 꾸짖었다. 그건 절대로 가지고 나오지 말았어야 했다. 며칠 전에 린다는 친구들 앞에서 잘난 척을 했다. 자기 아빠한테 하나가 있다고……. 그럼, 빌려 올 수 있지……, 그래, 다음에 보여 줄게, 그리고 이제 모두가 자기를 바라보고 있었다. 이제 와서 발뺌을 할 수도 없었다.

친구들이 린다를 둘러쌌다. 누군가 라이터를 켰다. 린다는 말없이 배낭을 열고 물건을 싸고 있던 섀미* 가죽을 풀어 헤쳤다. 작은 불빛에 무기가 일순간 빛났다.

"Beretta 92."

린다가 속삭였다.

* 섀미 : 무두질해서 부드럽게 만든 염소나 양의 가죽.

"Waooow!"

제프리가 휘파람을 불며 감탄했다.

권총이 아이들 손에서 손으로 옮겨 갔다. 총은 크기에 비해 가벼웠다. 그리고 장전되어 있었다. 제프리는 전문가라도 되는 듯이 아주 꼼꼼히 들여다보았다.

자, 이 정도면 됐다. 린다가 손을 내밀어 총을 다시 받으려는 순간 빈정거리는 소리가 들려왔다. 린다는 멈칫했다.

"Hey, hey, hey……."

미싱 링크가 신발 고무창을 질질 끌면서 슬그머니 다가와 린다 뒤에 서 있었고, 그 뒤로는 비굴하게 '대장'을 따라온 패거리들이 보였다.

린다의 친구들은 본능적으로 뒷걸음질쳤다. 제프리만 빼고. 린다는 눈을 덮은 머리카락을 쓸어 올리며 미싱 링크와 마주 섰다.

"Hey, hey, hey……."

그 원시인이 린다를 뚫어지게 쳐다보면서 한 번 더 똑같은 소리를 냈다.

짐승 같으니라고! 말을 할 줄 모르는 거야, 뭐야? 그나저나 어떻게 해야 하지? 소리를 질러야 하나? 도망을 쳐야 하나? 이 덜떨어진 놈의 얼굴을 배낭으로 한 대 쳐야 하나? 린다는 재빨리 머리를 굴려 보았다. 다른 사람들은 이런 경우에 어떻게 하지?

린다는 몸이 굳어 꼼짝할 수 없었다.

하지만 미싱 링크의 눈은 이미 린다를 떠나 있었다. 눈살을 고약하게 찌푸리고서 제프리를 노려보았다. '거의 흑인'인 애가 돈 많은 백인 애들 패거리에 끼어 있는 게 맘에 안 드는 모양이었다.

제프리가 아무 말 없이 꾹 참고 있자, 미싱 링크가 웃음을 터뜨렸다. 그러고는 한 걸음 더 바짝 다가와 한 대 칠 듯이 갑자기 팔을 뻗었다.

제프리는 주저하지 않았다. 재빨리 권총을 휘두르며, 두 팔을 앞으로 쭉 뻗어 미싱 링크를 겨누었다. 저쪽 패거리가 순식간에 흩어져 버렸다. 꼭 놀란 닭들 같았다. 그래도 그렇게 무모한 애들은 아닌가 보다.

그 애들은 전부 키 작은 나무숲 뒤로 달아났다. 모두……. 꼼짝도 않는 미싱 링크만 빼고 말이다.

"Freeze! Freeze!"

제프리가 외쳤다.

린다는 정신을 차릴 수가 없었다. 텔레비전 영화 속에 들어와 있는 것만 같았다. 주인공이 악당에게 꼼짝 말라고 소리치는 순간 말이다. 린다는 제프리가 자랑스러웠다.

"Hey! Hey! Hey!"

미싱 링크는 다시 한 번 똑같은 소리로 답했다.

자기가 무대 한복판에 있다는 것을 알고 계속 으스댔다. 그러곤 한 발짝 더 다가왔다.

"A Beretta!"

그 애가 아주 재밌어하는 표정을 지으며 말했다.

"Freeze!"

제프리가 다시 을렀다. 애써 무섭게 보이려고 하다 보니 제프리의 얼굴은 바짝 굳어 있었다. 하지만 효과는 전혀 없었다.

그 다음에 어떤 일이 일어났는지 린다는 기억이 나지 않았다. 미싱 링크가 뒤돌아서며 느닷없이 다리를 올리고 다시 돌면서 제프리의 팔을 세게 걷어차는 모습을 본 것 같았다. 아니면 주먹질이었던가? 제프리가 베레타를 놓쳤다. 미싱 링크가 총을 집으려고 달려들었다. 애들이 고함을 쳐 댔다. 그리고 누군가 외쳤다.

"Run! Run!"

린다는 친구들과 제프리가 어둠 속으로 흩어져 달아나는 걸 보고 자기도 있는 힘껏 달리기 시작했다.

주변의 소리가 희미해졌다. 이제는 제프리가 보이지 않았다. 린다는 꿈속에서 나아가고 있는 것만 같았고, 다리가 점점 가벼워졌다. 너무 가벼웠다……. 심장 뛰는 소리와 헐떡거리는 숨소리밖에 들리지 않았다. 마치 물속에서처럼 귀가 먹먹했다. 공원 철책을 어떻게 뛰어넘은 걸까? 발 아래 단단한 포장길이 있는 걸 보면 이제는 보도 위라는 걸 알 수 있었다. 그런데 도대체 어떤 길이지? 아마도 1번가? 바로 그 때 사이렌 소리가 들려왔다. 앵앵거리는 경찰차 소리……. 린다는 더 힘껏 달렸다. 아니, 더 이상 달리는 게 아니었다. 날고 있었다.

붉은색 형광 간판이 길 건너편에서 번쩍였다. 린다는 빛에 이끌려 내달렸다. 'Deli'라고 쓰여 있었다. 반은 식품점, 반은 카페에 약국 노릇도 하는 가게들 중 하나였는데, 뉴욕에서는 밤늦게까지 문을 열었다. 린다는 안으로 들어갔다.

진정해야 해, 진정해야 해, 속으로 계속 되뇌었다. 계산대 뒤에서 티셔츠를 입은 뚱뚱한 남자가 놀라서 쳐다보았다.

"Good evening!"

린다가 숨을 고르며 애써 상냥한 말투로 인사했다.

대답은 없었다. 린다는 냉장고 앞에서 잠깐 뜸을 들이다가 스타킹을 고르느라 정신이 없는 척했다. 검정? 파랑? 빨강? 망사 스타킹? 린다는 가격표를 살펴보았다. 선택이 쉽지 않은 것처럼…….

사이렌 소리가 잦아들었다. 경찰들이 주변을 수색하고 있을 터였다. 뉴욕 시장 관저가 공원 안에 있었다. 린다는 순찰차가 밤낮으로 그 주변을 지킨다는 것을 알고 있었다. 경찰들은 분명히 자기들이 고함치며 도망가는 소리를 듣고 왔을 것이다.

시간을 벌려고 잡지책을 몇 권 뒤적였다. 고약한 일이었다. 아빠의 무기가 이제 미싱 링크 손에 들어간 것이었다. 총이 사라졌다는 걸 아빠가 금방 눈치 채진 못할 거다. 아빠는 총을 여러 개 수집해 놓았으니까. 하지만 혹시 그 머저리 같은 미싱 링크가 붙잡히기라도 한다면 경찰은 금세 총 주인을 찾아낼 것이다. 어쨌든 영화에서는 일이 그런 식으로 풀리곤 했다. 그러면 자기가 밤에 패거리와 몰려다녔다는 사실을 아빠가 다 알게 되는 것이었다. 아빠는 수없이 겁을 줬던 것처럼 뉴저지의 고급 기숙학교로 자기를 쫓아낼 것이 틀림없었다.

만약 미싱 링크가 용케 빠져나갔다면? 그건 더 나쁜 일이었다. 그 바보 같은 놈이 그런 무기를 갖고 무슨 짓을 할지 뻔했다. 그 앤 정말이지 대책이 없는 아이였다.

린다는 자기한테 화가 났다. 도대체 왜, 왜 그런 일을 한 걸까?

"Two dollars."

몸집이 큰 점원이 채근하는 표정으로 린다를 쳐다보았다. 린다는 자기 손에 잡지가 들려 있다는 걸 깨달았다. 장대높이뛰기 특집이 실린 월간지. 주머니에서 지폐 두 장을 뒤져서 계산대에 던져 놓고 바로 가게를 나왔다.

1번가, 85번 도로……. 보도엔 아무도 없었다. 린다는 가로등 불빛을 피해 벽을 따라 되돌아가 보았다. 친구들은 보이지 않았다. 모두 집으로 돌아갔을 터였다.

린다는 이스트 강 연안 산책로로 이어지는 작은 샛길에 들어섰다. 그렇게 81번 도로의 육교로 돌아가 자전거를 숨겨 놓은 장소로 이어지는 계단을 내려가다 놀라서 멈춰 섰다.

너무한다, 너무해! 어떤 놈이 자전거를 훔쳐 간 것이었다!

2. 하이, 니이이모!

그런데 이 여자 애는 도대체 어디에 있는 걸까? 손목시계를 적어도 스무 번은 보았을 것이다. 네모가 공항에서 짐을 찾아 북적이는 사람들 한가운데 자리를 잡고서 커다란 가방 위에 앉아 기다린 지 벌써 한 시간이 넘었다. 자기처럼 기다리고 있는 사람들이 또 있었다. 사리*를 입은 여자들과 눈동자가 유난히 크고 검은 아이들이 있는 어느 인도 가족이었다. 누굴 기다리는 걸까? 가족? 친구? 아무튼 자기보다는 분명 더 참을성이 있어 보였다.

네모는 자기 주위로 끝없이 밀려드는 관광객들에게 관심을 가져 보려고 애썼다. 참 희한하게 뒤섞인 무리들이었다. 굽 높은 구두를 신은 우아한 부인들이 카트를 끌면서 과장되게 웃어 보이는가 하면, 짙은 양복 차림의 남자들이 휴대전화를 귀에 딱 붙이고 서성대

* 사리 : 인도, 파키스탄 등에서 힌두교도 성인 여성들이 입는 민속 의상. 한 장의 기다란 무명 또는 명주 천으로 허리와 어깨를 감싸고 남은 부분을 머리에 덮어쓴다.

기도 했다. 안전요원들은 허리춤에 권총을 차고 굳은 표정으로 위풍당당하게 공항 내부를 돌아보고 있었다. 기다림에 지친 관광객들이 삼삼오오 떼지어 어지럽게 왔다 갔다 했다. 모두가 한결같은 차림이었다. 헐렁한 반바지에 운동화, 알록달록한 가방과 사진기, 그리고 얼빠진 표정.

네모는 그런 차림새로 다니느니 차라리 죽는 게 낫겠다고 생각했다. 청바지에 티셔츠를 입은 네모는 적어도 그다지 튀지는 않았다. 그런데 기분이 이상했다. 그리 피곤하지는 않은데, 정신이 멍하니 '딴 곳에' 가 있었다. 시차 때문인 게 틀림없었다. 파리는 밤 10시일 텐데, 뉴욕은 겨우 낮 4시밖에 되지 않았으니까.

뉴욕……, 이 곳을 얼마나 꿈꿔 왔던가. 그런데 지금은 가방에 붙어 있는 짐표에 써 있는 것처럼 JFK, 그러니까 케네디 공항의 회색빛 내부만 지겹게 보고 있을 뿐이었다.

가방! 그렇다. 새삼 기억이 났다! 짐 찾는 곳에서 일어난 일이었다. 유니폼 차림의 젊은 흑인 여자 옆에 있던 작은 개가 달려와서는 코를 킁킁거리고 꼬리를 흔들며 네모 앞에 앉는 것이었다. 개는 'Protecting American Agriculture(미 농산물 보호)'라는 글귀가 적힌 녹색 옷을 입고 있었다. 그건 충분히 이해할 수 있는 일이었다. 그런데 도대체 자기가 농산물 보호와 무슨 관계가 있단 말인가?

젊은 세관원이 자기 개한테 뭐라고 하더니 네모의 가방을 탁탁 두 번 쳤다. 네모는 여전히 정신을 못 차렸고, 개는 꼬리를 흔들면서 대답했다. 여자는 콧소리 나는 목소리로 알아들을 수 없는 말을 했다. 꼭 무슨 만화영화에 나오는 사람이 말하는 것 같았다. 거기서 네모는 딱 두 단어를 알아들었다.

"No food! No food!"

이런 식이라면 미국에서의 영어는 정말로 고달픈 일이 될 터였다! 네모는 이 다리 짧은 개가, 깜박하고 가방에 넣어 둔 사과 때문에 그런다는 걸 깨달았다. 그리고 미국에서는 그것을 갖고 있으면 안 된다는 것도! 네모는 사과를 빼내고서야 가방을 갖고 나올 수 있었다. Welcome to the United States!

린다라는 애는 도대체 어디 있는 걸까? 그럼 그 애가 그냥 떠벌린 거란 말인가? 네모는 커다란 가방을 둘러메고 패스트푸드 판매대 앞을 서성였다. 겉에 주황색 치즈를 입힌 감자 칩, 팝콘, 콜라……. 배가 고프진 않았다. 비행기를 타고 오는 내내 주전부리를 했으니까.

전화를 걸어 볼까? 안 될 이유가 없었다. 네모는 뒤쪽에 늘어서 있는 공중전화로 가서 프랑스어로 된 사용 설명을 어렵게 찾았다. 신용카드나 쿼터*가 필요했는데, 네모에겐 둘 다 없었다. 네모는 출입문 옆으로 되돌아가서 다시 가방 위에 앉아 달러와 여행자수표

* 쿼터(quarter) : 25센드짜리 동진. 미국에서는 동선마다 따로 이름이 있다. 1센트 동전은 penny, 5센트 동전은 nickel, 10센트 동전은 dime, 25센트 동전은 quarter, 50센트 동전은 half dollar, 1달러 동전은 dollar coin이라고 한다. 50센트와 1달러 동전은 실생활에서 거의 사용되지 않는다. 지폐에는 1달러, 2달러(역시 흔하지 않다), 5달러, 10달러, 20달러, 50달러, 100달러짜리가 있다.

를 조심스럽게 세어 본 뒤 여권 속에 밀어 넣었다.

린다는 여전히 보이지 않았다. 하지만 네모가 마지막으로 보낸 이메일에다 비행기 시간과 편명을 알려 주었고, 린다는 분명히 나오겠다고 답했다.

네모와 린다는 처음부터 이메일로 소식을 주고받았다. 심지어 인터넷으로 둘만의 암호까지 정해 두었다. 화성인이라고. 뉴욕에서 방송되는 프랑스어 케이블텔레비전에서 네모를 처음 본 린다가 곧바로 이메일을 보내면서 그들의 만남이 시작됐던 것이다.

네모는 한숨이 나왔다. 예전 일을 떠올리면 기분이 별로 좋지 않았다. 사고, 기억상실, 방송기자인 가스파르 형과의 여행, 텔레비전 데뷔……. 하지만 이제는 다른 사람들, 다른 소년들과 다를 게 없었다. 물론 여전히 가스파르 형의 방송 프로그램에 참여하고 있긴 했지만, 스튜디오 밖에선 더 이상 그것에 대해 이야기하고 싶지 않았다. 친구들도 이제는 네모가 텔레비전 촬영을 하는 것에 익숙했다. 수요일 오후, 네모는 다른 애들이 축구를 하거나 극장에 가는 것처럼 텔레비전 촬영을 했다.

어쨌든 네모에게 변하지 않은 것이 한 가지는 있었다. 교과서 앞에서는 언제나 하품을 한다는 것. 부모님이 린다의 초대를 허락한 까닭도 네모의 형편없는 영어 성적 때문이었다. 부모님들끼리 전화 통화를 하고 날짜를 잡았다. 미국에서 네모는 영어 공부를 하고, 린다가 네모를 도울 것이라고 약속이 되어 있었다.

린다가 이렇게 약속을 어기지 않았다면 말이다. 네모는 다시 한 번 분주하게 움직이는 주변 사람들을 살펴보았다. 린다를 닮은 사람은 전혀 없었다. 네모는 얼마 전에 린다의 사진을 받아 보았다. 깡마르고 키 큰 소녀였다. 그 애는 모든 것이 지나쳐 보였다. 너무 짙은 머리카락, 너무 긴 다리, 너무 큰 눈. 어쨌든 굉장히 귀여운 애였다…….

둘이서 인터넷으로 수다를 떨게 된 뒤로 네모는 린다가 정말로 친한 친구처럼 느껴졌다. 린다는 자전거를 타고 뉴욕을 돌아다니는 이야기—뉴욕에서 자전거라니!—를 프랑스어로 써서—린다는 네모에 비하면 확실히 외국어에 재능이 있는 것 같았다—보내 주었다. 또 자기의 큰 꿈에 대해서도 자주 이야기했다. 우주 비행사가 되어 화성에 가는 것. 꿈은 오직 그것뿐이었다! 하지만 우주 비행사가 되려면 수학과 물리학 등을 잘 해야 했다. 그건 공부를 굉장히 열심히 해야 하는 진지한 일이었다.

좋다, 이만큼 기다렸으면 됐다! 결국 뭘 기다린 거였지? 네모한테는 주소도 있고, 주머니에 돈도 있었다. 어쨌든 여기서 밤을 샐 수는 없는 노릇이었다. 네모는 여기 오기 전에 새로 산 수첩을 가방에서 꺼내 주소를 적어 둔 첫 장을 펼쳤다. 린다 해링턴, 파크 애비뉴 720, 뉴욕.

네모는 단호한 걸음으로 출구로 걸어가 어렵지 않게 'Taxis'라고 쓰인 표지판을 찾았다.

영화와 똑같았다. 택시들은 샛노란 대형차였다. 벌써부터 뉴욕의 분위기가 물씬 풍겼다.

여행객들이 선 줄을 정리하는 일을 하는, 피부가 거무스름한 여자가 꽉 끼는 유니폼을 입고서 세관원처럼 콧소리로 물었다. 네모에게는 이 말만 들렸다.

"Going? Going?"

이 나라 사람들 억양은 영어 선생님 억양과 비슷하지조차 않았다. 여자는 조금도 참지 못하고 딱딱 끊어서 한 번 더 말했다.

"Where are you going? ……You? Where are you going? Manhattan? Queens? Brooklyn? Your address?"

네모는 마지막 한 마디를 알아듣고 재빨리 대답했다.

"Park Avenue."

여자는 대놓고 짜증을 내며 티켓을 건네는 동시에 네모를 맨 앞에 서 있는 차로 밀치고는 다음 사람에게 돌아섰다.

"Next!"

마치 명령 같았다.

네모는 커다란 노란 고철 안으로 밀려 들어갔다.

네모는 "Park Avenue."라고 우물거렸다.

택시가 힘차게 출발했다. 차체는 아주 길었지만, 운전사와 자기를 가르는 유리 때문인지 네모는 희한하게도 뒤에 꽉 낀 듯한 기분이었다. 그래도 자기한테 말만 걸지 않으면 좋겠다고 생각했다.

운도 참 없지……. 운전사 아저씨는 곧장 대화를 시작하려 했다.

"Hello. I am from India."

운전사 아저씨가 말문을 열었다.

네모도 짐작은 하고 있었다. 자기 머리라면 몇 번을 돌려 감고도 남았음직한 멋진 터번을 머리에 두르고 있었으니까. 유리창에는 사진과 함께 허가증이 붙어 있었다. 뉴욕 택시 운전 자격증, 키르팔 싱흐, 5765787번.

"Where are you from?"

아저씨가 대화를 이어 나갔다.

친절한 사람 같았다. 네모는 영어로 말하려고 노력했다.

"I am from France."

"From France! Very good, very good!"

아저씨가 흥분해서 연거푸 소리치며 물었다.

"Do you speak English?"

네모는 백미러 높이로 손을 들어 올려 엄지와 집게손가락을 작은 집게처럼 펴 보였다.

"A little?"

아저씨가 뜻풀이를 했다.

"Yes. A little. Very little."

네모가 대답했다.

"And what is your name?"

"My name is Némo."

"Your name is Némo, and you are French!"

아저씨가 다시 되풀이했다. 마치 앵무새 같았다.

"You are alone in New York? Do you have family? Friends?"

"Friends."

네모는 처음 하는 영어 대화를 자기가 잘 따라가고 있다는 사실에 놀라면서 대답했다.

해 보니 그렇게 어려운 건 아니었다…….

아저씨는 아주 자랑스러운 표정으로 계기판 위에 붙여 둔 아이들 사진을 가리켰다.

"I have my family in New York. These are my children."

"Nice."

네모가 말했다.

두 사람이 들어선 고속도로는 흉한 몰골이었다. 가장자리에는 보기 싫은 전봇대가 서 있었고, 구식 통나무집들과 오래 전에 폐차됐어야 할 자동차들이 있었다. 볼품없는 외곽이었다.

"And you, Némo? Is it your first time in New York?"

다시 시작이었다. 아저씨는 수다를 떨고 있었다. 네모가 고개를 끄덕였다.

"Yes. First time. My first visit in America."

"That's wonderful!"

여전히 들떠 있는 운전사 아저씨가 트럭 사이로 빠져나가려고 핸들을 급하게 돌리며 대답했다.

아저씨는 마치 경찰이 쫓아오기라도 하는 것처럼 운전을 했다.

액셀러레이터를 밟고, 급정거를 하고, 쏜살같이 다시 출발하고, 차선을 바꾸고, 경적을 울리고, 다시 액셀러레이터를 밟고……. 뉴욕의 인도 사람들은 도 닦는 것과는 거리가 먼 모양이었다.

네모는 손잡이를 꽉 잡았다. 멀미가 나기 시작했다.

다리 위로 들어서자 택시 바퀴에서 오래된 기차처럼 덜커덩거리는 소리가 났다.

"Look, look, this is Manhattan! New York City! The Big Apple!"

아저씨가 갑자기 목소리를 높였다.

네모는 앞으로 몸을 숙였다. 멀리 안개 속에서 그 유명한 고층 건물들이 일렬로 모습을 드러냈다. 뉴욕! 뉴욕이 여기 있다! 뉴욕은 정말이지 대단했고, 거대했고, 꼭……영화 같았다! 네모는 엠파이어 스테이트 빌딩과 두 개의 세계무역센터* 건물을 바라보았다. 틀릴 수가 없었다. 그것들이 제일 높은 건물이니까.

이제 택시는 도시로 돌진하고 있는 차들이 꽉 들어찬 급한 내리막길을 내려가고 있었다. 네모도 자석처럼 빨려들어가는 기분이었다. 오른쪽으로는 빨간색, 회색, 베이지색 건물들이 점점 더 높고 아찔하게 늘어서 있었다. 네모는 건물에 있는 수많은 작은 창문들을 겨우 볼 수 있었다.

곧 택시가 순환 고속도로를 벗어나 작고 한적한 길로 접어들었

* 세계무역센터 : 네모는 운 좋게도 세계무역센터 건물을 보았지만, 이 건물은 2001년 9월 11일에 납치된 비행기가 부딪치면서 무너져 내렸다.

다. 낮은 돌계단과 철책으로 둘러싸인 키 작은 건물들이 보였다. 좀 더 달리다 빨간 불빛들이 보이는 곳에서 택시가 커다란 중앙분리대로 나뉘어 있는 위풍당당한 길로 들어섰다.

"This is Park Avenue. So, your friends live on Park Avenue?"

터번을 두른 택시 운전사 아저씨가 말했다.

"Yes. The address is 720 Park Avenue."

네모가 주소를 확인해 주었다.

"You have very rich friends……. There is money, on Park Avenue……. A lot of money."

아저씨가 휘파람을 짧게 불며 굉장하다는 듯이 떠들었다.

바퀴 소리를 크게 내며 차가 멈춰 섰다.

네모는 목을 빼고 건물 높이를 가늠해 보았다. 정말이지 엄청난 건물이었다! 회색 대리석 바닥에 빨간 벽돌 건물이 우뚝 솟아 있었다. 맨 꼭대기에는 발코니, 테라스가 있었고, 요새 꼭대기처럼 방어용 요철도 보였다.

제복 차림의 경비원 아저씨가 택시 문을 열어 주었다. 네모는 주소가 틀렸다는 생각이 들었다. 하지만 출입문과 보도 가장자리 사이에 박힌 검은 표지판에 예쁜 금장 글씨로 이렇게 쓰여 있었다. '720 Park Avenue.' 분명히 거기였다.

"Thirty-fourth floor."

경비원 아저씨가 네모의 도착을 인터폰으로 알린 뒤 네모에게 층을 일러 주었다.

네모가 승강기에서 내리자마자 아주 날카로운 목소리가 요란하게 들려왔다.

"Hi, Niiimo! It's Niiimo! We are sooooo glad to meet you! 널 만나서……, 아주 반갑구나! Come in! Come in! I am Mrs. Harrington! Where is your luggage?"

어안이 벙벙해진 네모는 금발의 부인이 남긴 향기를 따라 안으로 들어갔다. 아주머니의 복잡한 머리 모양은 헬멧보다 더 빳빳해 보였다. 린다의 엄마는……, 아주 들떠 있었다!

아주머니는 네모의 옷소매를 잡아당기며 액자와 거울이 너무 많이 걸려 있는, 번쩍거리는 복도를 따라 걸었다. 복도 왼쪽에 열려 있는 문 사이로 하얀 블라우스 차림의 어깨가 넓은 아주머니가 보였다.

"Soledad, our housekeeper."

해링턴 부인이 날카로운 목소리로 말했다.

"Soledad, don't forget, for dinner……, Niimo……, Our French friend……, 우리 프랑스 친구……."

솔대드 아주머니는 '프랑스 친구'를 차갑게 훑어보고는 주방 문을 닫았다. 린다 엄마는 다시 대화를 이어 나갔다.

"Mr. Bradstok!"

위아래로 초록색 옷을 맞춰 입고 귀에는 작은 다이아몬드 귀걸이

네모의 단어장

*** 다섯 개의 W**

what 무엇, **why** 왜, **when** 언제, **where** 어디, **who** 누구

What is your name? _ 이름이 뭐니?

My name is Némo _ 네모야.

Where are you from? _ 어디에서 왔니? / 고향은 어디야?

food 음식 / **No food!** 음식 반입 불가

welcome 환영하는 → Welcome to the united states. _ 미국에 온 걸 환영해.

I am from India. 인도에서 왔어. / 인도 출신이야.

good 좋은, 맛있는

a little 조금

a lot 많이

next! 다음!

alone 혼자서, 외로이

child 아이 / **children** 아이들

nice 좋은, 친절한, 예쁜, 다정한(여러 가지 뜻으로 쓰이는 단어)

first 처음, 첫째 / second, third, fourth, fifth, sixth, seventh, eighth, ninth, tenth…….

→ Is it your first time in NY? _ 이번에 뉴욕에 처음 온 거니?

wonderful 멋진, 굉장한

Look 좀 봐!

live on Park Avenue 파크 애비뉴에 살다

glad, happy 행복한, 기쁜

come in! 들어와!

housekeeper 주부, 가정부, 파출부

the best in town 마을에서 최고

gallery 화랑

I am coming with you 너와 함께 갈 거야.

를 한 아저씨가 살짝 비웃는 듯한 미소를 머금고 눈을 반짝이며 복도 끝에서 나타났다. 아저씨는 곧장 네모에게 다가와 따뜻하게 손을 잡았다.

"Jake Bradstok. I am very happy to meet you, Némo."

아저씨가 웃으면서 말했다.

아저씨는 거의 영국식 발음으로 아주 또박또박 말했다. 적어도 그 아저씨가 하는 말은 알아들을 만했다.

브래드스톡 아저씨가 입고 있는 양복처럼 온통 초록색으로 꾸민 널따란 거실로 들어갔다. 푹신한 안락의자부터 창문 가장자리를 둘러싸고 있는 짙은 벽지, 아름답게 장식된 천장까지 죄다 녹색이었다. 신발이 소리 없이 파묻혀 버릴 정도로 두꺼운 카펫만이 큼직한 노란색 웅덩이를 이루고 있었다. 린다의 엄마는 소개를 계속했다.

"Mr. Bradstok is the famous art dealer……, 유명한 미술상이야……. 내 친구, and 우리 집 실내장식가이기도 하지! The best, the best in town! 니이이모를 위해 풀어로 말해 줄 수 있죠?"

아주머니는 불어를 '풀어'로, 네모를 '니이이모'라고 발음했지만, 스스로는 만족스러워하는 것 같았다.

"I do."

브래드스톡 아저씨가 답했다.

아저씨는 네모를 향해 돌아서서 완벽한 프랑스어로 말했다.

"린다와 편지를 주고받는 프랑스 친구지?"

네모는 대답을 웅얼거릴 겨를이 없었다. 해링턴 아주머니가 어느새 외출할 채비를 끝내고 다가왔다.

"Mr. Bradstok, I am coming with you to the gallery."

조그만 분홍색 가방을 든 린다 엄마가 아저씨 팔에 목록 더미를 쌓아 올리며 아저씨를 앞으로 떠밀었다. 두 사람은 진한 향수 냄새를 남기고는 사라졌다.

태풍이 지나간 것 같았다. 약간 얼이 빠진 네모는 커다란 유리창 쪽으로 다가가다가 멈칫 뒤로 물러섰다. 정말 높았다. 34층이었다. 네모는 저 아래 아주 작아 보이는 파크 애비뉴의 2차선과 표지판을 알아보았다. 곧 해링턴 아주머니와 브래드스톡 아저씨가 나타났다. 두 사람은 길고 검은 세단*에 올라타 그 자리를 떠났다.

그 때 갑자기 뒤에서 작은 소리가 났다. 네모가 뒤돌아보았다. 거실 입구에 머리카락이 헝클어진 채, 체크무늬 반바지에 회색 티셔츠를 입은 여자 아이가 서 있었다. 그 애가 손을 들어 네모에게 인사를 했다.

"Hi, Niiiiimo!"

린다였다.

* 세단 : 지붕이 있는 일반 승용차.

3. 높은 데서 본 뉴욕

이렇게 웅장한 도시는 높은 곳에서 한눈에 내려다보아야 한다. 하지만 건물 테라스에서는 뉴욕, 이 어마어마한 뉴욕을 한눈에 바라볼 수 없었다. 뉴욕은 훨씬 더 크고, 더 당당하고, 더 광적인 것 같았다.

미친 듯이 불어오는 바람을 막아 주는 난간에 기댄 채 몸을 구부리고 뉴욕을 바라보던 네모는 이 도시의 기막힌 아름다움에 몸이 마비되고 어안이 벙벙해졌다. 어떻게 이렇게 광적인 도시를 세울 배짱을 부렸던 걸까?

"It's a city for angels and aviators."

린다가 시처럼 읊었다.

천사들과 비행사들을 위한 도시……. 분명히 린다가 만든 문장은 아닐 테지만 아름다운 말이었다. 연안에서 날아온 커다란 새들과 테라스 위에 서 있는 네모 천사는 그 누구도 보지 못했던 것을 볼 수 있는 비밀의 정점에 있는 듯한 기분이었다.

린다도 네모처럼 기쁜 것 같았다. 하지만 린다는 거의 날마다 그 곳에 올 수 있었다. 물론 신경이 곤두서 있는 자기 가족을 피하기 위해서일 테지만.

네모는 숨 돌릴 겨를이 없었다. 으리으리하게 큰 아파트—주방, 식당, 거실, 가족실, 텔레비전 방, 첫 번째 침실, 두 번째 침실, 세 번째 침실, 네 번째 침실, 응접실 등—를 둘러본 뒤, 린다는 네모를 위층으로 데리고 올라갔다. 펜트하우스*였다. 아담한 크기의 파란 수영장 뒤쪽에 미닫이문이 크게 나 있었고, 그 문은 이렇게 멋진 전망이 펼쳐지는 야외 테라스로 이어졌다.

어릴 적부터 미국 영화를 보고 자란 네모는 자기가 뉴욕의 모습을 잘 알고 있다고 생각했다. 심지어는 실망할 준비까지 하고 있었다. 하지만 다행히도 네모가 틀렸다. 진짜 뉴욕은 네모가 그려 왔던 것보다 훨씬 더 굉장했다.

센트럴 파크의 거대한 초록색 사각형 주위에 고층 건물들이 거인 보초병들처럼 한 줄로 늘어서 있었다. 네모는 옆 건물들의 옥상으로 눈을 돌렸다. 말도 안 되는 일이었다! 회색 건물 꼭대기에 서 있는 건……, 종과 첨탑과 스테인드글라스까지 갖춘 고딕식 교회였다. 옆 건물 옥상에는 포도 덩굴이 무성한 베란다가 딸린 베네치아풍 궁전식 건축물이 세워져 있었다. 거의 모든 옥상에 정원이나 테

* 펜트하우스 : 아파트나 호텔 맨 꼭대기에 있는 고급 주거 공간.

라스, 이탈리아풍 빌라, 계단식 피라미드나 기둥이 있는 궁전식 건물이 보였다. 그리고 건물 정면은 대부분 성당의 정면처럼 돌 장식, 석루조,* 종탑, 여인상 기둥 등으로 한껏 장식돼 있었다. 땅에서는 볼 수 없는, 하늘에서 내려온 또 다른 뉴욕, 또 다른 도시가 공중에 있었다.

"그런데 왜 저런 것들을 건물 꼭대기에 지어 놓은 걸까? 누가 본다고?"

네모가 혼잣말처럼 물었다.

"You! You can……."

린다가 간단하게 대답했다.

재치 있는 답……. 네모는 린다 쪽으로 몸을 돌렸다. 재밌는 여자 애였다. 린다는 공항에 마중 나오기로 한 약속을 잊은 것도 미안해하지 않았다. "그게 오늘이었니? Today?"라고 무심하게 말했을 뿐이다. 네모가 언짢은 표정을 짓자 그저 이렇게 덧붙이고 말았다. "간밤에 내가 좀 아팠어. 악몽을 꿨거든."

린다는 발음을 조금 꼬아서 프랑스 말로 변명을 했지만, 네모는 이미 봐 줄 준비가 되어 있었다. 게다가 린다는 네모가 오고 나서는 네모한테만 신경을 써 주었다. 헬스 선생님은 갑자기 다리를 절면서, 음악 선생님은 거의 들리지도 않게 쉰 목소리를 내면서 따돌렸다. 그리고 무슨 '제프리'라는 아이 말고는 전화도 받지 않았다. 그

* 석루조 : 물이 흘러내리도록 홈을 판 성문 지붕의 배수용 석조물.

애와의 통화도 길지 않았다. 그저 "Not now. Tomorrow. Bye."가 다였다. 모두 자기를 위한 것이었다. 친절한 배려였다.

"네모야, 너는 멀리 떠나고 싶지 않니? Far away?"

네모는 대형 거울처럼 하늘과 구름을 비추고 있는 멋진 검은색 건물을 위에서 아래까지 찬찬히 훑어보고 있었다. 작은 점 두 개가 유리창을 타고 천천히 내려오고 있었다. 한참이 지나서야 그게 유리창을 닦는 사람들이라는 걸 알았다. 저 사람들은 어지러워서 어떻게 일을 할까? 네모는 아래를 내려다보았다. 아니, 생각만큼 어지럽진 않았다. 모든 게 아주 작아 보였다. 자동차들은 어렸을 때 갖고 놀던 장난감 자동차들 같았다. 버스의 파란 지붕 위에는 마치 누군가가 그것으로 놀이를 하려고 한 것처럼 숫자 네 개가 커다랗게 쓰여 있었다. 혹시 헬리콥터를 위해서일까? 도시의 소음은 귀가 멍멍하고 정신이 없을 정도로 요란했고, 끈질기게 울어 대는 경찰차의 사이렌 소리가 유난스러웠다.

네모는 문득 린다가 아직도 자기 대답을 기다리고 있다는 것을 깨달았다.

"난 이미 멀리 왔는걸. 미국에 말이야!"

"It is not far enough……. 그 정도 먼 걸로는 부족해……."

린다가 한숨을 쉬며 말했다.

린다는 네모가 잘 알아들을 수 있게끔 번역해서 한 번 더 말했다. 그러곤 긴 의자로 가서 네모에게 와서 앉으라는 손짓을 보냈다.

"나는 여기서 학교도 다니고 운동도 하고 음악도 배우고 클럽에도 다녀……. 모든 게 다 있지. 그리고 아빠와 엄마와 솔대드 아줌마가 보살펴 줘. 내……."

린다가 마땅한 단어를 찾는 것 같았다.

"My stuff, 이걸 불어로 뭐라고 하지?"

"Affaires!"

네모가 한 번 더 우쭐해하면서 대답했다.

"That's it! 내 일(mon affaire)을 돌봐 주지……. No, 내 일들(mes affaires)이라고 말했어야 하는데……."*

린다는 웃음을 터뜨렸다. 그 애가 턱으로 하늘을 가리켰다. 해가 지고 있었다.

"나는 멀리 떠나고 싶어. 멀리서, 지구를 보고 싶어!"

"화성 얘기가 진지한 거였어?"

"Of course! It is very serious! It's my dream! Why not? 달은 이미 늦었어. 다음은 화성이야. 나는 첫 번째가 되고 싶다고, you know? The first American. And the first woman."

"프랑스 사람이 첫 번째가 될 수도 있잖아?"

기분이 조금 나빠진 네모가 말했다.

"말도 안 돼! 미국인이 최고야. The best!"

네모는 좀 더 우쭐할 수 있는 대꾸를 찾았다.

* 'affaire'는 일, 용건, 문제 등을 가리키는 프랑스어 단어이다. 보통 일반적인 뜻의 '일'을 가리킬 때는 복수를 사용한다. 여기서는 린다가 복수인 mes affaires로 말해야 하는 것을 단수인 mon affaire로 했다가 실수를 깨닫는 상황이다.

"우리 가스파르 형 기억하지?"

네모는 잠깐 멈추었다가 말을 이었다.

린다는 빈정거리는 미소를 지으면서 네모를 쳐다보았다.

"Of course I remember Gaspard. He is the TV guy. Hey, 너 다시 기억을 잃은 거야?"

네모는 그 농담이 우습지 않았다. 린다의 미소가 보조개를 더 오목하게 만들면서 번졌다.

"It's a joke, Némo!"

"OK, OK."

네모가 어깨를 으쓱하며 다시 말을 이었다.

"아무튼 가스파르 형은 지금 플로리다에 있어. 케이프커내버럴에서 우주선 출발을 기다리고 있지."

"No? Really? The space shuttle?"

린다가 들떠서는 자기 엄마처럼 날카로운 목소리로 말했다. 네모는 귀를 막고 싶었다. 린다가 네모의 팔을 흔들며 말했다.

"Gaspard is in Cape Canaveral? Right now? I don't believe it! It is just incredible!"

네모는 자기가 한 말이 가져온 효과에 흡족해하면서 머리를 끄덕여 확인해 주었다.

"형은 우주에 대한 열정이 대단해. 우주선, 우주여행 준비, 우주비행사 같은 것들에 대해 낱낱이 취재를 하지. 틀림없이 출발 장면을 촬영할 거야."

린다는 말이 없었다. 뭔가 곰곰이 생각하는 눈치였다. 그러곤 그 커다란 눈으로 네모를 바라보았다. 마치 네모가 세상에서 가장 관심 있는 사람이라는 듯이.

"네모야, 나도 우주선을 보고 싶어! It is so important to me! 우리가 가스파르 오빠랑 같이 가면 볼 수 있지 않을까?"

네모는 조금 망설이는 빛을 보였다.

"음……, 형은 일을 하고 있는 거야. 아주 바쁘다고. 그렇게는 할 수 없어……. 미리 말해 두지도 않았잖아……."

네모는 잠시 생각했다. 어쨌든 가스파르 형을 만나는 것도 나쁘진 않을 듯싶었다.

"우리가 아주 친하긴 하지만, 가스파르 형이랑 나 말이야."

네모가 덧붙였다.

"And me? He doesn't like me? 우리가 플로리다에 안 가면 부모님이랑 같이 롱아일랜드 별장에 가야 된다니까. 나는 테니스 캠프, 너는 영어 수업. No fun!"

'No fun.' 네모는 충분히 이해가 됐다. 어느 누구라도 해링턴 아저씨, 아주머니랑 함께 지내면 재미없다고 느낄 것이다. 저녁때마다 새끼손가락을 세우고 불편하게 식사하는 자기 모습이 눈에 선했다. "Do you like the United States, Niimo?"라는 질문에 "Oh, yes. I like the United States!"라고 대답하면서. 그러는 동안 그 끔찍한 솔대드 아주머니는 네모가 포크를 제대로 잡는지 감시할 것이다. 네모가 넌지시 물었다.

"솔대드 아줌마도 너희 식구랑 같이 휴가를 가니?"

린다가 웃음을 터뜨렸다.

"Are you afraid of her? 아줌마가 무서워? Right! She is scary! 아줌만 항상 우리랑 함께 가. 솔대드 아줌마가 집안의 대장이거든. The big boss!"

네모는 참 낭패라는 생각이 들었다. 'No fun'이라고 할 만한 상황이었다.

"우리 부모님은 내 화성 계획을 탐탁지 않아 하셔. 하지만 가스파르 오빠라면 이해해 줄 거야."

린다가 말을 이었다.

린다의 목소리는 부드럽고 매력적이었다. 조금 전 시끄럽게 높여대던 소리와는 전혀 달랐다.

"나도 그래. 나도 여기 미국에서 뭔가 계획이 있어. 하지만 아무한테도 얘기하지 않았어. 가스파르 형한테도 말이야."

네모가 하품을 참아 가며 말했다.

"나한테는? 얘기해 주지 않을거야? Maybe, I can help you, you know. Please, Niiimo, tell me your secret. 네 비밀을 말해 줘."

네모는 답하지 않았다. 이 웃긴 여자 애를 과연 믿을 수 있을까?

다음 날 네모는 현관 입구에서 발을 구르며 린다를 기다리고 있었다. 그 애는 분명히 이렇게 말했었다. "Meet me in fifteen minutes!" 설마 또? …… 아니겠지? 아닐 거야!

짜증이 난 네모는 해링턴 집안의 영광에 고스란히 바쳐진 것처럼 보이는 큰 복도로 들어섰다. 벽은 위에서 아래까지 온통 사진 액자들로 가득했다. 꼭 무슨 갤러리 같았다! 하얀 이에 머리를 깔끔하게 빗어 넘긴 세 명의 해링턴이 갖가지 상황을 배경으로 자세를 잡고 있었다. 스키복, 항해복, 테니스복, 교복, 턱시도와 이브닝드레스와 같은 차림으로.

네모가 가장 놀란 것은 린다와 반 친구들이 전부 똑같은 체크무늬 치마에, 똑같은 하얀 블라우스를 입고 똑같은 양말, 똑같은 단화를 신고 있는 사진이었다. 네모는 전 세계—아니, 세계의 거의 모든—학생들이 청바지를 입고 학교에 갈 거라고 생각했었다!

네모는 다시 복도를 따라 걸었다. 유리 진열장 안엔 정성 들여 윤을 낸 권총 컬렉션이 있었다. 여기 사람들은 모두가 자기 자신을 카우보이라고 생각하는 모양이었다.

열린 문틈으로 헬스용 자전거 페달을 경쾌하게 밟고 있는 해링턴 아주머니가 보였다. 아주머니는 귀에 헤드폰을 끼고 있어서 네모가 있는지 알아차리지 못했다……. 기회였다. 네모는 살금살금 특별히 관심이 가는 사진 앞으로 다가갔다. 파티 차림으로 아주 짧은 치마를 입고 굽 높은 구두를 신은 린다였다.

인터폰 소리에 네모는 깜짝 놀랐다. 솔대드 아주머니가 곧바로 응답했다. 하얀 작업복을 입은 아주머니를 보자, 주방 뒤 골방에서 괴물을 만들어 낸 프랑켄슈타인 박사가 떠올랐다. 아주머니는 네모에게 퉁명스럽게 "Good morning."이라고 인사를 하고는 현관문을 열었다.

발끝까지 떨어지는 노란색 비옷을 입은 제이크 브래드스톡 아저씨였다.

"Good morning, Soledad. Good morning, Némo. Did you sleep well?"

아저씨는 지친 기색으로 주머니를 뒤져서 담배를 꺼내 입에 물고는 불도 붙이지 않고 중얼거렸다.

"도대체 담배를 피울 수가 없구나. Not in the taxi, not in the hallway, not in the elevator……, 그리고 물론 해링턴 씨네 집에서도 안 된단다."

아저씨는 중앙 거실로 가서 앉았다. 네모는 아저씨의 뒷모습을 바라보면서 아파트를 밝은 노란색으로 다시 꾸미려는 게 아닌가 하는 생각이 들었다.

네모는 뉴욕 지도를 꺼내 들고 린다가 자기를 1분만 더 거기 세워 둔다면 혼자서 출발하겠다고 마음먹었다. 뉴욕은 사실 그렇게 복잡하지도 않았다. 다섯 개의 큰 구역, 곧 다섯 개의 독립구(borough)로 이루어져 있었다. 스태튼 섬, 브루클린, 퀸스, 브롱크스, 그리고 '진짜' 뉴욕이라고 할 수 있는, 바로 여기 맨해튼 섬. 린다는 보란 듯이 맨해튼을 세상의 중심으로 여겼다.

네모는 지도에서 파크 애비뉴와 70번 도로 사이에 있는 린다네 아파트를 주소로 찾아보았다. 맨해튼은 거대한 바둑판 모양으로 길이 나 있었다. 북쪽에서 남쪽으로 큰길이 뻗어 내려오고 그보다 작은 도로들이 동쪽에서 서쪽으로 교차한다. streets, avenues, blocks, 이런 것들은 네모가 이미 알고 있는 단어였다.

"No, no, I can't……. When? ……Are you crazy? No, not here……. I understand. I am scared too. Be very, very careful, he is dangerous……."

옆방에서 누군가 전화 통화를 하고 있었다. 네모는 문득 자기가 엿듣고 있음을 깨달았다. 하지만 굉장히 빨리 웅얼거렸기 때문에 조금밖에 알아듣지 못했다.

"No, my Dad is not here……. No, he does not know……. Yeah, I call you tomorrow."

이상하게 숨을 죽인 린다의 목소리였다. 린다는 곧 찌푸린 얼굴로 문 앞에 나타났다. 항상 기다리게 만들지만, 도무지 사과라곤 할 줄 모르는 아이였다. 꼭 끼는 청바지에 헐렁한 회색빛 스웨트 셔츠를 입고, 야구 모자를 눈 위까지 푹 눌러쓴 채 나와서 둥근 탁자 위에 놓여 있던 자기 엄마의 검은 선글라스를 휙 집어 갔다. 도대체 스스로를 뭐라고 생각하는 걸까? 정치 망명자? 신분을 감춘 스타?

"Come on!"

승강기 쪽으로 서둘러 걸으면서 린다가 말했다.

자, 이제는 오히려 자기가 재촉하는 것이었다. 네모는 승강기 문이 닫히기 직전 린다를 뒤따라 뛰어들어갔다. 출입문 입구에서 린다는 경비원 아저씨에게 활짝 웃으며 인사를 건넸다.

뉴욕이라는 도시

미국의 수도는 워싱턴이다. 그러나 가끔 뉴욕이 미국의 수도라고 착각할 때가 있다. 그럴 만도 하다.

미국 역사 초기에 뉴욕은 가장 중요한 무대였고, 지금까지 경제와 문화의 중심이니까.

오늘날의 뉴욕이 되기까지

1524 이탈리아 출신 조반니 다 베라차노가 뉴욕 만에 처음 도착한 유럽 사람이 되었다.

1609 네덜란드 동인도 회사의 영국인 헨리 허드슨이 뉴욕 만과 내륙으로 통하는 강(이 강을 나중에 허드슨 강이라 일컫게 되었다)을 탐사하였다. 그 뒤 네덜란드 사람들이 맨해튼 섬 남단에 와서 살았다.

1626 네덜란드 식민지의 초대 총독 페테르 미노이트가 원주민에게 지금의 24달러에 해당하는 물품을 주고 맨해튼 섬을 사들여 뉴암스테르담이라 이름 지었다.

1664 영국-네덜란드 전쟁에서 네덜란드가 패배하자 맨해튼은 영국에 넘어갔다. 뉴암스테르담은 당시 영국 국왕 찰스2세의 동생 이름 '요크(York)'을 따서 뉴욕(New York)이 되었다.

1785~1790 이 동안 뉴욕은 미국의 수도 역할을 했다.

1789 미국의 초대 대통령 조지 워싱턴이 뉴욕에서 대통령 취임선서를 하였다.

1825 이리호와 허드슨 계곡을 연결하는 이리 운하가 개통되면서 발전이 가속화되었다.

1830 미국 독립 초기에 3만 명이던 도시 인구가 경제 경제가 성장하고 이민이 늘어나 25만 명으로 불어났다.

1898 맨해튼 섬에 퀸스, 스태튼 섬, 브롱크스, 브루클린을 합해 하나의 도시로 만들었다.

1930 도시 인구가 700만 명을 넘게 되었다.

현재 주변에 많은 위성도시들이 생겨나면서 세계적인 거대도시가 되었다. 또한 뉴욕은 보스턴에서 뉴욕, 워싱턴에 이르는 인구 4000만의 미국 메갈로폴리스(도시 집중 지대)에서 중심도시이기도 하다.

자유의 여신상 1884년에 프랑스가 미국 독립 100주년을 축하하며 보내 주었다. 엘리베이터와 계단을 이용해 머리 부분까지 올라갈 수 있다. 오른손에는 횃불, 왼손에는 독립선언서를 들고 있다.

맨해튼 동쪽으로 이스트 강, 서쪽으로 허드슨 강, 남쪽으로 어퍼 뉴욕 만에 둘러싸인 기다란 섬이다. 유명한 쇼핑가와 세계 경제의 중심지로 불리는 월 스트리트, 예술·문화의 중심지인 브로드웨이 등 뉴욕을 대표하는 모든 것들이 모여있는 곳이다.

엠파이어 스테이트 빌딩

구겐하임 미술관

"Hi, Bill!"

"Hi, Linda! Hi, Niiimo!"

여기서는 잘 모르는 사람한테도 바로 이름을 불렀다.

린다가 어찌나 빨리 걷는지—뉴요커들은 심지어 산책을 할 때에도 뛰어다닌다—5분도 채 안 돼서 5번가에 도착했다. 네모는 테라스에서 봤던 센트럴 파크의 나무숲을 알아보았다.

네모는 파란 불로 바뀌기 무섭게 출발하기 시작하는 자동차들 사이를 지그재그로 피해 차도를 건너고, 유리창이 시커먼 캐딜락과 지친 말이 끄는 사륜마차 사이로 미끄러져 들어갔다. 하지만 텍스 에이버리*의 만화영화에서 막 튀어나온 것처럼 생긴 흰색 리무진이 너무 길어서 커브를 틀지 못하고 있는 바람에 더 이상 앞으로 나갈 수가 없었다.

린다는 선뜻 도로 한복판으로 뛰어들지 못하고 뒤로 물러나 있었다. 호루라기 소리가 울려 퍼졌다. 네모는 뒤를 돌아보았다. 길 맞은편에서 허리에 권총을 차고 선글라스로 눈을 가린 덩치 큰 경찰이 네모에게 소리를 지르며 신호를 보냈다.

"No crossing!"

그래, 횡단보도가 아닌 곳에서는 건너지 말아야 했다. 무슨 이런 나라가 있는지!** 네모는 손을 들어 알아들었다는 표시를 했다. 경찰은 당장 거기서 비키라며 또 그런 짓을 하기만 해 보라는 듯한 몸

* 텍스 에이버리(Tex Avery) : 단편 애니메이션 시리즈 〈루니 툰〉으로 유명한 전설적인 거장 감독이다. 인기 캐릭터 포키 피그, 대피 덕, 벅스 버니, 트위티 등을 창작하고 개발한 애니메이션 분야의 선구자이다.

짓을 해 보였다.

그런데 린다는 어디로 사라진 걸까? 네모는 몇 발짝 앞, 상점 입구에 몸을 숨기고 있는 린다를 보았다. 경찰이 그렇게 무서운 걸까? 정말이지, 이 도시에서는 교통에 대해 농담을 해서는 안 되는 모양이었다.

네모가 린다에게 거의 다가갔을 때 천둥소리가 울렸다. 폭풍우가 몰아칠 것 같았다. 젠장, 하필 뉴욕에서의 첫 외출에 말이다.

"Let's go to the movies!"

린다가 제안했다.

영화라. 분명히 자막도 없는 영어일 텐데……. 하지만 물어볼 틈도 없었다. 린다는 네모의 대답을 기다리지 않고, 곧장 네모를 'theater'라고 부르는 커다란 극장으로 데리고 갔다. 서로 방해받지 않고 영화를 볼 수 있도록 높은 계단식 좌석으로 만든 원형극장이었다.

그런데 이건 무슨 메스꺼운 냄새일까! 역한 버터 냄새였다. 네모는 곧 그 이유를 알 수 있었다. 거의 모든 관객들이 손에 커다란 팝콘 봉지를 들고 기계적으로 팝콘을 입으로 가져가고 있었다. 수백 명의 사람들이 일제히 되새김질을 하고 있는 꼴이었다.

영어? 영화가 시작되자 네모는 괜한 걱정이었다는 걸 깨달았다.

** 프랑스에서는 사람들이 교통신호를 잘 지키지 않고 횡단보도가 아닌 곳에서도 잘 건너다니곤 한다. 또한 경찰도 차량에 대해서는 엄격하지만 보행자들이 신호를 지키지 않는 것은 대개 그냥 넘어간다. 그래서 네모는 횡단보도가 아닌 곳에서 도로를 건너지 못하게 하는 미국 경찰을 이해하지 못하는 것이다.

쉴 새 없이 이를 부딪쳐 대는 소리와 장면이 바뀔 때마다 터져 나오는 관객들의 고함 때문에 대사는 어차피 제대로 들리지도 않았다. 어쨌든 이야기는 복잡할 게 없었다. 18세기 독립전쟁을 다룬 할리우드 영화 중 하나였는데, 같은 장르의 영화가 보여 주는 상투적인 것들을 한데 모아 늘어놓고 있었다.

그런 시나리오라면 이미 머릿속에 잔뜩 들어 있었다. 세세한 내용 몇 가지는 다르다고 하더라도, 오래된 서부영화에서부터 〈스타워즈〉, 〈패트리어트〉, 〈인디펜던스 데이〉를 거쳐 월트디즈니의 만화영화까지, 그런 류의 영화들을 수없이 봐 왔으니까.

사실 제조법은 늘 똑같다. 주인공은 극적인 사건이나 전쟁—내전이면 더 좋다—으로 분열된 나라에서 살고 있으며, 화목한 가정의 가장이자 모범적인 아버지다. 그는 폭력을 증오하기 때문에 싸우기를 원치 않는다. 하지만 악당들—배신자라면 더 좋다—이 집과 목장과 농장을 불태우고, 주인공은 자기 가족을 구하려고—시대에 따라 걷거나 말 또는 자동차를 타고—돌진한다. 하지만 너무 늦었다. 아들, 또는 딸이나 아내가 그의 품에서 숨을 거두고 그는 눈물을 훔쳐 낸다.

주인공은 시련을 겪는다. 홀로 황야를 헤매고 온갖 의심들로 고통스러워하며 때로는 신에게 도움을 갈구한다. 그리고 어김없이 결연한 걸음으로 되돌아와 칼이나 총, 기관총을 들고 '복수'를 외친다. 그 때부터 그는 오로지 단 하나의 목표를 갖게 된다. 가족을 대신해 복수를 하고 미국을 구하는 것!

그러고는 떠난다. 모든 미국 영화에서 주인공들은 항상 어디론가 떠난다. 교통수단은 시대에 따라 다르지만, 어쨌든 말이 가장 무난하다.

주인공은 혹독한 시련을 겪고 처음에는 항상 실패한다. 그러나 굽힐 줄 모르는 의지의 힘—"I can do it, I can do it."—으로 대단원에 이르게 된다. 가능하다면 많은 단역들과 전투 장면과 피가 난무하는 대전을 치른다. 일당백, 그는 자기를 괴롭힌 수많은 적들을 차례차례 무찌른다. 그는 배신자와 적의 무리, 악당들의 우두머리와 맞선다.

싸움은 처절하다. 우리의 주인공은 칼이나 총을 잃고, 목에 칼을 맞은 채 피를 흘리며 땅에 쓰러져서 죽어 간다. 하지만 그게 끝은 아니다! 그는 마지막 순간 다시 일어나 기운을 차린 뒤 마침내 난관을 극복하고 적을 쓰러뜨린다. 주인공은 악당을 죽이거나 감옥에 보내거나 너그럽게도 살려 주거나 한다(하지만 이 경우에 악당은 자기 패거리들 중 한 명에게 살해되거나 머리 위로 떨어진 돌에 맞아 죽는다). 악당은 완전히 짓밟힌다.

그리하여 용감한 주인공은 자기 'sweet home'으로 돌아간다. 그 덕분에 다시 평화가 찾아오고, 미국은 구원된다. 그는 그동안 사랑에 빠진, 매력적인 미소가 죽은 아내와 닮은—그 역할은 때때로 아내의 자매가 맡는다—영화 속 가장 아름다운 여인과 포옹한다. Happy end. 그러면 질러 대던 고함과 팝콘도 끝이 난다.

"It's the American dream!"

네모의 단어장

of course 물론
my dream 나의 꿈
remember 기억하다 → I remember you. _나는 너를 기억해.
It's a joke! 농담이야!
really 정말로
He doesn't like me? 그가 날 안 좋아해?
afraid of ~ 두려운
scary 무서운, 두려운
maybe 아마도
help 돕다
Meet me in fifteen minutes! 15분 뒤에 만나!
Did you sleep well? 잘 잤니?
hallway 복도 /
elevator 승강기
crazy 미친 → Are you crazy? 너 미쳤어?
understand 이해하다
I am scared too. 나도 무서워.
be very careful 매우 조심하다
My Dad is not here. 우리 아빠는 여기 없어.
call 전화하다 → I call you tomorrow. 내가 내일 전화할게.
Come on! 이리 와. / 자!(기운을 북돋울 때)
Let's go to the movies. 영화 보러 가자.
I can do it. 난 할 수 있어.
It's the American dream! 그게 아메리칸 드림(미국적인 이상 사회를 이룩하려는 꿈)이야!

린다가 밖으로 나오면서 설명을 달았다.

린다는 네모가 영화를 냉소적으로 봤다는 걸 알았지만, 체면을 잃고 싶지는 않았다. 하지만 네모는 아직은 미국 영화에 대해 이야기를 나눌 만큼 린다가 그렇게 친하게 느껴지지 않았다.

밖은 화창했다. 폭풍우는 지나갔다. 드디어 뉴욕을 제대로 볼 수 있었다.

4. 상상해 봐

어떻게 저런 걸 먹을 수 있지? 네모는 아이스크림을 보고 당황한 에스키모처럼 클럽 샌드위치를 쳐다보았다. 빵이 두 겹씩 3층으로 쌓여 있었고, 그 사이사이에 닭고기 조각, 토마토, 오이 피클, 숙주를 비롯한 알 수 없는 갖가지 재료들을 잔뜩 채워 넣었다. 정말이지, 이 나라에서는 모든 것들이 도를 넘어선다.

네모는 그 괴물딱지 같은 것을 두 손으로 쥐고서 가능한 한 입을 크게 벌려 먹어 보려고 했지만 마요네즈로 얼굴만 더럽혔다.

린다는 터지려는 웃음을 간신히 참고 있었다.

"Yep, it's big!"

린다는 네모에게 냅킨을 내밀면서 그저 그렇게 말했다.

네모는 다시 한 번 시도했다. 이번에는 모든 층을 한꺼번에 물려고 모서리를 공략해 한껏 깨물었다. 토마토 세 조각이 떨어져서 식탁보 한가운데서 뭉개졌다.

린다의 웃음보가 터졌다. 어린아이처럼 맑은 웃음소리였다.

네모는 다른 전략을 구사했다. 자기 명예가 걸려 있었다. 이번에는 포크와 칼로 무장하고서 그 괴물 같은 것을 작게 조각냈다……. 결과는 더 참담했다. 그 악마 같은 샌드위치 속재료가 접시로 쏟아져 나와 빵 조각이 텅 비어 버렸던 것이다.

린다는 발작을 하듯 기침이 나와 숨이 막힐 지경이었다. 네모는 그 시험을 무사히 통과하는 건 포기해야 했다. 네모는 자기를 모욕한 그것을 엉망으로 만들고 나서야 어쩔 수 없이 손가락으로 네모나게 뜯어 먹어야 했다. 그러곤 속으로 다음엔 린다처럼 샐러드를 먹겠다고 다짐했다.

린다, 린다는 정말 예측 불가능한 이상한 애였다. 어떨 때는 조급하고 신경질적이고 변덕을 부리다가도, 또 어떨 때는 다정하고 세심하고 한마디로 달콤했다. 린다가 네모에게 소개시켜 주려는 뉴욕은 관광객들의 뉴욕이 아니라—엠파이어 스테이트 빌딩이나 자유의 여신상에게는 안된 일이지만—자기의 뉴욕, 영화와 자기만의 작은 세계 속의 뉴욕이었다.

린다를 따라 도시를 돌아다니면서, 네모는 영화나 텔레비전에 그렇게 자주 나오던 뉴욕의 상징들을 직접 만날 수 있었다. 노란 택시, 오래된 건물의 화재 대피용 철제 사다리 계단 같은 것들 말이다. 네모는 조금은 익숙한 느낌이었고, 자기가 진짜 뉴요커라도 된 듯 뿌듯하기까지 했다.

수많은 드라마의 배경이 되었던 센트럴 파크에서는 호숫가의 조깅 전용도로와 산책로에서 뭔가를 갉아먹고 있는 다람쥐들을 보면서 시간을 보냈다. 네모와 린다는 존 레넌이 살았으며 그 앞에서 살해되었던 다코타 아파트 맞은편으로 나 있는 또 다른 문으로 나와서 그 유명한 플라자 호텔의 화려한 살롱으로 차를 마시러 갔다.

그러고는 등에 세상을 짊어진 아틀라스의 입상이 서 있는, 록펠러 센터의 스케이트 링크, 아침 뉴스를 내보내고 있는 NBC 방송국의 모형 스튜디오—줄무늬 안락의자 두 개와 모형 책장, 조잡하기 짝이 없었다!—를 구경했다. 르 파커 메르디앙 호텔의 고속 승강기에는 비디오 화면을 설치해 놓고 텍스 에이버리 만화영화 시리즈를 끊임없이 틀어 주고 있었다. 사람들은 대부분 화면에 정신을 빼앗긴 나머지 내려야 할 층을 놓치고 투덜대거나, 괜한 핑계를 대면서 나머지 부분을 보려고 42층에서 1층까지 왕복으로 오르내리기도 했다.

네모와 린다는 결국 6번가 옆 식당 의자에 완전히 쓰러져 버렸다. 그 곳에서는 전혀 프랑스답지 않은데도 '프렌치프라이'라는 이름을 붙인 큼지막한 감자튀김과 터무니없이 큰 샌드위치가 또 나왔다. 세상에! 아직 끝나지 않았던 거였다…….

린다는 네모를 다시 자기네 집 근처, 이스트 강 연안의 산책로로 데리고 갔다. 거기, 작은 공원에서 린다는 몇 분이나 시간을 끌면서 고약한 냄새가 풍기는 개 사육장 주변을 빙빙 돌았다. 꼭 열쇠를 잃어버린 아이처럼. 네모는 진이 다 빠지고 말았다.

"집에 바로 들어가지 않을 거야. 오늘 아빠가 돌아오시거든. Boring, 지루할 거야."

린다가 말했다. 네모는 반박도 못 한 채 택시를 타고 도시 남쪽으로, 린다가 '패션' 구역이라고 하는 트리베카로 이동해서, 결국 린다의 친구 브래드스톡 아저씨의 사무실 건물 앞에까지 가게 되었다.

미술상 브래드스톡 아저씨는 이번엔 중국 마술사처럼 온통 검은 비단 차림이었다. 네모는 절대로 그렇게……놀라운 의상을 입을 수는 없을 것 같았다. 하지만 옷이 아주 우아하다는 점만은 인정해야 했다.

"Hi, Linda! Némo is with you? What a good idea!"

아저씨가 들어오라고 손짓하면서 반갑게 맞아 주었다.

얼음처럼 차가운 에어컨 바람이 네모 어깨 위로 쏟아졌다. 왜 미국 사람들은 항상 실내를 그렇게 차갑게 만드는 걸까? 네모와 린다는 난간 대신, 단순하게 쇠줄을 둘러 놓은 나선형 계단으로 아저씨를 따라 올라갔다. 보기엔 좋았지만, 곡예를 하는 것처럼 아슬아슬했다.

네모는 원색—진한 빨강, 선명한 노랑 등—을 지나치게 남용하고, 조각상이나 잡다한 물건들이 그득한 진짜 알리바바의 동굴 같은 곳을 기대했다……. 하지만 눈앞에 나타난 건 온통 새하얗고 커다란 방이었다. 하얀 벽, 하얀 마루, 그리고 가구라곤 하얀 천과 커다란 하얀 쿠션 두 개로 덮인 긴 안락의자뿐이었다. 이런 우윳빛 배경을 뒤로하고, 역시 하얀 장식장 위에 놓인 평면 텔레비전의 검은 화면이 마치 커다란 잿빛 조약돌처럼 두드러져 보였다.

"Sit down, sit down."

브래드스톡 아저씨가 아주 편하게 말했다.

린다는 신발을 벗고 안락의자 위에 책상다리를 하고 앉았다. 마치 자기 집처럼 편하게 굴었다.

"So, Némo. Do you like New York?"

브래드스톡 아저씨가 정확하게 발음하려고 신경 쓰면서 물었다.

네모는 마땅히 할 말을 찾지 못해, 그렇다고 고개를 끄덕였다. 아저씨는 네모가 당황했다는 사실을 눈치 채지는 못한 것 같았다.

"정말 정신 나간 도시지?"

아저씨가 완벽한 프랑스어로 말했다. 그러고는 곧 엷은 미소를 띠며 덧붙였다.

"하지만 광인들이 현인들보다 더 흥미롭긴 해……. 여기서는 미국의 바람을 느낄 수 있어. 자유의 바람. Be who you want, do what you want……. 자기가 원하는 것이 될 수 있고, 자기가 원하는 것을 할 수 있지."

"It's a free country!"

린다가 소리쳤다.

"친애하는 네모 군, 옛날에 맨해튼이 24달러에 팔렸다는 사실을 알고 있나?"

아저씨가 물었다.

네모는 애써 놀란 표정을 지었다.

"정말이야! 맨해튼은 매나하타라는 인도식 이름으로 불렸던 곳이지. 1626년 네덜란드 식민지 개척자들이 알곤킨족*에게 섬 전체를 24달러에 샀어. 그것도 현금이 아닌 자잘한 구슬을 주고서 말이야. Little stuff, nothing……."

"구역질 나는 일이에요!"

네모는 정의의 수호자라도 되는 양 침울한 눈빛을 하고서 소리질렀다.

브래드스톡 아저씨가 눈을 찡긋했다.

"네덜란드 사람들은 자기들이 아주 영리하다고 믿었어. 하지만 사실 그 때 알곤킨족은 그냥 그 지역을 지나가고 있었을 뿐, 땅 주인도 아니었단다. Would you like something to drink?"

아저씨는 대답도 기다리지 않고 밖으로 나갔다.

"아빠가 그러시는데, 해링턴 가문 사람들이 최초의 미국인이었대. 우리 조상은 1607년에 버지니아에 도착했어. 맨 처음으로 말이야."

린다가 자랑스럽다는 듯이 말했다.

에드워드 해링턴……. 네모는 아직 얼굴도 보지 못했다. 이렇게 광적인 가족의 아버지는 대체 어떤 사람일까 기대가 되기도 했다.

* 알곤킨족 : 캐나다와 미국 동부에 살던 북아메리카 원주민.

아메리카에 온 유럽인들

1492 콜롬버스가 아메리카 대륙에 오다

이탈리아 출신의 콜럼버스는 1492년 에스파냐 여왕의 도움을 받아 두 달 가까이 고된 항해를 한 끝에 대서양을 건너 미지의 대륙에 발을 내디뎠다. 그곳은 오늘날의 바하마인데, 그는 그 땅에 '산살바도르(성스러운 구세주라는 뜻)'라는 이름을 붙였다. 또 그는 그곳이 자기가 가려 했던 인도라고 믿고는 원주민을 인디언이라고 불렀다. '아메리카'라는 지명은 독일의 어느 지도 제작자가 콜럼버스 이후 신대륙을 탐험했던 이탈리아 출신의 아메리고 베스푸치를 기념해 신대륙에 붙인 이름이다.

콜럼버스

이주민을 모집하는 포스터

제임스타운을 기념하는 동전

1607 영국인들이 최초로 미대륙에 이주하다

이 때까지 아메리카는 약탈의 대상이었을 뿐이다. 그러다가 1606년 영국에서 성인 남자와 소년으로 구성된 이주민들이 출발하였다. 항해는 매우 고생스러웠으며 식량이 떨어져 십수 명이 항해 중에 죽었다. 이들은 1607년 5월 지금의 버지니아 주 동쪽에 도착해 요새를 짓고 제임스포트(나중에 제임스타운)라 불렀다. 초기 이주민들은 질병과 굶주림, 인디언의 습격 등으로 어려움을 겪었다. 이 시기에 이들에게 도움을 주었던 인디언 소녀 포카혼타스의 이야기를 다룬 월트디즈니 애니메이션 〈포카혼타스〉가 있다.

포카혼타스

1620 청교도들, 메이플라워호를 타고 아메리카 대륙으로 향하다

당시 영국에서는 엘리자베스 여왕의 뒤를 이은 제임스 1세가 영국 국교인 성공회를 지지하고, 청교도를 억압하였다. 그리하여 청교도 102명이 신앙과 생활의 자유를 위해 북아메리카로 떠났다. 이들 가운데 일부는 네덜란드에서 출발하였다. 초기 이주민들의 생활은 추위와 굶주림 등으로 힘들었지만, 그들은 길을 닦고, 집을 만들고, 교회를 만들면서 정착해 갔다. 이주민들은 계속 늘어갔고, 최초로 매사추세츠 주가 건설된 뒤 1732년까지 뉴잉글랜드를 비롯한 13개의 식민지가 북아메리카 동부 해안에 건설되었다.

아니다. 가능하다면 제발, 그 만남의 순간을 최대한 늦추고 싶다……. 네모는 브래드스톡 아저씨와 함께 있으면 기분이 좀 더 좋아졌다. 게다가 린다도 그래 보였다. 린다는 안락의자 위에서 무릎을 감싸 안은 채 눈을 감고 머리를 뒤로 젖히고 있었다.

"You know……. Sometimes I dream of America before……, before everything……."

린다가 꿈꾸는 듯한 목소리로 중얼거렸다.

"What do you mean?"

네모는 자기가 낼 수 있는 최고의 억양으로 말했다.

"Before all these things, all these people. 이 모든 것들, 이 모든 사람들 이전의 미국 말이야. Can you imagine? 인디언들의 아메리카……. 도로도 없고, 집도 없고, 공장도 없는 거대한 땅……. 오직 숲과 호수와 평원……, 그리고 바다만 있는 거야. Imagine ……."

영어 단어가 프랑스어가 된 것일까? 아니면 그 반대일까? Imagine……. 린다는 그 말을 부드럽고 느린 선율로 마치 존 레넌의 노래처럼 발음했다. 린다라는 애는 매력적인 목소리와 말투만으로도 네모를 여행시킬 수 있었다.

"너네 조상이 정말로 첫 번째였다고?"

네모가 물었다.

"My father says so! I am not really sure. 1607년에 배 세 척이 버지니아에 도착했대. 금을 찾던 영국인들이었어. 그 사람들이 최초의 식민지 제임스타운을 세운 거야. 그 사람들은 100명 정도 됐대. 그 이상은 아니야. 아빠 말씀이, 그 선원들 중 한 명의 이름이 윌리엄 해링턴이었다는 거야……. 어쨌든 우리 아빠는 항상 금을 찾으러 다니셔!"

린다와 네모가 동시에 웃었다. 조금 뒤 네모가 물었다.

"그런 다음에? 해링턴 할아버지가 인디언들을 학살했어?"

"No, no. At the beginning, everything was OK."

"만약 인디언들이 없었다면, 유럽 사람들은 굶어 죽었을 거야."

음료수 잔을 얹은 쟁반을 들고 다시 나타난 브래드스톡 아저씨가 끼어들었다.

"Ice tea as usual?"

아저씨가 린다에게 물었다.

"Yes, thank you. And for you, as usual……."

린다는 아저씨가 스스로를 위해 준비한 칵테일, '브래드스톡 스페셜'을 가리키며 대답했다. 아저씨는 파란색 음료수가 담겨 있는 잔을 보여 주면서 네모에게 설명했다.

"진, 바나나 시럽 한 방울, 얼음 가루, 박하 몇 잎……."

"Fresh……."

린다가 덧붙였다.

"Of course. 그리고 색을 내기 위해 큐라소*를 조금 섞으면 돼."

* 큐라소 : 알코올에 쓴맛이 나는 오렌지 껍질을 넣어 향과 맛을 낸 단맛 나는 양주로, 무색, 갈색, 녹색이 있다.

•아주 먼 옛날

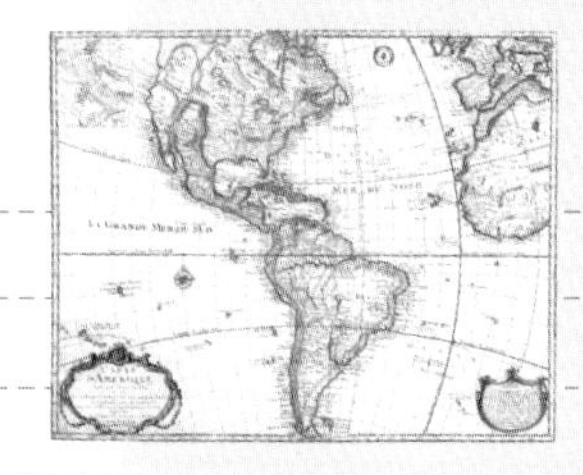

•아메리카 대륙에 살던 사람들

아메리카 대륙에 살던 원주민들은 수만 년 전에 아시아에서 얼어붙은 베링 해협을 건너 아메리카로 이주해 왔다고 한다(그러니까 아메리카 대륙을 처음 발견한 사람은 콜럼버스가 아니라 이들인 셈이다). 북쪽에 정착한 사람들은 작은 부족들을 이루어 유목생활을 한 반면 중부와 남부의 주민들은 찬란한 고대 문명을 발달시켰다. 어떤 학자들은 1500년 무렵 아메리카 대륙에는 5000만~7500만 명이 살고 있었으며, 지금의 미국 땅에는 1000만 명 정도가 살고 있었을 것이라고 한다. 그런데 콜럼버스 일행이 온 뒤 200년도 채 되지 않아서 남북아메리카 대륙에서 5000만 명 이상의 원주민이 목숨을 잃었다.

마야 문명

멕시코 남동부 유카탄 반도에서 일어났으며, 3~9세기 사이에 번영했으나 이후로 쇠퇴했다. 다른 고대 문명과는 달리 열대우림 사이에 주요 유적이 있다. 상형문자와 숫자(0을 나타내는 기호가 있음)를 사용했으며, 천문학과 태양력이 발달했다.

멕시코 치첸이트사에 있는 전사의 사원(위)과 고대 경기장(아래)

팔렝케 사원 유적지

아스텍의 수도
테노치티틀란

아스텍 문명 멕시코 중앙 고원에서 번성하였으며, 지금의 멕시코 시티는 과거에 그들의 수도인 테노치티틀란(신이 머무는 곳이라는 뜻)이 있던 곳이다. 태양신을 섬겼고, 농업이 발달하였으며, 이들이 재배한 옥수수, 감자, 사탕수수, 토마토, 담배 등은 오늘날 전세계로 보급되었다. 1520년 에스파냐의 페르난도 코르테스가 거느린 수백 명의 군대가 침입함으로써 멸망하였다.

아스텍의 달력

잉카 문명 남아메리카 페루 일대에서 일어났다. 쿠스코를 수도로 하고 안데스 산지 전역으로 세력을 넓혀 나가 북쪽으로는 지금의 에콰도르, 남쪽으로는 칠레 중부에 이르는 대제국을 이루었다. 황제 중심으로 나라를 다스렸으며, 태양신을 섬겼다. 잉카인들은 도시를 세우고, 각 지역의 산물을 운반하기 위해 안데스 산중에 도로를 건설하는 등 15~16세기 초까지 문명이 크게 발달하였다. 16세기 초 에스파냐의 프란시스코 피사로가 이끄는 군대에 멸망하였다.

잉카인들의 튜닉

쿠스코 시 북서쪽에 있는
잉카의 유적, 마추픽추

아저씨는 잔을 살짝 부딪혀 건배를 하고는 이야기를 계속했다.

"몇십 명밖에 안 되는 영국 사람들은 버지니아의 혹독한 기후에 적응하지 못했어. 그들은 프랑스 사람들의 표현대로 파리 떼처럼 무더기로 쓰러져 갔지. 그 때 인디언들이 도와주었단다. '포카혼타스' 이야기 알지?"

"만화영화에 나오는 여자 애요?"

네모가 물었다.

아저씨가 웃었다.

"그래, 그런데 그 여자 애는 실존 인물이었단다. 포카혼타스는 인디언 추장 포와탄의 딸이었는데, 아직 살아 있는 영국인들을 죽이지 말아 달라고 아버지를 설득했지. 영국인들이 식민지를 세울 수 있었던 건 바로 그 아이 덕분이라고 할 수 있어. 포카혼타스가 없었다면 아마도 프랑스인들이 미국을 식민지로 삼았을 테고, 우리는 네모 너희 나라 언어를 쓰게 되었을 거야."

"그렇게 나쁘진 않네요."

네모가 말했다.

"그럼 나는? 난 태어나지도 않았을 거 아니야?"

린다가 대꾸했다.

네모는 머리를 길게 땋아 내리고 가죽 치마를 입은 린다를 상상해 보았다. 린다는 아마 어여쁜 포카혼타스가 되었을 거다.

"그리고 다른 유럽 사람들이 도착했지. 청교도들 말이야."

아저씨가 말을 이었다.

"The Pilgrims, in 1620. They came from Holland, on the Mayflower. 청교도들은 메이플라워 호를 타고 네덜란드에서 출발했어."

린다가 끼어들어 마치 학교에서 배운 것을 암기하듯 읊었다.

"I know the Mayflower. It is very famous."

네모는 무지한 사람 취급을 받기는 싫었다.

"Hurk! Depressing bunch!"

"'린다표' 표현이야. '지독한 사람들'이란 뜻이지."

아저씨가 신이 나서 통역을 해 주었다

"They worked, worked, worked. They never had fun!"

린다가 이어 말했다.

"나도 알아. 청교도의 나라에서 찍은 영화를 본 적이 있어. 모두가 이별하기를 바라는 두 연인의 이야기였어."

린다는 아주 예쁜 미소를 지었다. 그건 확실했다. 사랑 이야기에 마음이 약해지지 않는 여자는 없었다.

"그런 다음 인디언들에게는 진짜 걱정거리들이 생겨났지."

아저씨가 곧바로 말을 이었다.

"이민자들이 밀려오기 시작했어……. 그렇게 해서 미국은 이민자의 나라가 된 거야. 사실 우리는 전부 이민자들이지. 해링턴 씨까지도 말이야."

아저씨는 린다를 위해 그렇게 덧붙였다.

네모는 맨해튼 거리에서 보았던 사람들을 떠올려 보았다. 백인은

다양한 미국인

흔히 미국을 인종의 용광로라 한다. 1960년까지만 해도 미국 인구의 85%는 백인, 10%는 흑인, 5%는 기타 인종이었다. 1965년 이민법 개정안이 만들어진 뒤 이민자의 출신국이 유럽계에서 라틴아메리카와 아시아 출신으로까지 확대되었다. 2000년 인구 센서스 자료에 의하면, 미국은 전형적인 다인종 사회의 모습을 띠고 있다. 인구 구성은 백인 67%, 히스패닉(에스파냐어를 쓰는 라틴계 민족) 14%, 흑인 13%, 아시아인 4%, 기타 2%인 순으로 나타났다.

히스패닉이 많이 늘어났다

미국 인구조사국 통계에 따르면 2004년 미국 전체 인구 2억 9370만 명의 14%가 히스패닉계였다. 더욱이 지난 5년간 인구 증가의 49%를 차지하기도 했다. 1990년대 히스패닉계의 인구 증가는 이민(불법 이민을 포함하여)이 차지하는 비중이 컸지만 최근에는 출생이 이민을 앞지르고 있다. 가톨릭 신자가 대부분인 히스패닉은 낙태와 피임을 꺼리기 때문에 출산율이 매우 높다. 인구가 증가하면서 히스패닉의 정치·경제적 영향력도 커지고 있다. 에스파냐어를 배우는 미국인들도 늘고 있으며, 이미 에스파냐어가 미국의 제2 국어로 여겨질 정도이다. 마이애미 시는 영어와 에스파냐어를 공식적으로 함께 사용하고 있다. 영어와 에스파냐어가 뒤섞인 '스팽글리쉬'란 신조어가 등장한 지도 꽤 되었다. 왼쪽은 클린턴 전 대통령과 함께한 라틴계 사람들.

인종차별

다인종 사회인 미국의 가장 큰 문제 가운데 하나다.
그래서 많은 영화들이 이 문제를 다루어 왔다.

컬러 퍼플 스티븐 스필버그, 1985
파워 오브 원 존 아빌드센, 1992
맬컴 X 스파이크 리, 1992
프라이드 그린 토마토 존 애브넷, 1992
타임 투 킬 조엘 슈마허, 1996
크래쉬 폴 해기스, 2004

물론이고 흑인과 아시아인, 그리고 '라틴아메리카 사람'도 있었다. 여기 뉴욕에서는 자기 출신 때문에 열등감을 갖는 일이 없었다. 오히려 아프리카계 미국인(흑인들), 아시아계 미국인, 에스파냐계 미국인, 원주민 미국인(원주민들, 즉 인디언들)……들이 공존하고 있었고, 이 작은 세계들은 모두 이웃의 말투와 상관없이 각자의 억양으로 영어를 했다.

브래드스톡 아저씨는 어느새 일어서 있었다.

"지금은 역사 수업을 할 수가 없구나. 난 할 일이 있어서 자리를 떠야겠다."

그러고는 도도한 걸음걸이로 방을 나갔다.

"He's a very nice guy. I love him."

린다가 아저씨의 뒷모습을 바라보면서 말했다.

린다는 네모 앞에 마주 보이는 벽에 기댔다.

"Look. 너한테 비밀을 하나 보여 줄게."

벽의 널빤지 하나를 회전시키자, 비디오테이프와 DVD가 꽉 들어찬 벽장이 드러났다. 거긴 놀랄 만한 것들 천지였다!

"와우! 네 맘대로 써도 돼?"

"Sure. 난 여기에다 우주에 관한 영화들을 수집해 놨어. 그리고 우주 비행사 샐리 하이트도 찍어 놨지. 우리 학교에 왔었거든. 그건……so great!"

하지만 네모는 우주에 관해서는 이야기하고 싶지 않았다. 린다는 하얀 바닥에 앉았다.

"다른 비밀을 하나 더 말해 줄게. 브래드스톡 아저씨와 나는 함께 business를 하나 하고 있어. 아저씨가 우리 아파트 실내장식을 한다는 건 너도 알지? 5년 전부터였어. 아마 앞으로도 절대 끝나지 않겠지만. 엄마는 여행을 다녀올 때마다 집 색깔을 전부 바꾸고 싶어하셔. 여행 갔던 나라처럼 꾸미려고 말이야. 그러면 나는 브래드스톡 아저씨에게 그 생각을 말해 주지. 그럼 엄마는 아저씨가 her thoughts를, 그러니까 자기 생각을 읽었다고 생각해. 엄마는 아저씨를 so intuitive, so creative하다고 여기고 있어! 우린 이미 중국식, 이탈리아식, 멕시코식 등으로 집을 꾸며 봤어."

네모는 웃음을 참을 수가 없었다. 어쨌든 해링턴 부인을 참아 내는 대가로 돈을 번다고 해도, 그건 이상한 일이 아니었다. 린다가 그렇게 예측 불가능하게 된 것도 따지고 보면 흥분을 잘 하는 그 어머니 때문일 것이다. 네모는 주변의 하얀색을 유심히 살펴보았다.

"여기는 오히려……."

"브래드스톡 아저씨는 이런 걸 '미니멀 아트'* 라고 부르지. 아저씨는 평화를 사랑해. 나처럼 말이야. 우린 서로 맘이 통해."

린다가 만족스런 표정으로 말하고는 윙크를 했다.

"Sometimes, 아저씨는 나를 위해 학교에 사유서를 써 주기도 하셔."

* 미니멀 아트(minimal art) : '최소한의 예술'이라는 뜻. 작품의 색채, 형태, 구성을 매우 단순화하는 것이 특징이다.

그러고는 다시 덧붙였다.

"You see, I tell you my secrets. And you? 네 비밀도 얘기해 줄 거야?"

"정확히 말하면 비밀이라고는 할 수 없어. 그런데 정말로 알고 싶니?"

"Sure. 너한테 중요한 거면 나한테도 중요해."

린다는 네모가 하게 될 말이 세상에서 가장 매력적인 이야기라도 되는 것처럼 기다렸다.

"있잖아……."

네모가 말을 꺼냈다.

"우리 할아버지 친구에 관한 일이야. 정확히 말하자면 미국인 친구. 그분은 오래 전에 돌아가셨어. 하지만 난 그분의 가족을 찾고 싶어."

"Your grandfather told you the story? 너희 할아버지가 너한테 들려주신 이야기니?"

"아니, 할머니가 해 주셨어. 파니 할머니. 난 할아버지를 몰라. 내가 태어나기 전에 돌아가셨거든……."

린다는 그 큰 눈으로 여전히 네모를 바라보며 다음 이야기를 기다렸다.

"그런데 얘기가 좀 복잡해. 전쟁 때 일어났던 일이야. 우리 할아버지 이름은 기(Guy)야. 독일군에 대항하는 레지스탕스를 위해 일하셨어. 연락장교로 일하면서 정보나 문서 같은 걸 전달하셨는

데……, 1944년 6월 6일 연합군이 상륙했을 때, 노르망디에 계시던 할아버지는 연합군을 도왔어."

"Go on……."

린다는 아주 재미있어하는 눈치였다.

"루이지애나에서 온 제임스 그랜트라는 군인—모두들 그를 짐이라고 불렀대—이 낙하산을 타고 내려오다 다리가 부러졌어. 주변은 온통 아수라장이었지. 제임스, 그러니까 짐은 자기 부대에서 외따로 떨어져서 독일군이 점령하고 있는 마을 부근에 닿은 거였어. 마치 스필버그 영화 〈라이언 일병 구하기〉에서처럼 말이야."

"I know it. A terrible fight."

"우리 할아버지가 짐의 목숨을 구해 주셨어. 할아버지는 짐을 숨겨 주고, 상처를 치료받을 수 있도록 의사를 찾아 주었지."

"And they became friends?"

"그래. 두 사람은 친구가 되었어. 날마다 우리 할아버지가 먹을 것을 갖다 주셨어. 아주 조심해야 했지. 짐이 사람들 눈에 띄면 안 됐으니까."

"Why?"

계속 정신을 집중한 채 린다가 물었다.

"짐은 들키기 쉬웠어. 일단 불어를 한 마디도 못했잖아. 무엇보다 특히……짐은 흑인이었거든!"

"Wao!"

"1944년, 노르망디에는 흑인들이 거의 없었어! 사람들이 짐을 보았다면 금방 미국인이라는 걸 알아챘을 거야. 우리 할아버지와 짐은 아주 친한 친구가 되었어. 시간이 얼마 지나고 나서 짐은 자기 부대로 돌아갔고, 그 뒤 8월에 해방이 되자 두 사람은 파리에서 다시 만났지. 정말 믿을 수 없는 일이었고, 기쁨의 도가니였어. 사람들은 너도나도 미군을 칭송했어. 이번에는 짐이 우리 할아버지한테 농축 우유랑 초콜릿, 통조림 같은 먹을 것을 가져다주었어……. 두 사람은 밤마다 축제를 벌였지! 연주단까지 만들었어. 할아버지는 피아노를 연주했고, 짐은 색소폰을 불었지. 짐은 대단한 연주가였고, 음악에 사로잡혀 있었어."

"It's a beautiful story."

"우리 할아버지는 그 미국인 친구와 함께했던 모험들, 그리고 이루지 못한 두 사람의 꿈에 대해 평생 동안 이야기하셨나 봐."

"What happened?"

"전쟁은 끝나지 않았어. 짐은 독일로 파견됐고, 1944년 가을에 전사했지. 다시는 미국 땅을 밟지 못한 거야."

"Oooh, my God……."

"파리를 떠나기 전에 짐은 우리 할아버지한테 편지를 주면서 간직해 달라고 부탁했대."

"Why?"

"거기서부터 이야기가 이상해져. 그 편지는 짐이 루이지애나에 있는 마르타라는 약혼녀한테 보내는 거였어."

"왜 직접 보내지 않고?"

"짐이 프랑스에서 약혼녀한테 편지를 보냈는데 차례차례로 모두 되돌아왔대."

"Return to sender."

"맞아. 보낸 사람한테 되돌아온 거야. 약혼녀가 사라졌거나 주소가 바뀐 거지. 그 뒤로 더 이상 아무런 소식도 없었대. 짐은 절망했어. 그래서 독일로 떠나기 전에 마지막 편지를 써서 우리 할아버지에게 맡긴 거야. 그러면서 우리 할아버지한테 이렇게 말했대. '만약 내가 돌아오지 않으면, 자네가 마르타를 찾아서 이 편지를 좀 전해 줄 수 있을까? 이건 내게 아주 중요해. 그녀도 이해할 거야.'"

"편지에 뭐라고 써 있는데? It was really important?"

네모가 망설였다.

"Of course, it was important. 유서 비슷한 거였어. 그리고 사랑의 편지였지."

"A love letter……."

린다는 생각에 푹 잠겼다.

"It's so sad."

"Yes. 전쟁이 끝나고, 우리 할아버지는 그분의 흔적을 찾으려고 갖은 노력을 다하셨대. 옛 주소로 몇 번이나 편지를 썼지만, 아무런 답장도 받지 못했어. 그리고 짐의 가족과도 연락하려고 애쓰셨고. 심지어는 미군에도 편지를 보내셨대. 하지만 짐의 가족과 연락이 닿지 않는다는 답이 돌아왔을 뿐이야. 짐의 가족 역시 사라졌어."

"모두가 사라져? 짐의 가족과 약혼녀까지? It is incredible.

And very strange."

"Yes……, 우리 할아버지는 루이지애나 신문에 작은 광고도 내셨대. 몇 번씩이나. 하지만 수확이 전혀 없었어. 아무것도."

"그럼 넌 무슨 일이 일어났던 건지 알고 싶은 거야? 혹시 그 가족을 아는 사람이 있는지, 혹시 그 약혼녀가 아직 살아 있는지?"

네모는 이번만큼은 믿음을 가지고 린다를 쳐다보았다.

"내 말을 다 알아들었구나. 어쨌든 이상한 일이야. 가족이 사라지고, 약혼녀가 사라지고……. 분명히 뭔가 엄청난 일이 일어났을 거야."

"Something mysterious……."

"그래. 그래서 내가 편지를 갖고 온 거야. 여기서는 누군가 나를 도와줄 수 있을 것 같아서. 만약에 약혼녀였던 마르타 할머니가 아직 살아 계시다면, 편지를 할머니께 전해 드리고 싶어. 아니면 보낼 수라도 있으면 좋겠어."

"She would be a very old woman, you know."

"물론 그렇겠지. 할머니가 살아 계시다면, 아주 늙었겠지. 하지만 할머니는 짐 할아버지의 마지막 편지를 받아야 해. 할아버지는 영웅이었고, 우리 할아버지와 친구였다는 사실을 할머니도 알아야 해. 만일 할머니가 돌아가셨다고 해도, 분명히 가족이 있을 거야. 생각해 봐. 짐 할아버지도 이 편지를 우리 할아버지에게 줬잖아. 파니 할머니는 그걸 나한테 주셨고……. 그건 나한테 해야 할 숙제가 있는 것과 같아. '숙제'라는 말 알지?"

네모의 단어장

with ~와 함께 → Némo is with you? _ 네모가 너와 함께 있니? 네모랑 함께 왔니?
What a good idea! 참 좋은 생각이야!
want 원하다 → What do you want? _ 넌 뭘 원하니?
free 자유로운 → It's a free country. _ 그게 자유로운 나라야.
would you like~ ~을 원하니?
something 어떤 것, 무언가 →Would you like something to drink? _ 마실 것을 원하니? / 마실 것을 줄까?
sometimes 때때로, 이따금
before 전에
everything 모든 것
mean 의미하다 → What do you mean? _ 무슨 뜻이야?
all these things 이 모든 것들 / **all these people** 이 모든 사람들
I am sure. 나는 확신해. / **sure!** 물론, 좋아!(yes라는 뜻으로 자주 쓰인다)
at the beginning 처음에
as usual 여느 때처럼, 평소와 같이
work 일하다 → They worked. _ 그들은 일했어.
never 절대로 → They never had fun. _ 그들은 절대로 놀지 않았어.
intuitive 직관력 있는 / **creative** 창조적인
Go on! 계속해!
fight n. 싸움, 전투 / v. **(fought, fought)** 싸우다, 투쟁하다
become(became, became) ~되다
What happened? 무슨 일이 있었는데? / 무슨 일이야?
so 그렇게, 너무 → It's so sad. _ 너무 슬프다. / **It's so great!** _ 정말 멋지다!
It is incredible 믿을 수 없어! / 말도 안 되는 일이야.
I can't believe it! 난 그걸 믿을 수 없어!
strange 이상한
Trust me. 나를 믿어.
We've got to go. 우린 가야 해.
wait for 기다리다 → My Dad is waiting for us. _ 아빠가 우릴 기다리셔.

"Yes. Duty."

생각에 잠긴 린다가 짧게 대답했다.

네모는 숨을 헐떡거리며 말을 멈췄다. 눈에는 거의 눈물이 맺혀 있었다. 파니 할머니는 네모에게 아주 중요한 존재였다.

"내가 편지를 좀 봐도 될까?"

린다가 물었다.

"안 돼!"

네모가 급히 대답했다.

"편지를 본 사람은 아무도 없어. 우리 할아버지, 할머니랑 나를 빼고는. 우리는 어쩔 수 없이 본 거였고. 이건 사랑의 편지야. 너도 이해하잖아. 아주 사적인 거라고……."

린다는 한동안 잠자코 있었다. 그러다가 넌지시 자기 생각을 말했다.

"그 사람들을 알고 있는 사람을 찾아야겠어."

네모는 린다의 눈을 빤히 바라보면서 잠시 머뭇거렸다. 그러고는 말했다.

"바로 그거야. 내가 미국에 온 까닭은, 어느 정도는 그것 때문이기도 해."

"나를 만나고 싶었던 게 아니었어?"

네모는 이상하게 뺨이 달아오르는 걸 느꼈다. 네모는 당황해서 바닥을 바라보며 낮은 목소리로 덧붙였다.

"물론 그렇지……."

린다가 웃었고, 그 애의 작은 이가 빛났다.

"우리가 가스파르 오빠를 보러 플로리다에 간다면……, 거기서는 루이지애나가 별로 멀지 않을 텐데!"

"너, 정말 고집이 세구나!"

"Sure. I am a woman!"

린다는 갑자기 뭔가가 생각난 듯 멈칫했다.

"Great! 내 친구 제프리네 가족이 루이지애나에 있어. 그 애라면 뭔가 생각이 있을 거야."

린다가 일어섰다.

"네모, 내가 널 도와줄게. I will help you. Trust me. 이제 집에 가야겠다. We've got to go. My dad is waiting for us. 아빠가 우릴 기다릴 거야. 넌 아무 말도 안 한 거다!"

그러면서 린다는 네모의 입술 위에 손가락을 살짝 갖다 댔다. 네모의 입술이 금세 빨개졌고, 다홍빛으로 물든 얼굴이 하얀 벽을 배경으로 예쁘게 두드러졌다.

5. BR. B. Q.

"Hi, guys, how are you today?"

거리의 사람들이 잔뜩 호기심을 품고서 네모와 린다에게 말을 걸어왔다. 네모는 두 사람이 눈길을 끈다는 걸 인정해야 했다. 특히 투명한 피부와 긴 갈색 머리, 연예인들이 즐겨 쓰는 선글라스를 쓴 린다는 더욱 그랬다.

132번 도로와 레넉스가 모퉁이에 사람들이 몰려 있었다. 네모는 주위를 둘러보았다. 아이들 손을 꼭 잡고 걷는 아주머니들, 공을 놓고 서로 다투는 남자 아이 둘, 커다란 장바구니를 들고 길을 건너는 할머니, 더운 날씨에 두꺼운 점퍼를 입고 부츠를 신은 남자들, 농담을 주고받고 있는 곱슬머리 처녀들……. 모두 피부가 검었다. 아니면……, 갈색이거나. 주변에 백인이라곤 한 명도 없었다. 그리고 백화점 정면을 뒤덮은 거대한 광고판 위에도 흑인 마네킹과 배우들 사진만 보였다.

"Yep! You're in Harlem, man."

놀라는 네모의 모습에 린다가 즐거워하며 말했다.

린다는 래퍼들이 그러는 것처럼 maaan이라고 모음을 길게 끌면서 발음했다.

북쪽으로 고작 몇 구역 올라왔을 뿐인데 전혀 다른 세상이었다. 네모는 영화 〈웨스트 사이드 스토리〉 속에 들어와 있는 것 같았다. 그 유명한 화재 대피용 철제 사다리 계단이 있는 빨간색이나 갈색 벽돌—brownstone이라고 린다가 설명해 주었다—건물들 한가운데 말이다. 어떤 건물들은 문이나 창문이 깨져 있거나 완전히 막혀 있었다. 하지만 많은 건물들이 수리되어 새로 칠해져 있었다.

네모는 기분이 한결 나아졌다. 지난 사흘 동안 파크 애비뉴의 테라스에 조금 있었던 것 빼고는 밖이라곤 나가 보질 못했다. 시차 때문에 병에 걸린 것처럼 잠에 곯아떨어졌기 때문이다. 낮에는 잠을 자고, 밤에는 반절은 작은 텔레비전 방에서 지냈다. 만화영화, 서부영화, 모험영화, 뮤지컬 등을 보면서. 영어 단어들을 수첩에 받아 적고 배우들의 콧소리 억양을 흉내 내면서 놀았다.

린다도 이 이상한 기간 동안 밖에 나가지 않았다. 네모와 함께 영화를 보면서 네모가 이해하지 못하는 단어와 상황을 설명해 주었다. 웬일인지 린다는 집요하게 울리는 벨 소리를 피하려는 듯 전화 코드를 아예 뽑아 놓았다. 하지만 저녁에 아빠가 들어오면 웃는 얼굴로 예의 바르고 사랑스럽게 굴면서 모범적인 딸 노릇을 했다.

해링턴 가족의 분위기라니! 린다의 아빠는 네모가 생각했던 모습 그대로였다. 린다가 말한 대로 Boring이었다! 그리고 공포감을 주었다. 회색 양복에 반듯한 가르마로 가른 하얀 머리칼, 레이저 광선 같은 눈빛……. 아저씨는 마치 우산을 통째로 삼킨 것처럼 뻣뻣했다. 근육만 있다 뿐이지 꼭 액체 웅덩이로 변하기 전의 터미네이터 같았다. 게다가 아저씨 말투는 항상 이런 식이었다. "So, Linda, what have you done today?" 절로 죄책감이 느껴지게 하는 말이었다. 네모는 모든 것을 다 알 수는 없었지만, 린다가 살살 거짓말도 하고, 전혀 하지도 않은 운동이나 박물관 방문 같은 이야기들을 많이 꾸며 댄다는 것을 알았다.

나흘째 되는 날, 네모는 아침 일찍 기운 넘치게 상쾌한 기분으로 일어나 더 이상 무기력하게 지내지 않겠다고 마음먹었다. 게다가 해링턴 가족의 분위기도 한결 가벼워졌다. 린다의 아빠 에드워드 해링턴 씨가 시카고로 떠났고, 엄마는 충성스런 브래드스톡 씨와 함께 미술 갤러리 투어를 다시 시작했다. 비로소 모든 것이 제자리를 찾았다. 마음이 놓인 린다는 다시금 밤 외출복—헐렁한 스웨트셔츠, 야구 모자, 검은 선글라스—을 꺼내 입고 힘주어 말했다.

"Today, we are going to Harlem! My friend Jeffry is waiting for us."

린다는 크기가 다양한 라켓과 부츠와 스키가 꽉 들어찬 벽장 속에서 인라인스케이트를 한 켤레 꺼내더니 네모에게 내밀었다.

"네 자전거는?"

린다가 자전거를 타고 다녔다는 이야기가 생각난 네모가 물었다.

맬컴 엑스

Malcolm X

미국 흑인 인권 운동의 대표적인 인물이다. 1925년 네브래스카 주 오마하에서 태어났으며, 원래 이름은 맬컴 리틀(Malcolm Little)이다. 아버지 얼 리틀은 목사로, 아프리카와 정치·경제적 유대를 확립하려고 애쓴 흑인 분리주의 지도자 마커스 가비의 추종자였다. 그는 신자들을 상대로 선조의 고향인 아프리카로 귀향할 것을 설교했다. 이 과정에서 백인이 맬컴 엑스의 아버지와 형제들을 살해했으며, 어머니마저 정신병원에 수용되어 가족이 뿔뿔이 흩어지게 되었다. 맬컴 엑스는 학교를 중퇴하고, 21세에 강도죄로 감옥에 가게 되었는데, 이 때 이슬람교를 받아들였다. 엑스라는 성은 그가 이슬람교를 받아들이면서 원래의 성을 버리고 대신 쓰기 시작한 것이다. 미국 흑인들의 성은 원래 그들 조상의 것이 아니고 그들을 노예로 부리던 옛날의 백인 주인들이 멋대로 붙였던 것이니만큼, 엑스 자를 써서 흑인의 빼앗긴 이름을 상징한다는 것이 당시 흑인 이슬람교도들의 입장이었다. 감옥에서 나온 뒤 그는 흑인 해방 운동가로 활동하였다. 그는 같은 시기 흑인 인권 운동을 했던 마틴 루터 킹이 주장하던 비폭력 저항의 흑백 통합과 달리, 미국 내에 흑인 자치 구역을 건설할 것을 외쳤고 비폭력만으로는 흑인 해방을 이룰 수 없다고 생각했다. 폭력을 주저하지 않는 과격한 사상으로 청년들을 비롯한 대다수 미국인들에게 환영받지 못했다. 말년에는 종교를 뛰어넘어 민권 운동과 관련된 기구를 설립하였으나, 1965년 2월 21일 뉴욕에서 열린 인종차별 철폐를 위한 집회에서 연설하던 중 암살당했다.

"빌려 줬어."

둘은 공원 길을 따라 북쪽으로 출발했다. 스무 개의 block, 지도 위에서 보면 그건 아무것도 아니었다. 하지만 현실에서는 얘기가 달랐다. 차츰 오르막길이 되는 경우엔 더더욱…….

할렘에 도착했을 때, 네모는 숨이 턱에 차 있었다. 신발을 고쳐 신으려고 인도 가장자리에 앉아서 네모는 주변에 몰려든 사람들을 바라보았다.

"Hey, what are you doing?"

린다가 조바심을 냈다.

린다, 이 귀여운 아이에게선 에너지가 넘쳐흘렀다.

사거리에 비스듬히 붙어 있는 표시판이 네모의 호기심을 자극했다. 거기엔 이렇게 쓰여 있었다. Malcolm X Boulevard.

"이 길엔 이름이 두 개네. 레넉스랑 맬컴 엑스."

네모가 말했다.

"Officially, it's Lenox. 하지만 여기선 맬컴 엑스라고 불러. 흑인 역사 속 영웅의 이름이지."

"I know."

네모가 의연하게 말했다.

"Come on, we're late!"

린다는 네모를 132번 도로의 혼잡한 보도로 이끌어 다음 구역으로 데려갔다.

"Jeffry is waiting for us. There is a barbecue. 그 애가 다니

는 교회에서 준비한 거야. At the corner of Adam Clayton Powell Boulevard."

정말로 석쇠에 굽는 소시지 냄새가 이따금씩 강하게 풍겨 왔다. 네모와 린다는 철책으로 둘러싸인 아스팔트 길에 도착했다. 현수막에는 'BR. B. Q. Today'라고 쓰여 있었다. 네모는 이해하는 데 시간이 좀 걸렸다. 영어식으로 글자를 읽으면 발음이 '바르, 비, 큐'가 된다. Barbecue……, 미국인들은 이니셜을 갖고 노는 것을 좋아한다.

신이 난 몇몇 작은 무리가 임시로 쳐 놓은 천막 아래서 이야기를 나누고 있었다. 울타리 옆, 벽돌담 위에는 광고지를 뿌리는 남녀가 그려진 대형 프레스코화*가 있었다. 'Support community struggles', 'Better housing. Education. Equality.' 네모는 뜻을 풀려고 끙끙댔다.

네모가 해석을 도와 달라는 뜻으로 린다에게 돌아섰다. 하지만 린다는 멀리 떨어진 입구 쪽에서 아주 친해 보이는 작은 흑인과 이야기를 하고 있었다. 네모는 가까이 다가갔지만 전혀 뜻을 알 수 없는 단어 몇 개가 들릴 뿐이었다.

"Missing Link……. Not found it……."

"Nothing, nothing."

린다가 눈살을 찌푸리며 연거푸 말했다.

* 프레스코화 : 갓 칠한 회벽토에 수채로 그리는 벽화법이다.

네모를 보자 린다는……거짓말을 할 때 자주 짓는 함박웃음을 지으며 금세 표정을 바꿨다. 네모는 린다가 혹시 자기 험담을 하고 있었던 건 아닌지 의심스러웠다.

"Come here, Némo! This is my friend Jeffry. Jeffry, this is Némo, from France. He is a real pal."

린다가 활짝 웃으면서 말했다.

"Hi, Niiimo!"

제프리가 큰 소리로 인사를 했다.

제프리는 머리카락이 곱슬곱슬했고, 눈동자는 어딘지 얼이 빠진 것처럼 보이는 독특한 초록색이었다.

"Hi, Jeffry! How are you?"

네모가 답했다.

제프리가 긴장을 풀었다.

"I love your French accent! Come on guys, let's eat!"

제프리는 네모와 린다를 천막 쪽으로 안내했다. 거기서는 단정한 셔츠를 입은 풍만한 아주머니가 소시지 나누어 주는 일을 지휘하고 있었다.

"This is my mother! Her name is Janie. Mom, do you remember Linda? And this is Niiimo. He comes from France!"

제프리가 린다와 네모를 소개했다.

반응을 보일 사이도 없이 네모는 기운 센 두 팔 사이에 끼었다가 조금 뒤에 머스터드소스와 토마토케첩이 줄줄 흐르는 핫도그가 수북하게 쌓인 종이 접시를 받았다. 이걸 어떻게 다 먹지?

"Go over there, go over there!"

제프리의 엄마가 웃으면서 되풀이해 말했다. 아주머니는 포동포동한 손으로 플라스틱 의자 무더기를 가리켰다.

"Wait for me!"

네모는 역시 엄청난 접시를 받아 든 린다와 제프리 옆으로 가서 앉았다.

"My mother drives a bus, here in Harlem."

제프리가 자랑스럽게 설명했다.

"A bus for tourists! If you want, she can take you everywhere in Harlem!"

"네가 원한다면 제프리 엄마가 널 할렘 어디든 데리고 다녀 주실 수 있대."

린다가 통역해 주었다.

제프리의 엄마가 소시지를 다 나누어 준 다음 우리 곁으로 왔다. 그리고 작은 꼭지가 달린 쿨러에서 따라 온 시원한 레모네이드도 나누어 주었다.

"Thank you."

갈증이 나 쓰러질 지경이었던 네모가 말했다.

"We were very thirsty."

린다가 덧붙였다.

"So, Niiimo……. Linda told me. You have a story for me. The story of a black soldier from Louisiana."

아주머니가 노란색 의자에 앉으면서 말했다.

네모는 머뭇거리며 손으로 머리카락을 쓸어 올렸다. 그렇게 복잡한 이야기를 영어로 하기는 어려울 것 같았다.

그 때 린다가 네모를 안심시켜 주었다.

"내가 전화로 다 말씀드렸어."

"You want to find his family……. Or even his fiancée……."

아주머니가 넉넉한 미소를 지으며 다시 말했다.

"Yc3!"

네모기 대답했다.

"네!"

린다가 다시 한 번 대답하며 말을 이었다.

"We only know the soldier's name, James Grant. And his fiancée's name, Martha. She lived in Louisiana. And she disappeared."

제니 아주머니는 작게 한숨을 내쉬며 팔짱을 꼈다.

"Louisiana was not a good place for black people."

아주머니는 네모를 향해 돌아앉았다.

"You know, Niiimo, my family also came from Louisiana."

"아주머니 말씀이, 자기 가족도 루이지애나에서 왔대."

린다가 통역해 주었다.

네모는 고개를 끄덕였다.

"Don't you have a name? An address?"

제니 아주머니가 물었다.

"We have an old address. And the name of a place, 'The Better Blues', in Louisiana."

순간 네모가 화들짝 놀라며 린다를 쏘아보았다.

"Is something wrong?"

제프리가 네모에게 속삭였다.

"'The Better Blues'? What is it?"

아무것도 눈치 채지 못한 제니 아주머니가 물었다.

"We don't know."

린다가 재빨리 얼버무렸다.

제니 아주머니는 일어서며 회색 유니폼 치마의 주름을 폈다.

"It's not easy……. Not easy……. Maybe Martha left Louisiana because life was too difficult."

린다가 통역을 했다.

"아주머니 말씀이, 마르타가 사는 게 너무 힘들어서 루이지애나를 떠났을지 모른대."

"Like our family."

제프리가 덧붙였다.

제니 아주머니가 네모와 린다 쪽으로 돌아섰다.

"I will think about it. And I will call you. I have some friends in Louisiana……. I will……."

아주머니는 네모의 등을 토닥이며 용기를 북돋워 주고는 혼잣말처럼 "I will. Sure, I will." 하고 되뇌면서 소시지를 나누어 주던 천막 쪽으로 걸음을 옮겼다.

제프리는 자랑스럽게 네모를 바라보았다.

"That's my Mom!"

하지만 네모는 이를 악물고 여전히 린다를 쏘아보고 있었다.

"What? ……What?"

린다가 불편해하며 물었다.

"What?"

네모가 놀란 듯 묻는 린다의 목소리를 흉내 내며 빈정거렸다.

"You know 'what'! 어떻게 네가 베터 블루스라는 이름을 알고 있는 거지? 난 너한테 말도 꺼낸 적이 없는데!"

네모는 화가 나서 얼굴이 빨개졌다. 영문을 모르는 제프리가 네모를 바라보았다. 린다는 대답하려고 애썼다.

"But Némo……, you told me."

"No! I did not tell you!"

네모가 어찌나 크게 소리를 질렀던지 몇몇 사람들이 돌아보았다.

"네가 몰래 내 수첩을 본 거야! 네가 내 방을 뒤진 거라고! 정말 역겹다!"

"What is the problem?"

당황한 제프리의 말이었다.

네모가 린다를 손가락으로 가리키면서 말했다.

"She is……, she is……, 역겹다고!"

린다의 눈동자가 캄캄한 밤처럼 어두워지고, 목소리는 숨소리처럼 작아졌다.

"You are a liar! You are stupid, and I hate you! I hate you! I never want to see you again! Never!"

말을 마친 린다는 등을 돌려 교차로 쪽으로 성큼성큼 걸어가 사라져 버렸다…….

네모는 시간이 지나면서 차츰 마음이 가라앉았다. 손도 더 이상 떨리지 않았다. 110번 도로 센트럴 파크 입구에서 인라인스케이트를 신었다. 이제 잔디밭과 나무숲을 지나 남쪽으로 구불구불 나 있는 오솔길을 따라가기만 하면 되었다.

"Keep a straight line!"

등 뒤에서 누군가 소리를 질렀다.

'똑바로 가라고?'

네모는 비탈길에서 회전경기하는 스키 선수처럼 지그재그로 달렸는데, 그 때문에 주변에서 운동하는 사람들이 짜증이 났나 보다. 헬멧을 쓰고 자전거를 타던 무리가 네모를 앞질렀다. 형광색 반바지를 입고 속보로 걷는 아주머니 두 명과 엇갈리기도 했다. 아주머니들은 소매를 걷어붙이고 손에는 조그만 아령을 들고 있었다. 귀에 헤드폰을 끼고 인라인스케이트를 타는 아저씨가 바짝 따라붙고 있었다. 양털 재킷 같은 우스꽝스러운 옷을 입은 작은 강아지를 끌고서. 이 사람들은 분명히 이 곳에서도 이상한 축에 끼는 사람들일 거다…….

네모는 중앙 연못, 재클린 케네디 오나시스 저수지를 끼고 돌았다. 조깅하던 사람들이 휴식을 취하면서 벤치에 다리를 올리고 스트레칭을 하고 있었다. 네모도 넓은 잔디밭에서 조금 쉬기로 했다. 뉴욕에서는 잔디에 누워도 프랑스에서처럼 바로 경비원에게 쫓겨나지 않아서 아주 좋았다. 네모는 원반던지기놀이랑 야구를 즐기는 사람들에게서 멀찌감치 떨어져 있는 커다란 나무 그늘 아래 자리를 잡았다. "This is the place!" 네모는 서부영화에서처럼 혼잣말을 했다.

네모는 고민을 해 보아야 했다. 린다가 서둘러 떠나 버린 뒤, 제프리는 사태를 수습해 보려고 계속 똑같은 말을 되풀이했다.

"Everything will be all right, Némo. She is a nice girl. She is a very, very nice girl!"

글쎄, 과연 그럴까? 린다는 네모의 가방을 뒤져서 수첩에 적어 두었던 베터 블루스라는 이름과 마르타의 옛 주소를 훔쳐보았다. 말도 안 돼! 다행히도 짐 할아버지의 편지를 넣어 둔 지갑은 바지 주머니 속에 있었다. 하마터면 린다가 그 편지도 읽을 뻔했다.

네모로서는 이걸로 끝이었다. 다시는 린다를 믿을 수 없을 것이다. 그러면 이제 어떻게 해야 할까? 한 가지는 분명했다. 이렇게 프랑스로 돌아가고 싶지는 않았다. 게다가 비행기표를 미리 사 두었기 때문에 돌아갈 날짜가 정해져 있었다. 플로리다에 있는 가스파르 형에게 가면 어떨까? 형은 틀림없이 반갑게 맞아 줄 거야. 우주선이 출발하는 모습도 볼 수 있을 테고. 린다가 알면 굉장히 질투하겠지…….

생각이 거기까지 이르자, 만족스러워서 절로 웃음이 나왔다. 네모는 마음을 정하고 사기충천하여 다시 일어섰다. 내일 당장 가스파르 형에게 전화를 할 것이다. 루이지애나 일은 그 다음에 생각하기로 하자. 형한테 얘기해 보는 거야. 린다가 이 계획을 막지는 못할 것이다.

네모는 아스팔트 길을 따라 힘차게 내달리며 공원을 한참 동안 산책했다. 이제는 자신감이 생겨서 자전거 타는 사람들 사이를 자유자재로 누비고 다녔다. 네모는 호수를 따라 돌고, 센트럴 파크 양 끝으로 차들을 통과시켜 주는 돌다리 밑을 지나 5번가에 이르는 출구로 나왔다.

도로와 큰길이 바둑판 모양으로 뚫려 있어서 사람들은 자기가 뉴욕 어디에 있는지 항상 알 수 있었다. 네모는 그 날 밤 도시를 한참 돌아다녔다. 반듯하게 줄지어 서 있는 건물들을 둘러보고 보석 상점들과 전자제품 상점의 화려한 진열장—5번가는 확실히 세계에서 가장 부유한 거리였다—을 구경하고, 두 개의 고층 건물 사이에 끼어 있어서 너무나도 작아 보이는 세인트 패트릭 대성당 앞에서 시간을 보냈다.

파크 애비뉴 720번지로 돌아왔을 땐 이미 아주 늦은 시간이었다. 경비원 아저씨가 열쇠를 건네주며 말했다.

"Miss Linda left it for you."

린다네 집은 어둠에 잠겨 있었다. 네모가 복도를 더듬거리며 나아가는데 느닷없이 앞에서 사람의 형체가 나타났다. 네모는 목을 휘감는 가녀린 두 팔과, 뺨에 와 닿는 젖은 볼을 느꼈다.

"Némo, I was so worried. I am so sorry……. I will never, never do this again……. I am so sorry."

"린다……."

"Gaspard called."

린다가 계속 속삭이듯 말했다. "내가 오빠한테 얘기했어. 전부 해결해 놨어. He is expecting us in Florida. 케이프커내버럴에서 우리를 기다리고 있어. 잘 됐어. And Jeffry's mom called. She found the Better Blues. 아주머니가 베터 블루스를 찾으셨대, 네모야! It was a jazz club, in New Orleans. 재즈 클럽! Can you imagine! 그리로 가야 해. 뉴올리언스. 그리로 가는 거야. 브래드스톡 아저씨가 우릴 도와주실 거야. 먼저 아저씨랑 워싱턴으로 갈 거야. 아빠도 허락하셨어."

린다는 더 이상 아무 말 않고 네모에게서 떨어져서 어둠 속으로 스며들듯 사라졌다. 네모는 문이 닫히는 소리를 들었다. 자기가 꿈을 꾼 건 아닌가 싶었다.

그 날 밤 네모는 기괴한 환상들 때문에 잠을 설쳤다. 네모는 개구

네모의 단어장

Yep! Yes! / **Nope!** _ No!(구어체)
What have you done today? 오늘 뭐 했니?
Boulevard 큰 길, 대로
officially 공식적으로
late 늦은 / **early** _ 일찍
at the corner 모퉁이에
a real pal 진짜 친구
eat(ate, eaten) 먹다
over there 저기 / **over here** 여기
drive(drove, driven) 운전하다
if 만일
everywhere 사방에, 어디에나 / **nowhere** 어디에도 / **elsewhere** 다른 곳에
thirsty 목이 마른
find(found, found) 찾아내다
even 조차, 까지도
only 오직(only는 동사 앞에 놓인다)
→ We only know the soldier's name. _ 우린 그 군인의 이름만 알고 있어.
disappear 사라지다
also 또한
because ~때문에
liar 거짓말쟁이
hate 싫어하다, 미워하다 → I hate you! _ 네가 싫어!
again 다시 → I never want to see you again! _ 널 다시는 보고 싶지 않아!
keep(kept, kept) 지키다, 간직하다
→ Keep a straight line! _ 선을 똑바로 지켜! / 똑바로 가!
all right 잘 된, 좋은 → Everything will be all right. _ 모두 잘될 거야.
leave(left, left) 떠나다, 내버려두다, 남겨두다
worry 걱정되는 → I was so worried. _ 너무 걱정됐어.
expect 기다리다, 기대하다

리헤엄을 치듯 엠파이어 스테이트 빌딩 위로 날아올라 표지판을 사이에 두고 망설이고 있었다. 워싱턴, 케이프커내버럴, 베터 블루스……. 길에선 사람들이 무리를 지어 계속해서 소리를 질러 댔다. “Keep a straight line! Keep a straight line!” 빌딩 아치에 매달린 킹콩이 머스터드소스를 잔뜩 뿌린 대형 핫도그를 던지고 있었다. 그리고 그 거대한 유인원의 다른 쪽 손에는 관절이 비틀어진 인형이 쥐어져 움찔거리고 있었다. 가까이 가 보니 인형은 린다처럼 겁먹은 큰 눈을 하고 있었다.

6. 아메리카! 아메리카!

도대체 미국인들은 무슨 근거로 자기들을 세상의 중심이라고 여기는 걸까? 미국, 이게 최고……. 미국, 저게 최고……. 린다는 아침부터 잠시도 쉬지 않고 떠들어 댔다. 네모를 햄버거 문명을 발견한, 오지에서 막 나온 원주민쯤으로 여기는 것 같았다. The best—최고—, the fastest—제일 빠른—, the richest—제일 부유한—……, 이 나라에서는 뭐든지 최상급으로만 이야기하는 것일까?

좋다. 미국에는 제일 높은 건물들, 제일 멋진 자동차들, 그리고 최고의 록그룹과 랩퍼들이 있다……. 정보통신과 유전학에서도 최고를 달린다. 린다는 우주탐사에서도 첫 번째라는 사실을 빠뜨리지 않고 다시 강조했다. 하지만 미국은 어쨌든 천국은 아니다! 빈곤과 인종차별, 그리고 폭력 또한 공존하고 있다. 린다 얘기로는 등교할 때도 공항에서처럼 금속 탐지기를 거쳐야 한다고 했다. 권총을 갖고 다니는 아이들이 있기 때문이란다. 가장 발전한 문명이란 게 그런 거였나?

게다가 워싱턴은 정말 찜통이었다. 그늘이라고 해도 적어도 40도는 되었다. 태양이 머리를 뚫어 버릴 것 같았고, 발은 신발 속에서 두 배로 부풀었다. 어쨌든 거의 그랬다.

네모는 자기 앞에 끝없이 펼쳐진 광장, 'the Mall'을 보면서 투덜댔다. 전적으로 미국의 영광을 기리는 공간이었다. 뒤로는 국립미국역사박물관, 자연사박물관, 예술박물관, 항공우주박물관 등이 있었고, 오른쪽은 백악관이었다. 그리고 멀리, 아주 멀리 앞에는 브래드스톡 아저씨와 만나기로 한, 위대한 미국 대통령들에게 헌사된 기념관이 있었다. 정말이지, 생지옥이었다!

긴 중앙 연못가에 앉은 어린 미스 해링턴은 아주 편해 보였다. 린다는 자외선 차단 크림을 얼굴과 팔에 조심스럽게 바르고 있었다. 미소를 지으며 네모에게도 크림을 건넸지만 네모는 코를 찡그리며 싫다고 했다.

"아냐, 네가 틀렸어. Too much sun is bad for you. It gives you……."

네모는 얼굴을 좀 더 찡그리며 말했다.

"전에 이미 말했잖아. It gives you cancer."

"And……?"

린다는 양쪽 입가에 빈정거리는 듯한 작은 보조개를 만들며 다음 말을 기다렸다.

"And wrinkles! 주름!"

네모가 덧붙여서 말했다.

"그게 사실일 수도 있으니까, 이렇게 햇볕에 앉아 있지 말고 다른 곳으로 가면 되잖아! Move it!"

린다는 답이 없었다. 그저 턱을 쳐들고 눈을 감은 채 크림 바른 얼굴을 햇볕 속에 내밀고는 공원의 동상들처럼 꼼짝하지 않았다.

"있잖아, 여기는 마틴 루터 킹 목사가 'I have a dream'이라는 연설을 했던 곳이야."

린다는 미동도 하지 않고 말을 이어 나갔다. 태양신을 우러른 채로 린다는 다시금 영어로 자유에 대한 긴 연설에 빠져들었다. 린다는 언제나 이 말을 덧붙였다. "The land of the free, the home of the brave……. 자유로운 자의 땅, 용감한 자의 집……." 이러쿵저러쿵……. 애국심에 관한 문제라면, 린다도 자기 아빠 못지 않았다. 네모와 린다가 플로리다에서 가스파르 형을 만나기 전에, 먼저 워싱턴에 꼭 가 봐야 한다고 고집했던 사람도 바로 '해링턴 씨'였다.

"You must see our capital, Némo."

해링턴 아저씨는 로봇 같은 목소리로 선언했다.

'You must…….' 이를 달리 풀이하면, 논의의 여지가 없다는 뜻이었다. 네모는 금방 이해했다. 아저씨에게는 다른 사람 의견은 중요하지 않았다. 가치 있는 건 오직 자기 생각뿐이었다. '해링턴 씨'에게는 자기의 행동, 자기의 생각이 모두 진리였다. 유일한 진리. 아저씨와 의견이 같으면 잘 된 일이다. 그러면 이성적인 것이고, '정상적인' 것이었다. 하지만 의견이 같지 않다면? 그러면 '문제'가 있는 것이었다. 상태가 별로 좋지 않은 것이고, 어쨌든 틀린 것이었다.

네모는 이런 태도에 당황해 곰곰 생각을 해 보았다. 네모는 오랫동안 주요 인물들이나 부유한 사람들이 그들의 재능이나 지능 덕분에 성공을 했다고 믿어 왔다. 하지만 이제는 항상 그런 것은 아니라는 사실을 깨달았다. 린다의 아빠는 '중요한' 사람이었지만, 소용이 없었다. 아저씨는 바보 같았고, 그게 다였다. 아저씨의 고집스러운 태도는 사실 굉장히 냉정하고 편협한 사고를 보여 주는 것이었다. 네모는 왜 린다가 늘 자유에 대해 이야기하고, 조금이라도 기회가 생기면 집에서 도망치려 하는지, 왜 브래드스톡 아저씨의 사무실을 더 좋아하는지 이해할 수 있었다.

미술상 아저씨는 자기 사무실이 있는 뉴욕과 워싱턴 사이를 줄곧 왕래했기 때문에 네모와 린다의 워싱턴 방문을 '책임지는 어른' 역할을 맡았다……. 네모는 '책임지는'이라는 말이 우스웠다. 세 사람은 전날 저녁 브래드스톡 아저씨가 모는 차를 차고 잊을 수 없을 자동차 여행을 한 끝에 워싱턴에 도착했다.

브래드스톡 아저씨의 자동차는 영화에서나 나올 법했다. 지붕이 열리는 분홍색 사탕 같은 자동차였는데, 뒤쪽엔 크롬을 입힌 날개가 두 개 달려 있었고 꼭 버스처럼 컸다. 시속 80킬로미터 이상으로는 달리지 못했고—더구나 비탈길에서는 더 느렸다—방향을 틀 때마다 뒤쪽이 이상하게 꿈틀거렸다.

나에게는 꿈이 있습니다

마틴 루터 킹은 흑인 인권 운동가이자 목사이며, 간디의 영향을 받은 비폭력 저항 운동으로 1964년 노벨 평화상을 받았다. 1955년 앨라배마 주 몽고메리에서 흑인이 버스에서 백인 남자에게 자리를 양보하지 않아 체포를 당하는 사건이 일어났다. 이를 계기로 그는 몽고메리 버스 보이콧 운동을 이끌었고, 미국 연방 최고재판소에서 버스 내 인종 분리법에 대해 위헌 판결을 얻어 냈다. 이후 미국 각지의 인권 운동을 지도하였다. 1963년 8월 워싱턴 대행진 때 링컨 기념관 앞에서 '나에게는 꿈이 있습니다'라는 제목으로 연설을 했다. 이 연설은 인종차별 철폐와 인종 간의 공존이라는 고매한 사상을 간결하고 평이한 말로 호소해 많은 공감을 불러일으켰다. 1968년 베트남 전쟁 반대 운동에 참여하던 중 39세의 나이로 암살되었다. 미국에서는 그의 생일에 가까운 1월 세 번째 월요일을 마틴 루터 킹의 날로 정하고 휴일로 지정해 그를 기념한다.

마틴 루터 킹 목사의 연설

백 년 전에 위대한 미국인 한 분—우리는 지금 그 분의 상징적인 그늘에서 살고 있는데—이 흑인 해방 선언에 서명하였습니다. 이 중대한 선언은 사람을 말려 죽이는 불의의 화염 속에서 고통을 당해 왔던 수백만 흑인 노예에게 거대한 희망의 횃불로 나타났습니다. 그것은 속박의 긴 밤을 끝내는 기쁜 새벽으로 나타났습니다. 그러나 그로부터 백 년이 지난 지금, 우리는 아직도 흑인에게 자유가 없다는 비극적인 사실에 직면하고 있습니다. 백 년 뒤인 오늘날도 흑인은 물질적 번영의 바다 한복판에서 시들어 가면서 자기 나라 안에서 유배를 당하고 있습니다. 그리하여 우리는 이 무시무시한 조건을 극적으로 표현하기 위해 오늘 이 곳에 모였습니다.

그러나 정의의 궁전으로 이르는 따스한 문간에 서 있는 우리 흑인 국민에게 내가 꼭 부탁해야 할 말이 있습니다. 우리의 정당한 자리를 쟁취하는 과정에서 부당한 행위로 죄를 범해서는 안 됩니다. 우리는 비통함과 증오의 술잔을 마심으로써 자유에 대한 우리의 갈증을 해소하려 하지 맙시다.

친애하는 여러분, 이 순간 고난과 좌절이 있지만 나에게는 여전히 꿈이 있다고 오늘 여러분에게 말하렵니다. 그것은 아메리칸 드림에 깊이 뿌리박힌 꿈입니다.

나는 어느 날 이 나라가 높이 솟아올라 '우리는 이 진실을 자명한 것으로 생각하며, 모든 인간은 평등하게 창조되었다.'는 그 신조의 참된 뜻으로 살아가리라는 꿈을 가지고 있습니다.

나는, 어느 날 조지아 주의 붉은 언덕 위에서 노예의 후손들과 노예 주인의 후손들이 형제처럼 식탁에 함께 마주 앉을 수 있으리라는 꿈을 가지고 있습니다.

나는, 언젠가는 나의 아이들이 사람을 피부색이 아니라 성격과 인품에 따라 평가하는 그런 나라에서 살게 될 날이 반드시 오리라는 꿈을 가지고 있습니다.

나는 오늘 꿈을 가지고 있습니다. 연방 정부의 인종차별 금지 규정을 주 자치에 대한 간섭이라 주장하는 주지사가 있는, 사악한 인종주의자가 있는 앨러배마 주가 변하여, 흑인 아이들이 백인 아이들과 형제자매처럼 손을 맞잡을 수 있는 꿈을 가지고 있습니다.

이것이 우리의 희망입니다. 이것이 제가 남부로 돌아갈 때 가져갈 신념입니다. 이런 신념이 있으면 우리는 절망의 산에 희망을 새길 수 있습니다. 이런 희망이 있으면 우리는 이 나라의 소란스러운 불협화음을 형제애의 아름다운 음악으로 변화시킬 수 있습니다. 이런 신념이 있으면 우리는 함께 일하고 함께 기도하며 함께 투쟁하고 함께 감옥에 가며, 함께 자유를 위해 싸울 수 있을 것입니다. 우리가 언젠가 자유로워지리라는 것을 알기 때문입니다. 그 날에 신의 모든 자식들은 새로운 의미로 노래 부를 수 있을 것입니다.

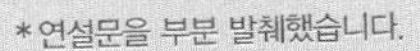
* 연설문을 부분 발췌했습니다.

"옛날 모델이야. 수집품 중 하나지."

브래드스톡 아저씨의 말이었다. 당연히 그럴 거라고 짐작했던 네모는 불편하긴 했지만 웃음이 나왔다.

옛날 뮤지컬코미디 노래들을 목청이 터져라 불러 대는 브래드스톡 아저씨와 린다 사이에서 네모는 다시 한 번 영화 속에 들어온 기분에 휩싸였다. 〈사랑은 비를 타고〉부터 〈오즈의 마법사〉까지 두 사람의 레퍼토리가 죄다 쏟아져 나왔다.

"There is no place like home. There is no place like home!"

린다가 〈오즈의 마법사〉에 나오는 도로시를 흉내 내며 노래 불렀다. 그러곤 네모에게 살짝 윙크를 하더니 이어서 불렀다.

"Especially when you leave home……."

린다는 삭막한 파크 애비뉴와 해링턴 가를 떠나자마자 확 달라졌다. 부드럽고 재밌고 친절해졌다. 그 애의 열렬한 '미국 숭배'에도 불구하고 사랑스러웠다.

뉴욕에서는 길거리로 세 발짝만 나가고 싶어도 린다에게 간청해야 했는데, 여기서는 관광에 대한 네모의 열정을 완전히 바닥낼 만한 일정표를 아침부터 짜 놓았다. 네모와 린다는 국회의사당, 백악관, 최고법원 등을 구경했다. 가는 곳마다 전국에서 몰려온 초등학생 무리 한가운데서 줄을 서야 했다. 그러곤 얌전히 안내자를 따라 화려한 계단을 올라 역사적으로 의미 있는 방들을 돌아보는 것이었다.

그런 다음 네모와 린다는 노르망디 해변처럼 수많은 하얀 십자가로 뒤덮인 언덕들이 있는 알링턴 국립묘지에서 시간을 보냈다. 린다는 가슴에 손을 얹고 영원한 불꽃이 타오르고 있는 케네디 대통령의 무덤 앞에 고개를 숙였다. 네모는 아무리 아무렇지 않은 척하려고 해도 자기 역시 감동했다는 사실을 인정해야 했다.

이 광장은 정말로 찜통이었다. 네모는 미국 사람들이 말하는 well done처럼 바짝 익은 햄버거가 되어 가고 있었다.* 네모는 그것이 '반쯤 태우다'라는 뜻이라는 걸 큰 희생을 치르고 배웠다.

"Let's go. Bradstok is waiting for us."

네모가 일어나면서 말했다.

"I know."

어느새 태양의 여신으로 변신한 린다는 말만 그렇게 하고 몸은 꿈쩍도 안 했다.

네모가 린다 앞으로 다가가서 그림자가 생기게끔 햇빛을 가려 버렸다.

"OK, OK."

린다가 뾰로통해져서 한숨을 쉬었다.

린다는 일으켜 달라고 손을 내밀었고, 네모는 힘들이지 않고 린다를 당겼다. 린다의 몸은 어린아이처럼 가벼웠다.

* 'well done'은 스테이크를 주문할 때 완전히 익혀 달라는 뜻으로 하는 말이다. 그런데 프랑스의 'well done'은 보통 피가 나오게, 즉 조금은 덜 굽는 것이기 때문에, 완전히 익히다 못해 반쯤 태운 것처럼 나오는 미국의 'well done'이 자기네와는 다르다는 걸 알게 된 것이다. 여기서는 태양의 열기 때문에 미국의 well done처럼 자기가 반쯤 탔다는 뜻이다.

네모와 린다는 링컨 기념관으로 출발했다. 그 곳은 일종의 그리스식 사원으로, 브래드스톡 아저씨와 만나기로 한 약속 장소였다. 둘은 더위에 지쳐서 천천히 걸었다. 네모는 린다의 손이 아직도 자기 손에 그대로 있다는 사실조차 금세 알아차리지 못했다.

브래드스톡 아저씨는 에이브러햄 링컨의 거대한 동상이 만들어 준 그늘 아래 계단참에 앉아 있다가, 멀리 네모와 린다를 발견하고는 손을 흔들었다. 흰색 마 바지와 셔츠, 챙이 넓은 흰 모자……, 이번에는 농작물 수확을 감독하는 19세기 대농장주 같았다. 기념관의 실내장식과 완벽하게 어울리는 옷차림이었다. 하지만 담배 농장주로 보이게끔 해 주는 더 확실한 소품이 있었다. 그건 바로 불을 붙이지 않은 담배였다. 결국 아저씨는 실내뿐 아니라 밖에서도 담배에 불을 붙이지 않는 게 습관이 돼 있었다.

"We are late……. I am sorry."

예의에 맞는 영어 표현을 재빨리 찾아서 네모가 중얼거렸다.

"No problem, I just arrived."

아저씨가 아주 차분하게 대답했다.

브래드스톡 아저씨가 네모에게 물병을 내밀었다.

"You look exhausted. 린다가 항공우주박물관에 데려가지 않았니? Every time we are in Washington, she goes to the Air and Space Museum."

"No, not this time!"

린다가 웃으면서 말했다.

"I don't need to. We'll see the real shuttle in Florida, with Gaspard. 진짜 우주선 말이에요."

"Sit down."

아저씨가 다시 말했다.

"여기서는 움직이지 않고도 미국의 위대한 대통령들에게 인사할 수 있단다. 너희들 뒤, 돌 의자에는 링컨 대통령이 앉아 있지. To the right, 토머스 제퍼슨에게 바쳐진 기념관이 있어. 앞쪽에 좀 더 멀리, 긴 직사각형 연못을 지나면 하얀색 오벨리스크가 있는데, It is the George Washington monument. 좀 더 멀리엔, 언덕 위로 국회가 자리 잡은 국회의사당이 보이지."

"네, 알아요."

네모는 아침에 들렀던 위풍당당한 돔을 생각하면서 한숨을 내쉬었다.

"네모야, 워싱턴에는 왜 국회의사당보다 큰 건물이 없는지 알고 있니?"

"음……, 아니요."

"그 어떤 것도 국민의 정부 위에 있어서는 안 되기 때문이야. 그런 거지."

"Sometimes……."

린다가 끼어들었다.

"I am really fed up with my life in New York. 난……, 너

미국의 대통령들

1789~1796

워싱턴(George Washington)
미국 독립전쟁에서 총사령관을 맡는 등 큰 역할을 했다. 1789년 미국의 첫 번째 대통령에 취임하였다. 미국 '건국의 아버지' 라고 불린다.

먼로 선언

어떤 유럽 강국의 기존 식민지나 속령에 대해서 우리가 간섭한 적이 없었으며, 앞으로도 그럴 것이다. 그러나 이미 독립을 선언하고 유지하며 미국이 공정한 원칙과 신중한 고려에 따라 독립을 승인한 아메리카 정부에 대해, 유럽의 어떤 강국이라도 이들을 억압한다거나 이들의 운명을 지배하려고 간섭한다면 미국에 대한 비우호적인 의도를 드러낸 것으로 간주할 것이다.

1816~1825

먼로(James Monroe)
미국 독립전쟁에 참가했으며, 1816년과 1820년 두 차례에 걸쳐 대통령에 당선되었다. 대통령 재임시 1823년 '먼로주의'를 선포하여 유럽의 나라들이 신대륙에 간섭하지 못하게 했다.

1861~1865

링컨(Abraham Lincoln)
남북 전쟁에서 북군을 승리로 이끌었고 노예제를 폐지했다. 남북전쟁 당시 최대의 격전지였던 게티즈버그 전투에서 승리한 뒤 전사자를 위한 추도회에서 그가 행한 연설은 민주주의를 가장 잘 표현한 것으로 유명하다.

링컨의 게티즈버그 연설

우리는 그 명예롭게 죽어 간 이들에게서 더 큰 헌신의 힘을 얻어 그들이 마지막 신명을 다 바쳐 지키고자 한 대의에 우리 자신을 봉헌하고, 그들이 헛되이 죽지 않았다는 것을 굳게 다짐합니다. 신의 가호 아래 이 나라는 새로운 자유의 탄생을 보게 될 것이며, 국민의, 국민에 의한, 국민을 위한 정부는 이 지상에서 결코 사라지지 않을 것입니다.

1933~1945

루스벨트 (Franklin D. Roosevelt)
소아마비로 비롯된 장애를 극복하고,
네 차례나 대통령에 당선되었다.
세계 대공황으로 어려움에 처한 미국 경제를
살리려고 사회간접자본을 확충하고 복지 제도를
개혁하는 뉴딜 정책을 실시했다. 1941년
일본의 진주만 공격을 계기로 제2차
세계 대전에 참전하였다.

1945~1953

트루먼(Harry S. Truman)
부통령이던 1944년, 대통령 루스벨트의 사망으로
대통령직을 이어받았다. 공산주의 세력의
확대를 저지하기 위한 미국의 외교 정책인
트루먼 독트린을 발표하였다.

1961~1963

"Ask not what your country can do for you, ask what you can do for your country"

케네디(John F. Kennedy)
미국 역사상 최연소이자(44세) 최초의 가톨릭 신자로서 대통령이 되었다.
자동차 퍼레이드 중 암살자의 총을 맞고 사망하였다. 케네디의 대통령 취임
연설 중 '조국이 당신을 위해 무엇을 할 수 있는지 묻지 말고, 당신이
조국을 위해 무엇을 할 수 있는지 물으라' 는 대목은 유명하다.

1969~1974

닉슨(Richard M. Nixon)
중국과의 관계를 개선하기 위해 미국 대통령으로는 처음으로 중국을
방문했다. 1969년 아시아에 대한 미국의 외교 정책인 닉슨 독트린을
선포하였다. 도청 장치 설치 사건인 '워터게이트 사건' 으로 임기 중에 대통령
지위에서 물러났다.

희 말로는 뭐라고 하지? ……진저리? 그래! 난 뉴욕에서 사는 게 진저리가 나. Still, America is the best country in the world!"

또 시작이었다. 네모의 눈썹이 다시 얼굴 한가운데로 몰렸다.

"What do you mean, 'the best country in the world?'"

"Yes. The best. Here in America, we had the first Revolution, and we built the first free country."

"We, we, we……."

네모가 버럭 화를 냈다.

"먼저, 그건 너희 나라가 아니야. 혁명, 진짜 혁명을 했던 것은 프랑스인이었다고."

"Big mistake!"

린다가 소리 높여 반박했다.

제이크 브래드스톡 아저씨가 끼어들었다.

"I know, I know……. 프랑스에서는 1789년 프랑스 혁명이 최초라고, 전 세계에 영향을 끼친 최초의 혁명이라고 말하곤 하지. 하지만 그건 완전히 맞는 말은 아니야. 1776년, 식민지 미국인들이 영국 왕에 대항해서 봉기했는데, 그건 진짜 혁명이었거든. 그게 바로 'the American Revolution'이야."

네모는 사실 그 문제에 대해 가스파르 형과 이야기했던 일이 떠올랐다. 그러니까 아마도 프랑스인들이 거짓말을 조금 보탰던 것이다. 프랑스인들도 마찬가지로 언제나 자기들이 최초라고 주장하곤 하니까…….

"열세 개 미국 식민지의 독립선언문을 쓴 사람이 바로 토머스 제퍼슨이지."

브래드스톡 아저씨가 설명을 계속했다.

"I learnt it in school."

린다가 잘난 척하며 끼어들어서 또다시 네모의 화를 돋웠다.

"We hold these truths to be self-evident, that all men are created equal."

"우리는 이러한 진실을 자명한 이치로 여긴다. 즉 모든 인간은 평등하게 창조되었다."

아저씨가 친절하게 통역해 주었다.

"모든 사람은 창조주에게서 침해할 수 없는 권리를 부여받았다. 그 중에는 삶의 권리, 자유의 권리, 행복 추구의 권리 등이 있다……. 네모야, 이게 별거 아닌 것처럼 보일지 몰라도 자유와 행복 추구는 18세기에는 정말로 혁명적인 것이었어!"

"그런데 어쨌든 독립전쟁이 그 뒤에 일어났잖아요."

그런 주장에 설득된 네모가 말했다.

"Yes, a very difficult war! 1781년까지 계속됐지. 프랑스인들도 우릴 도우러 왔었다는 건 너희들도 알고 있지?"

브래드스톡 아저씨가 말했다.

"With the famous marquis de Lafayette!"

린다가 덧붙였다.

"라파예트는 미군에서 장군으로 승진했지만, 한 번도 봉급을 받

미국이 독립하기까지

1607 영국 최초의 영속적 식민지 제임스타운이 미국 버지니아 주 동부 해안에 건설되었다.

1620 청교도들이 메이플라워호를 타고 매사추세츠 주 연안에 도착, 이 지역을 플리머스라고 불렀다.

1732 이 때까지 13개의 식민지가 북아메리카 동부 해안에 건설되었다.

1765 영국에서 인지 조례를 제정하여 식민지에 과도한 세금을 부과하였다.

1766 식민지 주민의 저항으로 인지 조례가 폐지되었다.

1773 보스턴 차 사건이 일어났다.

1774 영국의 본국 정부가 보스턴 항만법을 만들어 식민지 탄압을 강화하였다.

1774 필라델피아에서 아메리카 13식민지의 대표자 회의인 대륙회의가 열렸다.

1775 영국 본국군과 아메리카 민병대 간 최초의 전투인 렉싱턴·콩코드 전투가 벌어졌다.

1776 제퍼슨이 기초한 미국 독립선언문이 채택되었다.

1781 미국 최초의 헌법인 연합 규약이 대륙회의에서 채택되었다.

1783 파리 조약으로 미국 독립이 승인되었다.

1789 워싱턴이 제1대 미국 대통령으로 취임하였다.

인지 조례 1765년 영국 정부는 북아메리카에 주둔하고 있던 영국군의 비용을 충당하려고 식민지에서 발간되는 각종 인쇄물에 인지를 붙여 세금을 부과하였다. 이는 식민지의회를 무시하고 강제로 부과되었기에 거센 반발을 불러일으켰다. 식민지는 '대표 없이 조세 없다'는 구호를 내걸고 저항하였으며, 인지 조례는 이로써 3개월 만에 폐지되었으나 영국 정부에 대한 식민지의 저항이 확산되는 계기가 되었다.

보스턴 차 사건 1773년 영국에서는 미국 식민지 상인을 통한 차 무역을 금지시키고, 동인도회사에게 독점권을 부여하는 법을 만들었다. 식민지 자치에 대한 지나친 간섭에 격분한 보스턴 시민들은 인디언으로 분장하고 항구에 정박 중인 동인도회사의 선박 두 척을 습격하여 차 상자 342개를 깨뜨리고 차를 모조리 바다로 던졌다. 이 사건을 계기로 영국 정부는 식민지 탄압을 더욱 강화했으며, 이에 보스턴 시민들은 더욱 단결해 대항하였다. 이 사건은 결국 미국 독립 혁명의 직접적인 발단이 되었다.

으려 하지 않았어. 그리고 미합중국은 전 세계에 자유의 상징이 되었지. 그러니까 어느 정도는 프랑스 덕분인 것도 사실이야…….”

아저씨의 말이었다.

린다가 기회를 놓치지 않고 끼어들었다.

“하지만 1917년과 1944년에는 미국인들이 프랑스를 구해 줬잖아요!”

네모가 린다에게 적의에 찬 눈길을 보냈다.

“괜찮아, 네모야.”

아저씨가 나섰다.

“사람들은 언제나 자기를 도와준 사람들을 조금은 원망하게 되지. 자기 혼자서 해결하기를 원하거든. 그게 인간이야.”

네모는 무릎 위에 팔꿈치를 얹어 턱을 괴고는 한동안 잠자코 있었다.

“하지만 미국에서는 사람들이 그렇게 자유롭지 못하잖아요. 경찰들이 사방에 깔려 있고, 항상 규칙들을 지켜야 하죠.”

마침내 네모가 입을 열었다.

“Well, that's true…….”

린다가 한숨을 내쉬며 말끝을 흐렸다.

브래드스톡 아저씨가 웅장한 경관을 앞에 두고 생각에 잠겼다.

“The American dream, 그건 자유라고 할 수 있지. 하지만 현실이 항상 그렇게 될 수 있는 건 아니란다.”

네모와 린다는 논쟁에서 둘 중 누가 이겼는지 알 수가 없어서 서로 힐끔거렸다.

"Némo thinks that the French invented everything."

린다가 뾰로통해져서 말했다.

"프랑스인들과 미국인들은 자주 논쟁을 벌이곤 하지."

브래드스톡 아저씨가 웃으면서 맞장구를 쳤다.

"하지만 상황이 심각해지면 형제들처럼 화해를 한단다. 역사를 보면 항상 그래 왔어. 게다가 우리 수도인 워싱턴을 보렴. 프랑스 건축가가 이 도시를 계획했다는 건 알고 있지? 피에르 샤를르 랑팡인가?"

아저씨가 일어서자 네모와 린다도 따라 일어섰다.

"아저씬 어떻게 그런 걸 다 아세요?"

네모가 물었다.

아저씨가 눈을 찡긋했다.

"Before I became an art dealer, I was a history teacher. 그리고 우리 집안은 19세기에 폴란드에서 건너온 유대인이야. 그들에게 미국은 자유 그 이상이었단다. 목숨이었지."

아저씨는 손목시계를 본 뒤, 네모와 린다의 어깨를 감싸 안았다.

"Come on, guys! I don't have all day. In New York, I see my clients. But in Washington, I work!"

제이크 브래드스톡 아저씨는 워싱턴 북서쪽 조지타운의 작은 벽돌집 앞에 자신의 분홍색 준마를 세웠다. 전날 밤 네모는 그 건물 3

층, 카나페* 위에서 잤다. 하지만 이제야 겨우 그 동네가 좁은 길들과 작은 식당, 별난 가게들 천지라는 걸 발견했다. 뉴욕의 위압적인 고층 건물들이나 워싱턴의 장중한 거리들과는 전혀 다른 동네였다. 건물 문 위에는 소박한 간판이 걸려 있었다.

'Jake Bradstok, Art Gallery.'

건물을 둘러싸고 있는 작은 정원에서 꽃에 물을 주던 젊은 여자가 일어나서 반갑게 손을 흔들었다.

"Jake! Where have you been?"

네모는 그 여자를 유심히 쳐다보았다. 린다보다도 다리가 길었다! 아주 짧은 머리에 거의 투명한 푸른 눈, 그리고 스웨터, 딱 붙는 바지, 구두까지 온통 까만 차림이었다.

"This is Bridget. 우린 항상 함께 일하지."

아저씨가 말했다.

"Bridget, you already know Linda, and this is Némo, who comes from France."

브리짓이 정원 도구를 정리하며 두 사람에게 활짝 웃어 주었다.

"Hi, Linda! Hi, Némo! Come in, I will show you the place."

건물 안으로 들어선 네모는 충격을 받았다. 그 곳은 한결같이 매혹적이며 완벽하게 우아한 검은 옷차림의 여인들로 가득 찬 벌집

* 카나페 : 프랑스어로, '긴 의자'를 뜻한다. 팔걸이와 등받이가 있다.

같았다. 여인들은 모두 미소를 짓고 있었다.

"유니폼을 입고 있는 거야?"

네모가 린다 귀에 대고 속삭였다.

네모의 말에 린다는 참지 못하고 웃음을 터뜨렸다.

브리짓이 소개를 해 주었다.

"This is Sandra……."

크로키*와 대형 색종이로 뒤덮인 긴 탁자 위로 몸을 굽히고 그림을 그리고 있는 여자였다. 산드라는 팀의 반항아임에 틀림없었다. 새빨간 신발을 신고 있었으니까.

"And this is Flo, and Sabina……."

두 미녀는 컴퓨터 앞에서 분주하게 움직이고 있었다. 둘 다 빰이 까무잡잡했고 어딘지 이국적이었는데, 네모는 그게 아주 매력적으로 보였다. 플로는 머리를 두 갈래로 땋아서 길게 늘어뜨리고 있었고, 그 때문에 가녀린 얼굴선이 더욱 도드라져 보였다. 또 다른 여자의 얼굴이 작은 사무실 문 앞으로 지나갈 때, 네모는 더 이상 눈을 어디에 두어야 할지 모를 지경이 되었다. 그 여자는 커다란 갈색 눈에 머리카락 두 가닥이 빰 위에 쉼표 모양으로 내려와 있었다. 무슨 미스 아메리카 대회가 열리고 있는 것만 같았다.

"Hi, Jake. Glad you're here. We need to make a decision about the blue painting."

* 크로키 : 움직이는 동물이나 사람을 빠르게 그린 그림.

감미로운 목소리였다.

"So, Belle, you are back."

브래드스톡 아저씨가 기쁘게 말했다.

아저씨는 네모 쪽으로 몸을 돌려 설명했다.

"벨은 범선을 타고 대서양을 건너왔어. 놀라운 재능이 많은 사람이야."

브래드스톡 아저씨는 자기 일을 도울 사람들을 제대로 선택할 줄 아는 사람이었다.

"도대체 아저씨는 어떻게 한 걸까?"

네모는 다시 린다에게 속삭였다.

"뭘 어떻게 해?"

"아, 음……, 그게 그러니까 엄청 멋진 이 누나들 말이야."

"What do you mean, 엄청 멋진 누나들이라니?"

린다는 신경을 곤두세웠다. 하지만 브래드스톡 아저씨가 네모의 말뜻을 알아듣고 은밀한 눈짓을 보내며 목소리를 낮추어 말했다.

"No offense, Némo, but I prefer to work with girls……. 내겐 함께 일할 동료를 선택할 자유가 있고, 그래서 여자 동료들을 선택한 것뿐이야."

아저씨는 네모에게 액자, 그림, 책 더미 등이 들어차 비좁아진 사무실을 쭉 보여 주었다. 그 때마다 매력적인 여자들을 만날 수 있었다. 로라, 캐롤린, 레티, 베로니카……. 마지막 문에 이르렀을 때 아저씨가 덧붙였다.

"하지만 나도 politically correct, 정치적으로 공정해야지.* 그래서 남자 동료도 두 명 있단다. 팀과……팀……."

활기차게 전화 통화를 하고 있는 남자 둘이 보였다. 두 사람은 통화를 계속하면서 살짝 손짓을 했다.

"Hi!"

네모는 꽤 어리둥절한 기분으로 예의 바르게 인사했다.

"They have the same name. But it's just by chance……. 단지 우연이야. Really, Némo, just by chance. And it makes my life easier. 그래서 나로서야 편하게 되었지."

주요 업무는 큰 사무실에서 이루어졌다. 벨은 하얀 벽에 액자들을 죽 건 다음, 세 발짝 물러섰다 다시 다가가고, 망설이는 듯 보였다. 다른 여자들도 벨 주변으로 모였다. 그러고는 네모에겐 거의 똑같이 주황색으로 보이는 그림들에 대해 진지하게 의견을 나누었다.

"So, Jake, what do you say? Belle and Sandra are for the blue painting, but I am not sure."

브리짓이 물었다.

브래드스톡 아저씨는 팔짱을 끼고 입을 꾹 다문 채, 이 그림에서 저 그림으로 이동했다.

벨이 그림에 대해 설명을 덧붙였다.

"We are preparing an exhibition. It will be called 'the

* 정치적으로 공정한 : 성별, 민족, 장애 같은 것 때문에 불이익을 당하거나 차별 받아 온 사람들을 배려한다는 의미이다.

Orange Variation'."

더 이상의 주황색은 만들 수 없을 것 같았다. 밝은 복숭앗빛부터 거의 빨간색에 가까운 색까지 미묘하게 차이 나는 주황색들이 모두 거기 있었다. 어떤 캔버스에는 눈에 잘 띄지 않는 밤색 줄무늬가 들어 있기도 했고, 또 어떤 것에는 아주 작은 노란 점들이 찍혀 있기도 했고, 한쪽 구석을 초록색 원으로 장식한 것도 하나 있었다.

"And then……, we have the blue painting……."

벨의 설명이 이어졌다.

벨이 브래드스톡 아저씨에게 눈빛으로 물었고, 아저씨는 말없이 머리를 살짝 끄덕이며 동의했다. 네모는 감히 한 마디도 할 수 없었다. 중요한 순간이었나. 벨은 마지막 그림을 가져와 중앙에, 주황색 그림들 한가운데에 걸었다. The blue painting. 그건 실제로 파란색이었다. 하지만 단순한 한 가지 파란색이 아니라 바다의 온갖 빛깔들이 꽉 들어찬 살아 있는 그림이었다.

"꼭 바다 같아요."

네모가 말했다.

벨이 반색을 하며 네모를 바라보았다.

"That's it! To me, it is the sea. The orange is the sun, the blue is the sea. The sun needs the sea."

"Why?"

린다가 아무에게나 시비를 걸고 싶다는 투로 물었다.

"The blue painting looks dull."

"Dull?"

네모가 되물었다.

"Boring, 아니면 생기가 없다거나. 음, 뭐라고 하더라……. 따분한, 맞아, 그거야. 따분하다."

"I find it cold."

어여쁜 플로가 덧붙였다.

"Does the blue bring all the oranges to life? Or not? 파랑이 주황 전체에 생기를 불어넣을까? 아닐까?"

브래드스톡 아저씨가 물었다.

"That is the question."

조금 멍한 표정을 지으며 네모가 말했다. 사실은 벨의 관심을 다시 끌고 싶어서였지만.

브래드스톡 아저씨가 부드럽게 계속 말했다.

"Does the blue kill all this richness?"

"Richness?"

네모는 점점 이해하기가 힘들었다.

"Are the paintings expensive*?"

"Némo does not understand art."

린다가 슬쩍 잘난 척을 하면서 말했다.

그런데 린다는 왜 또 갑자기 저렇게 날카로워진 걸까? 네모는 여

* 'richness'는 '부유', '풍요', '훌륭함' 등의 뜻을 나타내는데, 네모는 '부유'의 뜻으로 이해해서 비싸다(expensive)는 말로 유추해 버렸다.

기서 또 얕잡히고 싶진 않았다. 어쨌든 가스파르 형에게 스스로 생각하는 법을 배운 터였다.

네모가 조용히 말했다.

"예술은, 사람들이 지루해하지 않는 거예요. 주황색 그림들만 있다면, 지루하게 느껴지겠죠. 그걸 원하는 사람은 아무도 없잖아요."

브래드스톡 아저씨가 손뼉을 탁 쳤다.

"My friends! We will take the blue painting!"

마침내 결정이 났다. 여자들 모두가 방 안을 빙글빙글 돌면서 그림을 나르고 치수를 재고 액자를 골랐다. 모두들 갑자기 아주 바빠졌다.

아저씨가 아주 흡족해하면서 말했다.

"Némo, you understand art. You asked the right question. 주황색 그림들이 파란색 그림과 함께 있으면 더 비싸질까? Or do they cost less? I agree with you, they cost more. 더 비싸진다고! Excellent, excellent!"

아저씨는 한쪽 구석에 있는 커다란 탁자 위를 정리해 네모에게 둘둘 만 종이를 한 아름 건넸다.

"Please, take all this to Belle's office. 벨의 사무실에. The last door, on the left."

네모는 말뜻을 바로 알아들었다. 그런데 벨의 사무실 문턱을 넘어서는 순간 덩치가 자기만 한 큰 물건에 발이 걸리는 바람에 종이

뭉치들을 탁자 위에 요란하게 떨어뜨리고 말았다. 그건……, 콘트라베이스였다.

벨이 놀라서 뒤를 돌아보았다. 옷을 갈아입고, 뒤에 두 갈래 꼬리로 마무리되는 검은색 재킷의 단추를 막 잠그던 참이었다. 네모는 아마도 그 재킷이 사람들이 '제비 꼬리'라고 부르는 것인 모양이라고 생각했다. 말하자면 이브닝 재킷이었다. 목까지 올라오는 하얀색 깃과 리본 때문에 벨은 꼭 어린 펭귄 같았다.

별 사고는 없었고, 깨진 것도 없었다……. 벨은 다행히 악기 상자에서 빠져나오지 않은 콘트라베이스를 똑바로 세웠다.

"I play music, you understand? I play the bass."

벨은 악기를 들고 출입문으로 뛰어갔다.

"Bye, everybody! Come tonight, with Jake."

벨이 큰 소리로 인사를 했다.

"Every Friday, it is the same thing……."

체념한 듯 브래드스톡 아저씨가 말했다.

콘트라베이스를 든 벨은 좁은 문을 통과하지 못했다. 네모가 문을 잡아 주러 달려갔다. 벨은 보도 가장자리에 서서 택시를 잡으려고 손을 흔들었다. 운전사가 그녀에게 내키지 않는다는 표정을 짓고는 액셀러레이터를 밟았다.

벨은 손목시계를 들여다보고는 다른 택시가 눈에 띄자 한 번 더 운을 시험했다. 이번에는 운전사가 내려서 트렁크를 열어 주었는데, 트렁크 속에 악기가 들어가지 않을 것 같았다. 벨이 사정해 보았지만, 운전사는 고개를 저었다. 브리짓이 합류했다. 멋진 듀오였다! 네모는 운전사가 어떻게 그 두 미녀의 부탁을 거절할지 궁금해졌다.

운전사는 끝내 거절하지 못했다. 벨은 뒷자리에 앉아 콘트라베이스를 무릎 위에 올려놓았고, 택시는 곧 힘차게 출발했다. 네모는 차문에 낀 두 개의 제비 꼬리 자락을 보았다. 마치 깃발처럼 나부꼈다.

네모는 그 날 저녁 아주 기쁜 맘으로 워싱턴의 화려한 호텔, 둥근 탁자 앞에 앉아 있었다. 브래드스톡 아저씨의 팀이 거의 다 참석한 자리였다. 린다는 네모랑 가장 멀리 떨어진 자리에 앉았다. 화가 나 있는 게 틀림없었다. 린다가 '예술'에 관한 자기 의견을 그렇게 중요하게 생각했던 것일까? 주황색 셔츠를 입은 젊은 남자가 네모네 일행 쪽으로 다가왔다. 그러고는 모두에게 미소를 보내다가 네모에게서 눈길을 멈췄다.

"Hi, how are you today?"

그 남자가 인사를 건넸다.

"제가 아는 사람인가요? 왜 'today'라고 말하죠? 저는 어제 저 사람을 못 봤는데요."

네모가 브래드스톡 아저씨에게 살며시 물었다.

"그냥 인사말일 뿐이야……."

브래드스톡 아저씨가 속삭였다.

그 남자는 침착하게 계속 말했다.

"My name is Steve and I will be your waiter tonight."

그 사람은 은밀한 표정으로 브래드스톡 아저씨 쪽으로 몸을 구부렸다.

"We've got fresh mint, today, Mr. Bradstok……."

아저씨의 얼굴이 밝아졌다.

"Good, good. Don't forget the curaçao……."

"And the banana……. Don't worry, Mr. Bradstok."

그리고 헛기침으로 목소리를 가다듬은 다음 식탁에 앉아 있는 모두에게 말했다.

"Let me tell you about our specials."

웨이터는 현기증이 날 정도로 복잡한 요리 설명을 시작했다. 네모는 뜻을 정확히 알 수 없는 프랑스어 단어 몇 개를 알아들었을 뿐이다. 고작 '볶은', '유행인', '식초를 친' 등이었다. 마지막으로 린다까지 모두 주문을 마쳤을 때 네모가 덧붙였다.

"I will take the same."

콘서트가 시작되었다. 재즈 4인조였다. 색소폰, 피아노, 드럼, 그리고 물론 벨의 콘트라베이스. 연주자들이 유명한 곡으로 연주를 시작하자, 사람들은 탁자 아래에서 저마다 발을 구르며 장단을 맞추었다.

"〈Take Five〉. 오래 전에 성공을 거둔 곡이지."

브래드스톡 아저씨가 말했다.

네모는 짐 할아버지를 생각했다. 전쟁이 터지기 전, 뉴올리언스의 그 옛날 베터 블루스 클럽에서 할아버진 어떤 곡들을 연주했을까? 베터 블루스가 아직도 그대로 있을까? 그렇게 오래 전에 죽은 군인의 가족을 찾겠다는 건 정신 나간 생각이 아닐까? 기다려 보면 알게 되겠지……. 다음 날이면 네모는 린다와 함께 가스파르 형이 기다리고 있는 플로리다로 떠날 것이다. 네모는 사촌 형을 만날 생각에 마음이 조급했다.

그런데 린다는 왜 저렇게 쳐다보는 것일까? 식탁 저쪽에서 린다가 네모를 몰래 훔쳐보고 있었다. 그러더니 메모지에 뭐라고 써서 네모에게 내밀었다.

"Me too, I am thinking of the Better Blues."

네모는 린다를 보고 웃었다. 아무튼 린다는 기분이 아주 나쁜 것은 아닌 모양이었다.

조명이 켜지면서 연주자들이 있는 무대를 비추었다. 반짝거리는 드레스를 입은 금발의 가수가 마이크로 다가갔다. 그리고 벨의 콘트라베이스가 박자를 맞추어 짧고 경쾌한 소리를 높였다.

여가수의 목소리는 어린 소녀 같았다. 그녀는 여행객들을 상대하는 데 능숙한 사람이었다. 영어, 에스파냐 어, 프랑스어로까지 노래를 했으니까 말이다. 네모는 린다가 아주 매혹적인 억양으로 프랑스어 노래를 따라 부르는 소리를 들었다.

당신을 안으면 안을수록
당신을 안는 게 좋아질수록

네모의 단어장

much 많이 / **too much** 너무 많이
give(gave, given) 주다
especially 특별히
look 보다, ~처럼 보이다 → You look exhausted. _ 너는 진이 다 빠져 보여.
need 필요하다 → I don't need it. _ 난 그게 필요 없어.
to the right 오른쪽으로 / **to the left** 왼쪽으로
monument 기념물
still 하지만, 어쨌든, 여전히
build(built, built) 세우다, 건립하다
mistake 실수하다 / **big mistake** 큰 실수
learn(learnt, learnt) 배우다, 공부하다
in school, at school 학교에서
true 진짜의, 진실한 → That's true. _ 그건 진짜야. / untrue, false _ 거짓의
war 전쟁
think(thought, thought) 생각하다
invent 발명하다
This is Némo, who comes from France. 이쪽은 네모인데, 프랑스에서 왔지.
offense 위반, 범죄 → No offence. _ 악의는 없어.
make a decision about~ ~에 대한 결정을 내리다
the same name 같은 이름
by chance 우연히 → It's just by chance. _ 그건 단지 우연이야.
exhibition 전시회
and then 그런 다음
ask 묻다 → ask a question _ 질문을 하다
the last door 마지막 문
play 놀다, 연주하다 → I play the bass. _ 난 콘트라베이스를 연주해.
every Friday 금요일마다
we've got we have 대신 자주 쓰는 표현

나는 질리지가 않아요…….

린다는 네모에게 미소를 지어 보이고는 오케스트라 쪽으로 몸을 홱 돌려 긴 머리카락 뒤로 얼굴을 감추었다. 네모는 더 이상 아무 생각도 들지 않았다.

"옛날 노래야. 1950년대에 블라섬 디어리라는 여가수가 불렀던 거지."

여러 방면에 두루 박식한 브래드스톡 아저씨가 설명해 주었다.

조금 뒤 미술상 아저씨는 네모에게 살며시 몸을 기울이더니 걱정스러운 목소리로 속삭였다.

"네모야, 파란 그림을 같이 거는 게 확실히 나은 거지?"

7. 화성인

"Three!"

린다가 소리쳤다.

"넷! 잘 봐. 왼쪽에 하나 더 있잖아. Did you see it?"

운전을 하고 있던 가스파르 형은 핸들을 놓지 않고 머리를 움직여 낮은 곳을 가리켰다.

자동차는 곧은길을 빠르게 내달렸다. 길이 어찌나 곧게 뻗어 있는지 마치 몇 킬로미터 앞에서 하늘과 이어지는 것처럼 보였다. 주변에는 새 떼가 깃들이고 있는, 양탄자 같은 길고 푸른 늪뿐이었다.

"다섯! 다섯이야!"

이번에는 네모가 흥분해서 소리쳤다.

"Five crocodiles, Linda."

"'crocodaiiile'이라고 발음해야지."

린다가 틀린 발음을 짚어 주었다.

"어쨌든 악어잖아."

가스파르 형이 재밌어하면서 끼어들었다.

30분 전부터 이들은 '누가 악어를 더 많이 보나' 놀이를 하며 놀고 있었다. 놀이는 별로 어렵지 않았다. 플로리다 부근에는 이 놀라운 동물들—어떤 놈들은 길이가 1미터가 넘었다—이 우글거렸으니까. 관목 숲 속에 잠들어 있거나, 자동차를 아랑곳하지 않고 태연스럽게 도로를 건너는 놈을 보는 것도 드물지 않은 일이었다. 또한 지역 뉴스에선 악어가 가정집 정원으로 들어가서 아이들을 겁주고 개를 잡아먹었다는 이야기가 심심찮게 보도됐다. 여기 케이프커내버럴 지역은 '자연 지대'로 분류돼 동물들이 보호를 받고 있었다. 1960년대부터 로켓 발사는 바로 이 대서양 연안에서 이루어져 왔다. 다른 시대에 속해 있는 듯한 이 동물들이 평화롭게 바라보는 가운데.

"이 곳에는 천연의 자연과 가장 현대적인 기술이 동시에 존재한단다."

가스파르 형이 감격에 겨운 목소리로 말했다.

글쎄……. 자연이라면 맞는 말이다. 하지만 기술은……더 기다려 보면 알 수 있겠지. 네모는 조바심이 났다. 드디어 핵심 비밀 기구로 들어가는 것이었다. 존 케네디 우주 센터. 사실 빠른 것도 아니었다! 이 순간을 1주일이나 기다렸으니까. 그동안 네모는 영어 실력을 키웠다.

워싱턴에서 올랜도까지 린다와 함께한 여행은 아주 즐거웠고, 가스파르 형과의 재회도 감동적이었다. 공항에서 만난 네모와 가스파르 형은 서로 부둥켜안았다. 두 사람은 서로를 정말로 많이 좋아했다. 프랑스에서의 긴 모험과 텔레비전 방송은 두 사람을 끈끈하게 묶어 주었다. 서로가 꼭 오래된 친구 같았고, 가스파르 형이 네모보다 스무 살이나 많았지만 그런 건 별 문제가 안 되었다.

하지만 그 다음은 진척이 없었다. 우주선 발사가 두 번이나 연기되었다. 처음에는 센터의 언론 담당관이 호텔에 묵고 있는 가스파르 형에게 전화를 걸어왔다. "Canceled!" 날씨가 좋지 않아 취소되었다는 것이다. "No launching today."

두 번째는 촬영 장비를 설치하러 미리 출발한 텔레비전 팀에게서 전화가 왔다. 이번에는 기술적인 문제 때문에 다시 취소되었다고 했다. "They can't take any chances." 린다가 네모와 스스로의 조급함을 달래려고 한 말이었다. 결과는 이 바닷가, 코코아 비치 연안에 있는 호텔에서 이 빌어먹을 우주선을 발사할 마지막 순간을 기다리면서, 그러니까 우주 전문가인 가스파르 형의 말에 따르면 마지막 '발사 가능 시간대'를 기다리면서 꾹 참고 며칠을 보내는 것이었다.

이 작은 도시에는 흥미를 끌 만한 것이 전혀 없었다. 물론 역사적인 곳이긴 했다. 가스파르 형은 네모와 린다에게 1960년대, 아무것도 두려울 게 없었던 최초의 우주 비행사들과 전투 조종사들이 자갈투성이 긴 해변에서 자동차 경주를 하며 시간을 죽였다는 이야기를 장황하게 들려주었다. 그 당시 이 지역은 악어들과 미친 듯한 질주 이외에는 거의 아무런 매력도 없는 사막지대였던 것이다.

셰퍼드, 그리섬, 글렌, 카펜터, 쉬라, 쿠퍼, 슬레이튼……. 린다는 그 시대 로켓의 거대한 불꽃 꼭대기에서 태아처럼 몸을 웅크린 채 우주로 날아올랐던 최초의 미국 우주 비행사들 이름을 줄줄이 꿰고 있었다. 그들은 우주캡슐에 몸을 싣고 화염에 둘러싸인 채 돌처럼 떨어지면서 지구로 귀환했다(캡슐이 최대 속력으로 대기 중으로 들어올 때 공기층에 아주 세게 마찰되어 과열된다고 가스파르 형이 설명해 주었다).

"The greatest guys! I just love them."

린다에게 그들은 최고의 영웅이었다.

하지만 오늘날……. 코코아 비치는 짧은 반바지를 입고 야구 모자를 쓴 관광객들의 도시가 되었다. 아폴로, 메테오르(유성, 운석), 새틀라이트(위성, 인공위성) 등, 온통 '우주적인' 이름의 호텔들과 요란한 술집들로 망가진 수도권 주변 도시 같았다. 또한 바다는 잿빛 한류가 흘러들어와 수영도 할 수 없었다. 볼품없는 곳이었다.

다행히 분위기는 좋았다. 가스파르 형은 기운이 넘쳤고, 텔레비전 팀이나 린다와 알아듣기 어려운 농담을 쉬지 않고 주고받았다. 가스파르 형은 이 어린 미국 여자 애와 금방 친해졌다. 둘은 우주에 관해 끊임없이 이야기했다. 제미니*가 이러쿵, 아폴로가 저러쿵……. 린다는 그걸로 이야기를 한 보따리 풀어 놓았다고 할 수

* 제미니 : 미국의 유인 우주 비행 계획(1964~1966년).

있었다. 옛날 만화영화에 나오는 '베티 붑'이나 영화 〈마스크〉에서 나이트클럽 계단을 내려올 때의 카메론 디아즈처럼 커다란 눈이 반짝이는 린다…….

"넌 무슨 생각하고 있어?"

갑자기 린다의 빈정거리는 목소리가 작게 들려왔다.

"What are you thinking about?"

"어……, 아, 아무것도 아니야. I think about nothing……."

당황한 네모는 늪의 경치에 관심 있는 척하며 대답했다.

하지만 린다는 네모의 생각을 읽은 것 같았다!

"You're lying. 배신자."

린다가 대답을 재촉했다.

"Tell me."

그러다가 느닷없이 소리를 질렀다.

"Ten! I've got ten!"

그놈을 놓치는 게 오히려 불가능했다. 거대한 악어가 도로 오른쪽에 보란 듯이 자리를 잡고 있었다. "너희들이 내 집에 왔구나."라고 말하는 듯 기분 나쁜 웃음을 지으며 엎드려 있는 그놈의 긴 꼬리를 똑똑히 볼 수 있었다. 부르르……, 정말 고약한 짐승이었다.

"자, 도착했다. 우리 신분증을 보여 줘야 해."

가스파르 형이 말했다.

국경 검문소와 비슷한 철책이 길을 막고 있었다. 여기는 다른 세상이었다. 별들의 세상. 무장한 군인이 몸을 굽혀 세 사람이 목에 걸고 있는 사진과 신분증을 확인했다. 그것은 우주 센터의 문을 열어 주는 귀중한 통행 허가증이었다.

가스파르 형은 이 두 명의 '십대들'이 텔레비전 팀에 속해 있다고 설명하면서 미국항공우주국 나사의 책임자들을 한참 설득했고, 결국엔 금지 구역에 들어가서 우주선의 출발을 지켜볼 수 있는 VIP(Very Important Persons)의 특권을 네모와 린다에게 얻어 주었다. 린다는 펄쩍 뛰어 가스파르 형의 목에 매달렸다.

"Thank you forever. 제 인생에서 가장 중요한 날이에요. I will never forget it."

주저리주저리…….

2킬로미터쯤 떨어진 곳에 또 다른 철책이 있었고, 똑같은 절차의 의식을 치러야 했다. 이 곳은 아무나 쉽게 드나들 수 있는 곳이 아니었다.

조금 뒤 저만치에서 희한한 건물이 눈에 띄기 시작했는데, 가까이 다가갈수록 그 규모가 정말이지 어마어마했다. 네모와 린다는 이제까지 그런 것을 본 적이 없었다. 그것은 건물 하나를 통째로 집어넣을 수 있을 정도로 거대한 정육면체였다. 주변에 주차돼 있는 자동차들이 깨알만 해 보였다.

"VAB이야."

네모와 린다를 차에서 내려 주면서 가스파르 형이 설명했다.

"영어로 Vehicule Assembly Building이라고 해. 세계에서 가장 큰 건축물 중 하나인데, 각 모서리가 160미터인 정육면체야. 로켓과 우주왕복선을 조립하는 데 쓰이는 거야. 일단 우주선이 준비되면 천천히 무개화차 위로 옮겨지고, 그러면 그 무개화차는 거기서 5킬로미터 정도 떨어진 발사대까지 레일을 따라 미끄러져 가는 거야."

정말 거대한 철길 같은 게 보였다. 8차선 고속도로처럼 넓었고, 끝이 보이지 않았다. 그리고 저 멀리, 바로 저기 멀리…….

"I can see it! I can see it! This is the shuttle! Can you see it?"

린다는 한껏 들떠서는 용수철 위에 올라가 있는 것처럼 펄쩍펄쩍 뛰어올랐다.

우주선……, 실제로 우주선이 멀리 철탑처럼 서 있는 모습을 알아볼 수 있었다.

"Oh my God! I can't believe it! It's the shuttle!"

린다는 다시 흥분하기 시작했다.

"조금 있다 우린 로켓을 아주 가까이서 보게 될 거야. But now, follow me. 발사까지는 아직 몇 시간 남았거든. 먼저 이 곳을 둘러보자."

가스파르 형이 말했다.

가스파르 형 같은 사람을 알고 있다는 것은 정말 대단한 행운이었다. 형 덕분에 네모는 금지된 구역에 들어갈 수 있었다. 프랑스에서는 그 유명한 라스코 동굴, 피크뒤미디 천문대, 이집트에서는 일반인들에겐 폐쇄돼 있는 전설 속의 무덤들*……. 그리고 이제 케이프케네디**의 내부로 들어온 것이었다.

린다? 린다는 날아올라 하늘에 떠 있었다. 그 아인 더 이상 땅을 밟고 있지 않았다. 린다는 자기가 보고 있는 것에 완전히 넋이 나가서 줄곧 '와!'를 연발하며 감탄하고 소리지르고 사방으로 깡충깡충 뛰어다녔다.

네모는 린다가 그 분야를 꿰뚫고 있다는 것을 인정해야 했다. 린다는 모든 것을 알고 있었고, 모든 것에 설명을 달았다. 심지어 유리로 된 뻥 뚫린 공간 너머로 잠깐 보였던 조종실 기술자들의 주요 역할까지 설명해 냈다. 그 사람들은 저마다 귀에 수신기를 꽂고, 제어판 앞에 몸을 숙인 채 수없이 카운트다운을 실행하고 있었다.

"로켓 발사는 마치 교향곡 같아. 각 기술자들에겐 대형 오케스트라 연주자들처럼 연주해야 할 정확한 역할이 있지."

서정적인 가스파르 형의 설명이었다.

"영화 〈아폴로 13〉을 보면 그래요."

네모가 맞장구를 쳤다.

"Rather in 〈The Right Stuff〉."***

린다가 고쳐 말했다.

* 『네모의 책』 참조.

** 케이프케네디 : 1960년대에 케네디 대통령을 기념하는 의미로 케이프커내버럴의 이름을 케이프케네디로 바꾸었다가 다시 케이프커내버럴이라고 부르게 되었다.

*** 〈The Right Stuff〉 : 미국 최초의 우주 비행사들을 주인공으로 미국의 우주 개발 초창기 역사를 흥미진진하게 전개한 3시간 13분짜리 영화이다. 우리나라에선 〈필사의 도전〉이라는 제목으로 상영됐다. 〈프라하의 봄〉과 함께 필립 카우프만 감독의 대표작으로 꼽힌다.

우주를 향한 꿈

1957 최초의 인공위성 스푸트니크가 발사되었다.
스푸트니크란 러시아어로 '동반자' 라는 뜻이다.
스푸트니크 1호는 세계 최초의 인공위성으로, 대기에 관한 여러 자료를 기록하고 전송할 수 있는 장치를 싣고 있었다. 한 달 후 스푸트니크 2호가 발사되었는데, 여기에 라이카라는 이름의 개를 실어 보냄으로써 소련은 최초로 생물체를 지구 궤도에 진입시켰다.

1958 미국항공우주국이 창설되었다.
소련의 스푸트니크 발사에 충격을 받은 미국은 국가항공우주법을 만들어, 국가항공우주국(National Aeronautics and Space Administration : NASA)을 창설했다.

VAB(Vehicule Assembly Building)

1961 소련의 가가린이 인류 최초의 우주 비행에 성공하였다.
소련은 1961년 최초로 1인승 인공위성 보스토크를 발사하였다. 그 뒤 6호까지 발사했는데, 6호에는 최초의 여성 우주비행사인 테레슈코바가 탑승했다.

1969 아폴로 11호가 인류 역사상 최초로 달 착륙에 성공하였다.
소련의 우주 탐사에 자극 받은 미국은 아폴로 계획을 추진해 아폴로 11호를 발사했다. 암스트롱이 달 표면에 첫발을 내딛게 되었고 이어 1972년까지 6회에 걸쳐 달을 탐사했다.

아폴로 11호와 승무원들 그리고 달에 착륙한 인류(암스트롱이 찍은 동료 앨드린)

1971 소련에서 최초의 우주정거장 살류트를 발사했다.
우주정거장은 사람이 생활하면서 우주 실험이나 우주 관측을 할 수 있는 기지이다. 최초의 우주정거장 살류트는 23일에 걸쳐 궤도비행을 계속하였으며, 총 22명의 승무원이 탑승하여 각종 실험과 관찰을 하였다. 미국의 우주정거장 스카이랩은 1973년에 발사되어 1979년까지 사용되었다. 이후 1986년 소련이 발사한 우주정거장 미르는 2001년 폐기될 때까지 12개국의 우주인 104명이 이 곳에서 1만 6500여 건의 과학 실험을 하였다.

1981 우주왕복선 컬럼비아호가 우주비행에 성공했다.
이전의 우주선은 일회용이었지만 우주왕복선(스페이스 셔틀)은 우주와 지구를 여러 차례 왕복할 수 있게끔 만들어졌다. 미국에서 만든 컬럼비아호는 2003년까지 28차의 비행 기록을 세웠으나 2003년 2월 1일 귀환하는 도중 공중에서 폭발해 승무원 7명이 모두 사망하였다. 그 뒤, 챌린저호(1986년 공중 폭발), 디스커버리호, 아틀란티스호, 엔데버호가 실험 비행을 했다. 1990년에는 최초로 민간우주인이 탄생했고, 2001년에는 우주관광 상품이 나오는 등 우주비행 기술이 점점 발전하고 있다.

"But once the shuttle has taken off, 일단 케이프케네디에서 우주선이 발사되면, 그 다음 조종은 텍사스, 휴스턴 조종실에서 한단다."

가스파르 형이 다시 말했다.

"거기도 가 보고 싶어요……."

린다는 항상 더 많은 것을 바랐다.

세 사람은 달 정복의 역사를 재현해 놓은 아폴로 센터에 들를 여유도 있었다. 우주 비행사들의 사령선을 추진시켰던 것과 비슷한 새턴 5형 로켓 앞에서는 모두가 황홀한 기분에 빠졌다. 높이가 100미터나 되는 거대한 탑이었다. 각 분사구 안으로 버스 한 대 정도는 거뜬히 집어넣을 수 있을 거라고 가스파르 형이 설명해 주었다. 그런 거대한 덩어리라면 1센티미터 위로 올려지는 것도 상상하기 어려운 일이었다. 하지만…….

네모는 프랑스에서 가스파르 형이 자기랑 친구 수니타에게 쌍안경으로 달 분화구를 보여 주었던 그 밤이 떠올랐다. 이 순간, 수니타는 대서양 저쪽에서 무엇을 하고 있을까? 그 곳은 밤이 시작되었을 시간이었다. 그 애는 벌써 잠들었을지도 모른다. 수니타는 이 미국인 여자 친구와 얼마나 다른지……. 수니타가 부드럽고 차분하고 아마도 조금 지나치게 신중하다면, 린다는 들떠 있고 변덕스러웠다.

린다는 정말로 우주에 미쳐 있었다. 어쨌든 여자 아이로서는 별난 일이었다. 사실 네모는 이 소란스러운 린다가 자기를 사로잡았다는 것을 선뜻 인정할 수가 없었다. 하지만 린다가 가스파르 형에게 말을 건넬 때면 네모는, 조금……, 그렇다, 질투까지 느꼈다.

대화는 어쩔 수 없이 린다가 좋아하는 주제로 이어졌다. 화성 여행 말이다! 가스파르 형과 린다는 반은 프랑스어로, 반은 영어로 논쟁을 벌였다. 이제는 또 텔레비전 토론 프로그램 속에 들어와 있는 것 같았다.

화성 여행은 달에 가는 것보다 훨씬 더 복잡했다. 가스파르 형과 린다의 설명에 따르면, 여행은 거의 2년 6개월이 걸릴 것이란다. 가는 데 6개월, 화성 기지에서 지구와 화성의 위치가 적절해지기를 기다리는 데 18개월, 그리고 돌아오는 데 다시 6개월! 그런 여행을 하려면 굉장한 열의로 부풀어 있어야 했다. 일단 떠나면 방향을 틀어 다시 돌아올 수도 없으니까. 사고가 생기더라도 구조선을 보내는 건 생각할 수 없었다.

화성에서는 우주 비행사들 스스로 자기들끼리 일을 해결해 나가야 한다. 지구에서 1억 킬로미터 떨어진 곳에서 자기들끼리. 그들의 무선 메시지가 지구까지 도달하는 데에만 20분이 걸린다. 거기서 사람들은 기지를 세우고 자체적으로 전기를 만들어 내고 귀항을 위해 그것을 다시 기체로 바꾸어야 한다. 그리고 화성을 탐사하고 암석 견본을 채취하고, 우주를 더 잘 이해하기 위해 공부를 하면서 시간을 보내야 한다. 아마 거기서 옛 생명의 자취를 발견할 수도 있지 않을까?

"화성인들요?"

네모가 물었다.

"물론 아니야."

가스파르 형이 재미있다는 듯이 웃으면서 대답했다.

"아마도 박테리아나 작은 유기체들이 있을 거야."

"화성인들은 존재해요. They do exist. Do you know them?"

린다가 그 작고 사랑스러운 억양으로 말했다.

"어……, no."

얼떨결에 네모가 대답했다.

"Think for a second. You already met them……."

"You're kidding!"

"화성인 그건 바로 우리들이야. Us! And I will be the first martian girl!"

화성에 가는 첫 번째 여자, 첫 번째 화성인 여자……. 네모는 감탄하며 린다를 바라보았다. 그렇다, 린다는 정말로 그 곳에 가고 싶어했고, 또 거기에 갈 능력도 있었다. 단, 그런 모험이 하루라는 조건에서지만.

"정치가들이 상의해야 해. 이건 로켓을 만드는 일보다 더 복잡하거든."

"We can do it! We must do it!"

린다가 소리를 질렀다.

한 가지는 분명했다. 린다, 이 화성 여자 애는 이후의 일을 이미 머릿속에 그려 놓고 있었다.

행운이었다! 우주선의 카운트다운이 정상적으로 이루어졌고 하늘도 맑았다. 세 사람은 발사대에서 가장 가까운 곳인 관측소 문으로 가기 위해 다시 차를 탔다. 그 곳은 나사의 직원들과 몇몇 기자들에게 미리 지정해 준 자리였다.

"Look at it! Look at it! Oh my God!"

우주선의 모습이 점점 크게 보이기 시작하자 린다의 입에서 감탄사가 쏟아져 나왔다.

네모는 거리는 있었지만, 눈앞에서 펼쳐지는 광경이 매혹적이라는 걸 인정해야 했다. 거대한 연료 탱크, 보충 로켓 두 개와 더불어 우주선은 네모가 상상했던 것 이상으로 훨씬 더 압도적이었다. 25층짜리 건물 높이—린다의 설명이었다—의 그것은 육중하고 어마어마하게 큰 성 같았다.

세 사람은 그 광경을 지켜보기에 가장 좋은 위치의 취재석에 앉았다. Flight Director—역시 린다의 설명이었다—의 콧소리가 마이크를 타고 울려 퍼지며 네모가 알아듣지 못하는 정보들을 전달했다. 그리고 앞에서는 우주선의 영상이 다양한 각도에서 비디오 화면으로 중계방송되었다. 희뿌고 가벼운 연기가 모터에서 새어 나왔다. 마치 괴물이 죽기 전에 마지막 힘을 모아 숨을 붙잡고 있는 것만 같았다.

"Sixty, fifty-nine, fifty-eight……."

첫 번째 목소리에 이어 좀 더 굵은 또 다른 목소리가 흘러나왔다. 주위가 고요해졌다. 린다까지도 숨을 죽였다. 네모는 심장이 쿵쾅

네모의 단어장

*** can, may, must**

→ I **can**(또는 I am able to) _ 나는 ~을 할 수 있다(나는 ~할 능력이 있다)

→ I **may**(또는 I am allowed to) _ 나는 ~을 해도 된다(나는 ~할 허가를 받았다)

→ I **must**(또는 I have to) _ 나는 ~해야 한다

*** can, may, must를 쓸 때 지켜야 할 규칙**

- 3인칭 단수형에도 s를 붙이지 않는다. → he can, she may, it must
- 원형 동사를 수반한다. → I can do it, I may do it, we must do it
- 조동사가 필요 없다. 의문문에도 : Can I?, May I?, Must I?

  부정문에도 : I cannot, I may not, I must not(mustn't)
- may와 must는 현재형으로만 변화하고, can은 과거형 could가 될 수 있다.

  I could, could you?, he could not(couldn't), couldn't we?
- 다른 시제로 쓰려면 대체 표현을 사용해야 한다.

  I was allowed to visit _ 나는 방문할 수 있었다, 나는 방문 허가를 얻었다.

  I have been able to work _ 나는 일할 수 있었다.

  I will have to work _ 나는 일해야 할 것이다.

launching 발진, 발사

take place 일어나다 / **take off** 이륙하다

chance 우연, 위험, 모험

→ They can't take any chances. _ 그들은 위험을 감수할 수는 없어.

rather 오히려 / **once** 한 번, 일단 ~하면

exist 존재하다 → They do exist _ 그들은 정말로 존재해(강조의 do).

lie 거짓말하다 → You're lying! _ 너 거짓말하고 있어.

You're kidding! 너 농담이지? / **Just kidding!** 그냥 농담이야!

martian 화성인

ignition 점화, 발화

Engines are running! 엔진이 작동하고 있어!

lift 들어 올리다 / **lift off** 발사하다 / **a lift off** 발사

swear 맹세하다

거리는 걸 느꼈다. 텔레비전에서 보던 것과는 정말로 비교도 할 수 없었다.

"Twenty-eight, twenty-seven, twenty-six……."

스피커에서 네모가 아주 좋아하는 미국인 억양이 흘러나왔다. twenty를, t를 발음하지 않고 마치 '뛰에니'처럼 들리게 말했다. 네모는 파리식 억양 '투엔티'를 강요하던 영어 선생님을 떠올리며 잠시 딴생각에 빠졌다. 선생님도 미국에서 좀 살아 봐야 하는데…….

"Ignition……."

드디어 때가 되었다! 잠시 아무 일도 일어나지 않은 것 같았다. 하지만 우주선 바닥을 보여 주는 화면 중 하나에서 불꽃이 쏟아져 나오는 모습이 모든 영상을 압도했다.

"Engines are running! We have a lift off! We have a lift off!"

그렇다, 우주선이 떠오르고 있었다……. 눈앞에서 거대한 성이 일어나서 위풍당당하게 지평선에서 천천히 떨어져 나가고 있었다. 뒤로는 흰 연기 기둥을 엄청나게 내뿜으면서. 네모는 린다를 슬쩍 훔쳐보았다. 커다란 눈에서 눈물이 흐르고 있었다. 린다는 울고 있었다.

바로 그 때, 그제야 엄청난 소리가 들려왔다. 귀를 쩌렁쩌렁 울리는, 무서울 정도로 강렬한 천둥소리 같은 것이 소리의 모든 공간을 차지해 버릴 만큼 울려 퍼졌다. 취재석의 바닥과 좌석, 기대고 있던 난간, 주변의 모든 것들이 격렬하게 흔들렸다. 네모는 두 손으로 배를 감싸 안을 정도로 묵직하고 긴 요동을 뱃속까지 느꼈다. 진짜 지진이었다…….

시간이 좀 지나고 나서야 네모는 상황을 이해할 수 있었다. 발사대에서 어느 정도 거리가 떨어져 있었기 때문에, 모터의 가공할 만한 위력에서 나오는 소리의 파동이 전해져 오는 데 몇 초가 걸렸던 것이다. 이제 그 모든 위력을 온몸으로 실감할 수 있었다.

하늘에선 거대한 연료통을 달고 있는 우주선이 비스듬히 기울어져 경로를 따라가다가, 순식간에 작아져서 선처럼 보일 뿐이었다. 그나마 나사의 화면에서는 여전히 보조 로켓 두 개가 우주선에서 분리되는 모습과 거대한 연료통을 떨어뜨리는 모습이 나오고 있었다. 이어서 궤도에 진입했음을 알리는 소리와 이를 축하하는 관객들의 박수 소리가 터져 나왔다.

이제 우주 비행사 다섯 명은 무중력 상태에 들어간 것이었다.

네모는 굳은 다리를 쭉 폈다. 정말 대단한 경험이었다! 네모는 린다를 향해 몸을 돌렸다. 린다는 꼼짝 않고 자리에 굳어 있었다. 네모가 린다의 얼굴 앞에 손을 왔다 갔다 하자, 린다는 젖은 눈으로 꿈에서 깨어나려는 듯이 고개를 흔들었다.

"I will go out to space, one day! Believe me, Némo, I swear! I will go!"

네모를 뚫어지게 바라보면서 린다가 말했다.

8. 다두 다다, 다두 다둠

"여보세요? 파니 할머니? 저예요, 네모!"

"네모야! 잘 지내니? 안 그래도 네 생각을 하고 있었단다……."

"제가 지금 어디 있는지 아마 모르실걸요……. 뉴올리언스에 있어요."

"거기서 뭘 하는데? 가스파르와 같이 있는 거 아니었냐? 난 네가 플로리다에 있다고 생각했단다."

"네, 네. 거기 있었어요. 우주선 발사까지 봤는걸요……. 상상해 보세요. 아니, 할머닌 상상도 못 하실 거예요. 제가 할아버지의 미국인 친구, 그리고 그 약혼녀를 찾을 실마리를 잡았어요. 아주 작은 거지만 어쨌든요. 베티 블루스 기억하시죠? 짐 할아버지의 편지에서 우리가 그렇게 궁금해하던 그 이름 아시죠?"

"잠깐, 잠깐만……. 먼저 네가 어떻게 루이지애나에 있는 건지 설명해 다오. 무슨 실수 같은 걸 한 건 아니겠지? 가스파르가 널 모른 척한 건 아니지? 그 애가 취재하느라 워낙 바쁠 것 같아 계속 걱정이 되는구나."

"아니에요, 아니에요. 할머닌 전혀 걱정하시지 않아도 돼요. 린다가 다 해결해 주었어요. 그 애 아버지는 남부에도 고객들이 많기 때문에 항상 출장을 다니거든요. 아저씨가 이번에 루이지애나랑 텍사스를 지나간대요. 아저씨가 늦는 바람에 공항에서는 만나지 못했지만요. 그 가족 가풍이에요. 나중에 얘기해 드릴게요. 어쨌든 아무 문제 없이 아저씨 호텔을 찾았어요. '샤르트르' 길에 있는 '리슐리외' 호텔이에요. 여기선 그렇게 프랑스 이름을 잘 붙이는데, 사람들 불어 발음은 되게 웃겨요."

"엄마, 아빠에겐 알렸니?"

"물론이에요. 방금 전화했어요."

"그래, 넌 뭘 알고 싶은 거니?"

"그저……, 베터 블루스요……. 린다가 그 비밀을 밝혀내는 데 성공했어요. 그건 뉴올리언스에 있는 재즈 클럽이래요."

"재즈 클럽! 그래, 네 할아버지와 나도 그럴지 모른다고 생각했었단다. 전쟁이 끝나고 몇 년 뒤에 우리는 그 방향으로 찾아보았지. 하지만 아무것도 찾지 못했어. 프랑스에서, 게다가 그 시절에 그건 쉬운 일이 아니었거든."

"여기서는 제가 그 베터 블루스가 아직 있는지, 아니면 그 곳을 기억하는 사람들이 있는지 알아볼 수 있어요. 그리고 아마 짐 할아버지에 관해 뭐라도 알아낼 수 있을 거예요."

"아, 우리가 그 여자의 가족을 찾을 수만 있다면 얼마나……, 네 할아버지가 얼마나 그걸 바랐던지……."

"네, 저도 알아요."

"그런데, 그 린다라는 여자 애가 아주 영리한가 보구나."

"아……, 예."

"너희 둘이 사이는 좋아?"

"네, 물론이지요. ……뭐, 항상 그런 건 아니지만요……. 그 애는 꽤……음……, 독특해요."

"네모야?"

"예?"

"네가 만일 짐 그랜트 씨의 흔적을 찾는다면, 이 할미는 아주 기쁠 거야. 그래, 굉장히 행복할 거야. 하지만 그렇다고 어리석은 짓을 해서는 안 된다. 할미한테 약속할 수 있지?"

"네, 약속할게요. 린다의 아버지가 오늘 밤 도착해요. 아저씨와 있을 땐 어차피 얌전히 굴어야 하니까 안심하세요."

"린다 아비지가 올 때까지 너희는 뭘 할 거니?"

"벌써 많은 것들을 했는걸요! 미시시피 강 연안도 봤어요. 강물이 갈색인데다가 진흙투성이인데 굉장히 커요! 영화에서처럼 바퀴 달린 배도 봤어요. '카페 뒤 몽드'* 라는 곳에 베니에를 먹으러 갔었

* 카페 뒤 몽드 : 초창기 미시시피 강을 오가던 배를 상대로 활발한 상업이 이루어지던 200년 전통의 프렌치 마켓(프랑스식 시장) 안에 있는 150년 된 유명한 카페인데, 이 곳 베니에(프랑스식 도넛)가 아주 유명하다.

는데 여기선 그게 전통인가 봐요. 그 카페엔 재즈를 연주하는 트럼펫 연주자도 있었어요. 음악은 길거리, 정원, 강가, 어디서든 사방에서 들을 수 있어요…….”

“아, 우리 네모, 네가 날 꿈꾸게 만드는구나! 맘껏 즐기고 와서 빠짐없이 이야기해 주렴. 행운을 빈다! 또 보자!”

“네, 또 봐요. 할머니!”

파니 할머니는 벌써 수화기를 내려놓았다. 할머니는 네모가 얼마나 보고 싶은지 굳이 말하고 싶지 않았던 거다. 네모와 할머니 사이엔 서로를 이해하기 위해 많은 말이 오고 갈 필요가 없었다.

네모는 침대에 누워 천장에서 내려오는 모기들을 바라보았다. 해링턴 아저씨가 참 많은 것을 해 주었다는 건 틀림없는 사실이었다. 이 방에, 아니, 이 스위트룸에 있으니 〈바람과 함께 사라지다〉의 주인공이 된 듯한 기분이 들었다. 레이스로 장식한 침대는 어찌나 높은지, 작은 의자를 딛고 침대에 올라가야 할 정도였다. 사각사각 소리가 나는 블라인드를 달아 놓은 창문, 쿠션을 댄 안락의자 등. 물론 네모는 자기 집에 그런 것들이 있다면 좋아하지 않았을 것이다. 하지만 친구, 폴과 아르투르가 이것들을 본다면!

네모는 아침에 산 우편엽서 뭉치를 만져 보았다. ‘Welcome to Louisiana’……. 바로 말하자면 예전에는 루이지애나가 프랑스 식민지였는데 말이다! 나폴레옹은 미국에 루이지애나 전체를 팔았다. 당시 미시시피 강 하구에서부터 바위산에 이르는 광대한 땅이었다. 그게 다 돈이 필요해서 그랬던 것이다! 바보 같은 나폴레옹!

네모는 폴과 아르투르에게 엽서를 보낼 때 이 이야기를 써야 할지 생각해 보았다. 아마도 그 애들은 그다지 관심을 갖지 않을 것이다. 하지만 수니타라면 틀림없이 자기가 무엇 때문에 그렇게 화가 나는지를 금방 이해할 것이다. 그런데 이상하게도 수니타에게 엽서를 보낸다는 게 마음이 편치 않았다. 어디서부터 시작해야 할까?

그 때 중요한 주소들을 적어 놓은 수첩을 가져와야겠다는 생각이 들었다. 가방을 욕실에 두었던 것이다.

네모가 가방을 뒤적이고 있는데 누군가 살며시 거실 문을 여는 소리가 들렸다.

"Némo? Are you there?"

린다였다. 린다는 목소리를 낮춰 네모를 부르면서 이 방 저 방 옮겨 다니고 있었다. 마치……, 마치 아무도 없기를 바라는 것처럼. 네모는 왠지 바로 대답이 나오지 않았다. 그러는 사이 전화기 번호판을 누르는 소리가 들렸다.

"Hi, Mom! It's Linda……. We are in New Orleans……. You know that I forgot my cell phone……. Yes, I am sorry. But I will call you regularly……. And we are really, really safe. We are with Gaspard, he organized everything……. We will spend a few days here, and then Gaspard will take us to Houston……. Mom, I have to go, Gaspard is calling us……. Yes, I promise. Where is Dad? ……Oh, he is in Pittsburgh? ……I miss you too. Bye!"

조금 뒤에 한층 더 숨죽인 린다의 목소리가 들려왔다.

"May I talk to Jeffry? ……Jeffry, it's me. ……So far, no problem……. And you? ……I am so glad……. Maybe everything will be OK. ……No, my Dad did not notice. ……No, he is in Pittsburgh……. Yeah……. Be careful……. Talk to you soon, bye!"

네모가 욕실에서 나왔다. 얼굴이 얼음장처럼 굳어 있었다. 린다는 네모를 보자 머리끝까지 빨개졌다.

"어……, did you take a bath?"

"……."

네모가 소리를 질렀다.

"Calm down, Némo. It's not so bad……."

"It's not so bad? 너 정말 미쳤구나! 네가 하는 말 다 들었어. 너, 엄마한테는 가스파르 형과 뉴올리언스에 있다고 말했지! 그리고 네 아버지는 피츠버그에 계시고! 아저씨는 여기에 오실 계획이 전혀 없는 거였어! 네 부모님은 아무것도 모르고 계시고! 넌 모두에게 거짓말을 했어! 네 부모님, 가스파르 형, 그리고 나한테까지!"

린다는 머리카락 한 가닥을 꼬고 있었다.

"There is no problem, Némo. 다른 사람들한테는 아무 말도 안 해도 돼."

"비행기표는? 호텔은? 누가 돈을 낸 거지?"

"Well, you see, I have this credit card……, on my Dad's account. 아빠 계좌로."

"Does he know?"

"Of course he knows!"

"믿을 수 없어! 난 널 더 이상 믿을 수 없다고!"

네모는 문을 쾅 닫고 나가 버렸다.

이제 어떻게 해야 할까? 네모는 이 이상한 도시를 생각 없이 걸어다녔다……. 전차를 타고, 또 다른 전차로 갈아타고, 지도에서 자기가 가고 있는 곳을 찾아보고, 그 유명한 가든 디스트릭트에도 가 보았다. 공원엔 열대 꽃이 가득했고, 그 자리에 뿌리를 내린 나무들은 땅까지 기어 내려온 이끼들로 뒤덮여 있었다. 어둑어둑해지는 길거리를 돌아다니면서 네모는 1860년, 남북전쟁 이전에 지어진 호화로운 집들을 볼 수 있었다. 2층에는 주랑이 있었고, 방충망을 쳐 놓은 넓은 목재 테라스도 있었다. 길모퉁이에서 페티코트*를 갖추어 입은 여인과 나들이 시중을 들고 있는 흑인 노예들을 만날 것 같은 기대마저 들었다.

네모는 유모차를 끌고 가는 보모들, 울타리를 다듬고 있는 정원사, 방문객들에게 정중하게 문을 열어 주는 하인을 보았다. 모두 흑

* 페티코트 : 치마 안에 입어서 모양을 만들어 주는 속치마.

남북전쟁이 남긴 것

전쟁이 왜 일어났을까?

미국은 식민지 시기부터 남과 북이 정치, 경제, 문화 등에서 큰 차이를 보이고 있었다. 영국과 벌인 독립 전쟁에서 13개 식민지는 연합하였으나, 중앙 정부는 권한이 강력하지 못했다.

서부 지역으로 영토를 확장하는 과정에서 노예제를 반대하는 북부와 노예제를 확대하려는 남부의 갈등은 유혈 충돌로 나타나기도 했다. 이와 같은 사회 분위기에서 북부의 노예 해방론자인 에이브러햄 링컨이 대통령으로 당선되었다. 선거를 치른 뒤 남부 주들은 연방을 탈퇴하고 남부 연맹을 결성해 북부에 대항하였고 남북전쟁이 시작되었다.

북부와 남부는 어떻게 달랐나?

북부는 중앙 정부 중심의 정치를 원했으며, 값싼 임금 노동자의 노동력에 의존하는 상공업 위주의 경제 성장 추진했고 노예제에 반대했다.

남부는 권력 분산과 주의 자치를 강조했으며, 노예제에 기반을 둔 대농장 위주의 농업 경제를 추구하여 따라서 노예제를 확대하려 했다.

전쟁의 전개, 그리고 그 뒤……

처음에는 남군에게 유리하게 전개되는 듯했으나, 북군이 점차 우세한 자리를 차지하게 되었다. 북부 23개 주의 인구는 2300만 명, 남부 11개 주의 인구는 900만 명이었는데 그 중 흑인 노예가 400만 명이었다. 북군은 병력과 군수물자, 철도와 같은 운송 시설 등에서 절대적으로 우세했다. 1863년 7월 게티즈버그 전투에서 패배한 뒤 남군은 계속 밀렸다. 결국 1865년 4월 9일, 남군의 최고사령관 로버트 리 장군은 항복하였다.

1861년부터 5년간 계속된 남북전쟁 기간 동안 약 62만 명이 목숨을 잃었으며 약 50만 명이 부상을 입었다. 전쟁은 깊은 상처를 남겼지만 다시 하나의 미국이 되는 역사가 이루어졌다.

남북전쟁 중인 1863년 노예해방이 선언되었으며, 전쟁 후에 노예들은 해방되었다. 헌법에 따라 흑인들도 시민권을 갖고, 선거권을 보장받게 되었다. 그러나 사실상 남부 곳곳에서 흑인들에 대한 가혹 행위는 계속되었다. KKK단(Ku Klux Klan)과 같은 백인우월주의자 단체가 설립되었고, 이와 비슷한 비밀 결사 단체들이 많이 생겼다. KKK단은 흑인들이 투표권을 행사하지 못하게 하는 등 선거 때 가장 악명이 높았다. 흑인들은 말만 자유인이었지 이들의 위협 때문에 실질적으로 자유를 누릴 수 없었다.

KKK

게티즈버그 전투

인이었다.

여기는 마치 남북전쟁이 일어나지 않았다는 듯이, 모든 게 이전이 더 나았다는 듯이 이상한 향수병을 불러일으키고 있었다. 미국에서는 남북전쟁을 Civil War라고 부르며, 그걸 아주 정상적인 것으로 여긴다. 하긴 한 나라 안에서 일어난 전쟁이라면 당연히 시민 전쟁이니까.

네모가 프렌치 쿼터에 다다랐을 때엔 이미 땅거미가 진 뒤였다. 뉴올리언스 사람들은 그 동네를 '비외 카레'*라고도 했다. 쇠시리 장식**의 발코니가 딸린 전형적인 집들이 있었고, 재즈 클럽이 많은 동네였다. 그리고 우리 호텔도 거기 있었다. '우리' 호텔이라니……, 그냥 그렇게 말이 나와 버렸다……. 그런데 바로 지금 그곳에 있으면서, 왜 베터 블루스를 찾을 생각을 못 했던 걸까?

네모는 혹시 베터 블루스에 대해 아는 사람이 있는지 클럽마다 찾아다니며 물어보기 시작했다. 쉽지 않은 일이었다. 클럽들은 거의 모두 네모의 출입을 막았다. "You're too young!" 어쨌든 그렇게 한참을 돌아다닌 뒤 네모는 'Preservation Hall'이라는 희한한 곳에서 재즈 연주곡을 들을 수 있었다. 아이들을 데리고 온 가족 뒤를 쫓아서 들어간 덕분이었다. 한 재즈 그룹—색소폰, 피아노,

*비외 카레(Vieux Carré) : 프랑스어로 '옛날 집'이라는 뜻이다. 프렌치 쿼터, 또는 비외 카레는 1718년 뉴올리언스에 프랑스 사람들이 처음 살기 시작한 거주지이다. 프랑스풍 유산이 잘 보존되어 있으며, 고급 식당, 카페는 물론이고, 음악과 예술가들이 북적이는 아주 활기찬 동네로서 발코니가 딸린 프랑스식 건물들이 빼곡히 들어서 있다.
**쇠시리 장식 : 나무 모서리나 표면을 깎아 모양을 내는 것.

드럼, 트럼펫—이 나무로 된 무대 위에서 연주를 하고 있었다. 바닥에 앉은 관객들이 박자에 맞춰 몸을 흔들면서 함께 흥을 냈다. 춤추고 싶은 마음이 절로 들 정도였다.

다음 교차로에서 네모는 부르봉 스트리트로 방향을 바꾸었다. 사람들이 어찌나 많은지 앞으로 나가기가 힘들 정도였다. 날도 굉장히 더웠고, 축축한 공기가 '짙은 이국적인 향기'로 가득 차 있었다. 아마도 그 유명한 목련이 아닐까? 그리고 설탕, 럼주, 커피 같은 것들의 향기…….

다음 클럽에서 네모는 또다시 운을 시험해 보았다. 계속 똑같은 질문이었다.

"Do you know a place called The Better Blues?"

다시 한 번, 손가락을 좌우로 흔드는 모른다는 표시가 답으로 돌아왔다. 이번엔 특히 불친절했다. 말 한 마디 없이 등을 돌려 버렸으니까. 한 여자가 굽이 아주 높은 구두를 신고 몸을 흔들며 계단으로 나왔다. 꼭 쥐를 잡아먹은 것처럼 진하게 화장을 하고 아주 짧은 원피스를 입고 있었다. 그 여자는 네모를 보고 웃어 주긴 했지만, 역시 손을 내저었다. 그 여자는 그만 가 보라고, 좀 더 멀리 가라고 말하는 것 같았다. 네모는 문 위에 빨간 전등이 매달려 있는 것을 보았다. 여기서는 할 수 있는 일이 없을 것 같았다.

비외 카레는 네모가 이렇게 밤늦게 혼자 돌아다니는 것을 부모님이나 가스파르 형, 또는 파니 할머니가 알게 되면 절대로 좋아할 만한 장소가 아니었다. 네모가 창녀들 한가운데서 술집 이곳저곳을 찾아다니고 있다는 것을 부모님이 알게 된다면 어떨까? 파니 할머니에게 어리석은 짓을 하지 않겠다고 약속했는데…….

어쨌든 이제 와서 가족들에게 도움을 청하는 전화를 한다는 건 말도 안 되는 일이었다. 그렇게 멀리서 가족들이 도울 수도 없을 것이다. 게다가 뭐라고 말할 수 있을까? 린다와 단둘이 있었다고? 네모는 머리가 아파 왔다. 아무도 자기를 더 이상 믿지 않을 것이다. 믿음! Trust……. 린다가 전혀 이해하지 못하는 단어였다.

아니면 가스파르 형에게 전화를 걸어 볼까? 지금쯤 형은 캘리포니아에 있는 여자 친구 레아 누나를 만나러 가려고 사진기를 챙기고 있을 것이다. 네모는 어린애처럼 도움을 청해 형의 휴가를 망치고 싶진 않았다. 아니야, 역시 혼자서 헤쳐 나가야 했다. 혼자서, 말하자면 린다와 함께. 그리고 린다가 가지고 있는 신용카드……, 그건 참 편리하긴 했다. 지금 네모는 가스파르 형에게 갈 만큼 여행자수표가 많지도 않았다. 네모는 정말로 그 고약한 여자 애에게서 벗어날 길이 없었다.

이런저런 생각에 정신이 팔려 있던 네모는 재즈 클럽 한 군데를 그냥 지나쳤다는 걸 깨달았다. 거기엔 간판도 없었다. 비뚤어진 작은 문이 살짝 열려 있었는데, 거기서 격렬한 재즈곡이 흘러나오고 있었다.

운이 좋았다. 지키는 사람도 없었다. 네모는 조심스럽게 안으로 들어갔다. 담배 연기가 자욱한 클럽 안에는 평균 나이가 적어도……, 일흔 살은 되어 보이는 흑인 연주자 그룹이 있었다. 하얗

게 센 머리에 굽은 등, 재즈 할아버지들은 고삐가 풀린 것 같았다. 바 뒤 클럽 안쪽에서 같은 연배의 종업원이 더러운 걸레로 계산대를 천천히 문지르고 있었다.

"Excuse me……."

남자는 무기력하게 고개를 들었다.

"Huh?"

"Do you know a place called The Better Blues?"

"Huh?"

"Do you know a place called The Better Blues?"

늙은 종업원은 두 손을 허리에 짚고 아주 흥미롭다는 듯이 네모를 꼼꼼히 살펴보면서 시간을 끌었다. 그러곤 드디어 계산대 끝 쪽으로 몸을 돌리고 목청을 높여 말했다.

"Wilbert! There is this boy……, who is asking about The Better Blues!"

아저씬 마치 네모에게 재밌는 농담이라도 들은 것처럼 넉살 좋은 웃음을 지었다. 네모는 바의 의자에 앉아 있는 윌버트라는 할아버지를 보았다. 럼주 잔 가까이 팔을 기대고 슬픈 표정으로 반쯤 탄 시가를 피우고 있었다. 네모가 다가갔다.

"Who are you?"

윌버트 할아버지가 물었다.

"Well……."

네모는 머뭇거리며 말을 꺼냈다. 속으로는 린다를 저주하면서.

그 애는 꼭 필요할 때엔 늘 곁에 없었다. 어쨌든 네모는 계속 말을 이어 갔다.

"It's complicated. My name is Némo, I come from France. I am looking for an old place……, an old jazz club……, The Better Blues. And it's really, really important."

윌버트 할아버지는 네모의 어깨에 손을 얹더니 종업원을 향해 소리를 질렀다.

"This young man comes from Fraaaance. And here he is, in New Oooorleeeeeans, Louiiiiisiana, asking about The Better Bluuuues!"

네모는 린다가 '남부의 길게 끄는 억양'이라고 했던 말이 무슨 뜻인지 슬슬 이해되기 시작했다! 윌버트 할아버지의 입에서는 모음들이 두 배는 더 오래 머무는 것 같았다. 할아버지는 누런 이를 한껏 드러내고 웃으면서 네모를 뚫어지게 바라보았다. 그러고는 계산대를 손바닥으로 치면서 말했다.

"Young man……. This is the Better Blues!"

뭐라고? 여기가 베터 블루스라고? 네모의 얼굴이 환해졌다. 그리고 빨개졌다가 창백해졌다. 네모는 자기가 50년도 더 지난 지금 그 클럽을 찾아내고 말 거라는 가능성을 정말로 믿어 본 적이 한 번도 없었다는 사실을 그제야 깨달았다.

"It's here? Really?"

윌버트 할아버지는 크게 웃기 시작했다.

"It was the Better Blues! A very loooong time ago, my boy! The Better Blues was a speeeecial place……. Now it is this oooold bar. And they call it Daisy's."

할아버지는 진저리가 난다는 듯이 고개를 저었다. 하지만 네모는 그지없이 감탄하는 눈으로 윌버트 할아버지를 바라보았다. 네모는 길고 긴 설명에 들어갔다.

"My grandfather had a friend, James Grant……, Or Jim, Jimmy. He played the saxophone. And he talked about this……, this Better Blues. Did you hear about James Grant?"

윌버트 할아버지는 커다란 눈을 굴렸다. 그러고는 네모에게 되물었다.

"You said Jimmy Grant?"

"Yes……, Jimmy Grant."

"But who are you?"

네모는 이 노인이 치매에 걸린 건 아닐까 걱정스럽게 의심해 보았다. 그런 걱정도 잠시, 눈에 띄게 밝아진 윌버트 할아버지가 계속해서 말했다.

"You are a magician! Jimmy Grant! Jimmy Grant! Of course I knew Jimmy Grant!"

윌버트 할아버지는 마치 굉장한 비밀이라도 말하려는 것처럼 네모의 귀 가까이 몸을 굽혔다.

"Tell me your name, again."

"Némo."

"You see, Niiimo……."

할아버지는 갑자기 휘파람을 불더니 굽혔던 몸을 세웠다.

"Niiimo, your girlfriend is looking for you!"

네모는 할아버지가 바라보는 곳을 보았다. 린다였다! 구경꾼들 사이에 길을 만들며 린다가 다가오고 있었다. 린다는 햇볕에 태운 팔과 다리가 드러나는 얇은 원피스로 갈아입었고, 만족스러우면서도 어딘지 불편해 보이는 표정으로 미소를 짓고 있었다. 이를테면 미녀 대회에 나갈 준비를 막 끝낸 모습이었다.

린다에게 화가 나 있던 네모는 퉁명스럽게 말했다.

"She is not my girlfriend."

린다가 다가와서 네모의 허리에 살짝 팔을 감았다.

"Yes, girlfriend!"

윌버트 할아버지가 이렇게 결론을 내렸다.

"네모야, 너 여기 어떻게 왔어? 여기가 그 베터 블루스야! 내가 사방에 물어보고 다녔어."

네모는 소개를 해야 한다고 생각했다.

"This is Wilbert……. And this is Linda."

"Nice to meet you, Mr. Wilbert."

린다가 활짝 웃으며 인사를 했다.

윌버트 할아버지는 첫눈에 린다에게 호감을 느끼신 것 같았다.

"So you too, you are looking for the Better Blues?"

"윌버트 할아버지가 제임스 그랜트 할아버지를 아신대."

네모가 짧게 설명했다.

"Oh, really!"

린다가 환호를 질렀다.

할아버지는 고개를 힘차게 끄덕였다.

"Jimmy was my idol. He was the best. It's so long ago. A long, long time ago……. But I still hear the sound of his saaaax……. It was……, like a human voice."

"할아버지가 짐 할아버지를 기억하고 있대. 게다가 색소폰까지!"

린다가 신이 나서 통역을 했다.

"나도 알아들었어."

화가 난 네모가 쏘아붙였다.

"Do you know what happened to his family?"

린다가 물었다.

하지만 윌버트 할아버지의 정신은 담배 연기를 타고 이미 다른 곳에 가 있는 듯 했다.

"The Better Blues……. There was no place like the Better Blues……. The best musicians came here. We played all night. Aaaaaall the time! There is no place for music like New Oooorleeeeans. With the water, everywhere……. The river, the bayous, the swamps……. The water carries the sound……. The muuuusic traaaavels on the waaaater…….”

네모는 난처한 표정으로 린다를 바라보았다. 할아버진 지금 무슨 얘기를 하고 있는 걸까?

“할아버지 말이, 음악에는 뉴올리언스처럼 좋은 곳이 없대. 강, 호수, 늪의 물이 소리를 실어 나른대……. 음악은 물 위를 여행한대. 지미 할아버지에 대해 더 물어볼까?”

네모는 대답하지 않았다. 마치 아무 일도 없었던 것처럼 린다와 말하고 싶지는 않았다.

“You know…….”

네모와 린다 사이의 묘한 분위기에는 관심이 없는 윌버트 할아버지가 다시 이야기를 시작했다.

“Jazz was born here, right here in New Orleans. And it was our music, blaaaack music……. My grandmother was a slaaaave.”

“윌버트 할아버지의 할머니가 노예였대.”

린다가 설명했다.

“나도 알아들었어!”

네모가 다시 퉁명을 떨었다.

노예제도가 그렇게 먼 얘기가 아니었다는 사실을 깨달은 건 처음이었다. 기껏해야 몇 세대 전일 뿐이라니…….

“And Jimmy's grandmother?”

린다를 쳐다보지 않고 네모는 스스로 용기를 내어 보았다.

"Slave also. The slaves had these beautiful sooongs. They sang spirituals, they sang the bluuuues……. Then came ragtime. And then, we invented jazz……."

블루스,[*] 래그타임,[**] 재즈……. 그래, 좋아, 그럼 짐 할아버지는? 린다는 할아버지 음악가의 이야기에 완전히 빠져든 것 같은 표정을 짓고 있었다. 가식적인 애 같으니라고!

"I know ragtime. It's fun music, like the charleston!"[***]

린다가 감탄했다.

윌버트 할아버지 역시 감격한 것 같았다.

"That's right, Miss……."

할아버진 어느새 린다의 이름을 잊고 있었다.

"Linda. My name is Linda."

"Yes, Miss Linda, ragtime is fun, but the blues is always a little saaad. I played the guitaaar, and I sang the bluuues. Look……."

할아버지는 바 의자에 기대어 놓은, 오래된 기타를 보여 주었다.

"I always take my guitar……. But I don't play often. I am too old. Almost all my friends are dead……."

* 블루스 : 19세기 중엽에 미국 흑인들 사이에서 생겨난 대중음악과 그 형식을 가리킨다. 재즈의 바탕이 되었다.

** 래그타임 : 재즈의 한 요소가 되는 피아노 음악.

*** 찰스턴 : 1920년대 미국 찰스턴에서 유행한 빠른 흑인 댄스음악

재즈 음악 감상실

재즈란? 미국 흑인의 민속 음악과 백인의 유럽 음악이 결합해 생겨난 음악으로, 20세기 초 루이지애나주 뉴올리언스의 흑인 브라스밴드에서 생겨났다. 약동적이고 독특한 리듬 감각이 있으며, 즉흥 연주를 중시한다. 뉴올리언스 재즈에서 시작되어 스윙, 모던재즈, 프리재즈 따위로 발전하였다.

재즈 명곡

St. Thomas 소니 롤린스, 1956
Take Five 카르멘 맥레이 & 데이브 브루벡, 1961
Round Midnight 델로니어스 몽크, 1947
Summertime 마일즈 데이비스, 1958
Sing Sing Sing 베니 굿맨, 1955
In the Mood 글렌 밀러, 1938
Take the 'a' Train 듀크 엘링턴, 1941
Mack the Knife 엘라 피츠제럴드 노래, 1960
My One & Only Love 존 콜트레인 & 조니 하트맨, 1963
Waltz for Debby 빌 에반스, 1961
April in Paris 카운트 베이시, 1956
Hello Dolly 루이 암스트롱, 1964

루이 암스트롱

린다는 애석한 표정으로—이것도 거짓이 아닐까?—얼른 자기 손을 늙은 블루스맨의 손 위에 얹었다.

윌버트 할아버지는 미소를 지었고, 작은 빛들이 할아버지의 검은 눈 안쪽에서 반짝였다.

"You see, I could never read music. I played everything by ear. Everything by ear."

할아버지가 눈물을 닦았다. 꽤 취한 것 같았다.

"You are good kids, good kids."

할아버지는 이렇게 중얼거리면서 연주자들이 잠시 쉬고 있는 무대 쪽으로 몸을 돌렸다.

"Hey, Louiiissss! Do you remember our old blues? You know……. The old blues that Jimmy Grant played so well, before the war?"

윌버트 할아버지가 기타를 잡고, 음을 몇 개 튕겨 보았다. 늙은 색소폰 연주자가 이마의 땀을 닦고, 머리를 긁으면서 미소를 지었다. 얼굴에 주름이 잡혔다.

"지미 할아버지가 연주했던 블루스 곡을 찾고 있어."

린다가 중얼거렸다.

이미 색소폰의 독주 소리가 높아지고 있었다. 아주 먼 과거에서 들려오는 탄식처럼 애절하게.

그러다가 조용히, 알 듯 모를 듯 리듬이 가빠졌다. 우수에 젖은 블루스는 힘이 넘치는 재즈로, 다시 열정적인 래그타임으로 바뀌었다. 바에 있던 모든 사람들이 박자를 맞추기 시작했다. 윌버트 할아버지는 머리를 가볍게 흔들었고, 종업원은 목청이 터져라 노래를 불렀다. di-da-di, da-da-doum!

린다도 몸을 가만히 두지 못했다. 윌버트 할아버지가 바의 중앙으로 린다를 밀었다.

"Go, young lady, go!"

린다는 무대 끄트머리로 갔다. 그리고 스스럼없이 춤을 추기 시작했다. 린다는 몸을 돌리고, 머리 위에서 팔을 물결치게 했다. 발이 빠르고 격렬하게 움직였고, 흑인 춤을 추는 무용수들처럼 손가락 끝으로 긴 목걸이 모양을 그렸다.

아, 그러니까……. 네모가 생각했다. 린다는 무용 수업을 받았다고 말했었다. 레아 누나에게 보여 주면 좋을 것 같았다. 아니, 아니다. 네모는 맘을 바꿨다. 서로 굉장히 화가 났었다는 사실을 잊어버려선 안 된다.

"Yeah, yeah, yeah……. Go, go, go……."

자그마한 흑인 여인 하나가 린다와 합류했다. 그녀가 린다에게 손을 내밀었고, 둘은 열정적인 로큰롤 댄스를 추기 시작했다. 그 여자는 린다의 허리를 감은 다음 한쪽 엉덩이를 대고 린다를 한 바퀴 돌렸다.

클럽은 그야말로 광란의 도가니였다. 이젠 모두가 춤을 추고 있었다. 색소폰 연주자인 루이스 할아버지는 자리에서 일어나 연주를 하다가 출입문 쪽으로 행진을 하기 시작했다. 연주자들, 구경꾼들, 종업원, 즉흥적으로 나온 어린 무용수들 모두가 바로 그 뒤를 이었고, 늙은 드럼 연주자까지 드럼에서 심벌즈를 뜯어내더니 행렬 맨 끝에 가서 섰다. 윌버트 할아버지는 네모를 끌어냈다. 그대로 버틸 핑계를 찾지 못한 네모는 할 수 없이 따라 나가서 다른 사람들처럼 몸을 비틀었다. 바에 있던 모든 사람들이 부르봉 스트리트 한가운데로 나섰다.

지나가던 사람들이 길음을 멈추고 신나게 웃으며 넝날아 춤 대열에 끼었다. 이제 사람들은 스물, 서른, 줄잡아 쉰 명 정도 되었고, 음악에 맞춰 길 한복판에서 격렬하게 몸을 흔들어 댔다. 네모는 길이 아주 멀리까지 온통 물결치며 흔들리는 것처럼 느껴졌다.

"Wa, wa, wa, da-dou-da, dou-da-doum!"

"Wooooohuhuhuhuhu!"

사이렌 소리였다.

"Shit!"

네모 옆에 바짝 붙어 섰던 린다가 중얼거렸다.

"The cops!"

경찰……. 린다는 겁에 질려서 자기 주위를 둘러보았다. 도망칠 방법이 없었다. 길이 막혀 있었다.

경찰차가 천천히 길을 뚫고 들어와 멈추어 섰다. 덩치 큰 흑인 경찰 두 명이 내려서 광기에 사로잡힌 작은 무리를 쳐다보았다.

"Wa, wa, dou-da-dou-da-doum!"

네모의 단어장

forget(forgot, forgotten) 잊다
safe 안전한 → We are really safe. 우리는 정말로 안전해.
spend(spent, spent) 쓰다, 소비하다 → spend a few days _ 며칠을 보내다
he will take us 그가 우리를 데리러 올 것이다
miss 놓치다, 그리워하다 → I missed the train. _ 나는 기차를 놓쳤어. /
→ I miss you too. _ 나도 네가 그리워.
notice 알아채다, 주의하다
Talk to you soon. 너에게 곧 말할게.
take a bath 목욕을 하다
calm 고요한, 잔잔한, 평온한 → Calm down. _ 진정해.
young 어린, 젊은 / **old** 나이 든, 늙은
ask about ~에 관해 묻다
look for ~를 찾다
ago ~전에 / **three days ago** 3일 전에 / **an hour ago** 한 시간 전에
still 아직도 / **I still hear.** 나는 아직도 들려.
swamp 늪 / **bayous** 호수
carry(carried, carried) 운반하다, 나르다
sound 소리 / **voice** 목소리
travel 여행하다
Jazz was born here. 재즈는 여기서 태어났어.
sing(sang, sung) 노래하다 → They sang the blues. _ 그들은 블루스를 불렀어.
That's right. 바로 그거야. 그게 맞아. / **That's wrong.** 그건 틀려.
often 자주 → I don't play often. _ 나는 자주 연주하지 않는다.
almost 거의
dead 죽은 → Almost all my friends are dead. _ 내 친구들은 거의 다 죽었지.
I could never read music. 난 한번도 악보를 읽은 적이 없었어.
by ear 귀로
Shit! The cops! 젠장, 경찰이야!

둘 중 좀 더 덩치가 큰 한 명이 허리에 손을 얹고 앞으로 몸을 숙였다가 호탕하게 웃음을 터뜨리며 자리를 떴다. 그는 동료 곁으로 가서 그의 등을 세게 한 번 쳤다. 그러곤 감동한 표정으로 눈을 감고 북을 두드리듯 차를 두드렸다.

9. 미시시피 강의 발라드

"When the trial's in Belzoni, ain't no use screamin' and cryin'

When the trial's in Belzoni, ain't no use screamin' and cryin'……."

네모는 눈을 감고 곡을 음미했다. 아주 오래된 블루스였다. 미시시피 강 연안, 작은 외딴 마을 벨조니에 갇힌 불쌍한 흑인 남자 이야기였다. 네모는 세 마디 중 한 마디밖에 알아듣지 못했지만, 밤에 들려오는 윌버트 할아버지의 우수에 젖은 쉰 목소리는 충분히 감동적이었다. 할아버지는 기타로 힘있고 애절한 화음을 끌어냈다. 린다도 똑같이 눈을 감고 몸을 좌우로 흔들었다.

"Let me tell you folks, how he treated me……."

앞쪽으로는 미시시피 강이 천천히 무심한 듯 흐르고 있었다. 네모는 린다와 윌버트 할아버지 사이에 앉아 강물에서 올라오는 묵직한 습기를 들이마시고 있었다. 그런 모습 또한 미국이었다……. 더위, 늪, 호수……. 남부에선 모든 것이 둔했고, 말투부터 시작해서 모든 것이 질질 끌렸다.

"Let me tell you folks, how he treated me…….

And he put me in a cellar just as dark as it could be!"

뉴욕의 들뜬 거리들과 워싱턴의 위압적인 기념물들, 그리고 끊임없이 훈계하는 그 애국적인 분위기와는 거리가 얼마나 먼지 몰랐다! 네모는 미국에 도착한 이후로 미국인들은 일만 한다는 인상을 받았다. 해링턴 아저씨는 한 번도 넥타이와 정장을 벗은 적이 없었고, 사업상의 이유로 늘 시내에서 저녁을 먹었다. 해링턴 아주머니도 클럽이다, 미팅이다 해서 뛰어다녔고, 제이크 브래드스톡 아저씨까지도 분위기는 자유로울지 몰라도, 한 번도 휴가를 낸 적이 없었다. 하지만 여기는 다른 세상이었다.

"Let me tell you folks how he treated me……."

네모는 조금 뭐랄까……, 알쏭달쏭한 기분이었다. 파티는 밤새 한참 계속되었다. 사람들은 윌버드 할아버지의 오래된 노란 택시를 타고 도시를 가로질러 마지막으로 산책을 하고서, 강 연안에 있는 벤치에 이르렀다. 노란 택시는 뉴욕에서 끌고 온 것이었는데, 아주 아주 낡아서 문 두 짝을 끈으로 고정해 두었다.

정말 멋진 산책이었다! 얼큰히 취한 윌버트 할아버지가 운전대를 잡고서 끊임없이 되뇌었다. "좋은 시간이 흘러가게 둬라! 좋은 시간이 흘러가게 둬라!" 네모는 그게 프랑스어라는 건 알아들었지만, 뜻은 이해하지 못했다. 하지만 할아버지를 방해하고 싶지 않아서 무슨 뜻인지 묻지 않았다.

"'Let the good times roll!'을 직역한 거야. '즐겨라, 재밌게 놀아라!'라는 말이지. 뉴올리언스의 격언이야."

린다의 설명이었다.

만약에 파니 할머니가 이런 일행 속에 섞여 있는 네모와 린다의 모습을 보았다면 뭐라고 했을까…….

윌버트 할아버지가 갑자기 조용해지더니, 고개가 툭 꺾였다. 몇 시나 되었을까? 4시? 5시? 네모는 시계를 보지 않기로 했다. 그리고 린다도 시계를 절대 차지 않는다는 걸 알고 있었다.

"It's a looooong, looooong night……."

아니다, 윌버트 할아버지는 잠든 게 아니었다. 할아버지는 기지개를 켜고 마지막 남은 담배꽁초를 찾아 주머니를 뒤졌다. 할아버지가 옳았다. 정말로 기이이이일고, 기이이이인 밤이었다.

"You're good kids……."

흑인 할아버지가 어느새 또 말을 하고 있었다. 마치 대화가 끊긴 적이 없었다는 듯이.

"Please, tell us about Jimmy……."

린다가 속삭였다.

린다는 절대로 포기하는 법이 없었다! 린다는 네모가 좋아하는 다정한 목소리로 말했다. 누구든 뿌리치기 힘든 목소리였다. 어둠, 습기, 멀어져 가는 배에서 새어 나오는 불빛에 세 사람은 마치 몽롱

한 꿈속을 헤매고 있는 것 같았다. 눈꺼풀이 무거워진 네모는 이건 틀림없이 꿈일 거라고 믿었다. 미시시피 강 연안에서, 그것도 한밤중에 좋은 집안 출신 뉴욕 여자 애랑 뉴올리언스의 늙은 재즈맨이랑 도대체 뭘 하고 있는 걸까?

윌버트 할아버지는 목 뒤로 손을 깍지 끼고 다리를 뻗었다.

"Jimmy……. He was a special boy……."

할아버지가 이야기를 시작했다.

그리고 천천히 피곤에 지친 질질 끄는 억양으로 옛 친구의 어린 시절 이야기를 들려주었다. 뉴올리언스의 흑인 구역에서 자기와 함께 사란 어린 지미의 이야기를…….

1930년대, 뉴올리언스에서의 삶은 쉽지 않았다. 실크 모자를 쓴 뉴욕의 달변가들이 달러로 장난을 심하게 친 나머지 파산해 버렸다. 사람들이 말하듯이 그건 위기였다. 부자들은 돈을 잃었고, 가난한 자들은 훨씬 더 가난해졌다.

지미네 집은 가난했다. 그것도 아주 가난했다. 지미는 열 살이 되어서야 간신히 학교에 들어갔지만, 고작 3일에 한 번씩밖에 학교에 가지 못했다. 일도 해야 했기 때문이다. 지미는 다섯 살에 이미 빈 병을 모으고 닦아서 가게에 팔아 몇 센트씩 벌곤 했다. 그 다음에는 광산에서 석탄을 싣고 내리는 일을 맡았다. "Yeah, it was hard, mighty hard!"

지미의 어머니, 남부식으로 말해서 'his mama'는 'chorus girl'이었는데, 매주 토요일마다 무대를 바꿔 공연해야 했기 때문에 그룹과 함께 돌아다녔다. 사실 그건 영예로운 일이 아니었다. 주중에는 백인들 집에서 파출부를 했다. "She cleans houses, for white folks." 그랬구나. "His papa?" 지미의 아버지를 본 사람은 아무도 없었다. 누가 아버지인지조차 몰랐다. "Yes, it was mighty hard for little Jimmy."

그런데 뉴올리언스에서는 누구나 말을 배우자마자, 걸음마를 떼자마자 음악을 한다. 그렇다, 가난한 사람들까지도! 아니, 가난한 사람들이 특히 더! 항상 어디선가 트럼펫이나 색소폰 소리가 들려왔다.

다른 친구들이 모두 그랬듯, 지미도 오직 재즈만을 꿈꾸었다. 어릴 때부터 음악을 연주했는데, 그건 어떻게 설명할 수 있는 일이 아니었다. 그냥 그랬다. 지미의 첫 악기는 양철로 된 작은 코넷*이었다. 그러던 어느 날, 지미는 pawnshop에서 좀 낡은 오래된 색소폰을 보게 되었다. 그건 진짜 색소폰이었다. 지미는 그것을 광적으로 사랑하게 되었고, 그것을 원했다.

지미는 2년 동안 돈을 모았다. 한 푼, 한 푼. 매주 자기가 번, 몇 푼 안 되는 돈에서 50센트씩을 따로 모았다. 때로는 끼니를 거르기도 했다. 그건 별 문제가 안 되었다. 색소폰을 위해서였으니까. 감동한 고물상 주인은 지미 앞으로 그 악기를 예약해 주었다. 매주 토요일 지미는 자기 색소폰을 보러 가서 쓰다듬기도 하고 닦기도 했

* 코넷 : 트럼펫과 비슷하게 생긴 금관악기.

다. 그리고 가게 안에서 첫 번째 색소폰 연주를 했다.

윌버트 할아버지는 잠시 말을 멈추고는 기타로 화음 세 개를 튕겼다.

"And one day, Jimmy got his saxophone……."

옛 블루스의 리듬을 타면서 이야기가 다시 시작되었다.

그 때가 지미 인생에서 가장 아름다운 날들이었다! "Yeah, the most beautiful day of his life! He was so proud!" 지미가 어찌나 자기 색소폰을 아끼고, 광을 내고, 만질 때마다 닦아 댔던지 악기는 꼭 새것처럼 보였다. "It looked like new!" 그리고 지미는 그것을 연주할 줄 알았다, 아, 그랬다! 지미는 뉴올리언스 최고 연주자들의 연주를 듣고 관찰하고 꼼꼼히 기록했다. 악기를 어떻게 입술에 대는지, 손가락은 어디에 어떻게 갖다 대는지, 어느 순간에 숨을 쉬어야 하는지, 호흡을 어떻게 아끼고, 음을 어떻게 조절하는지…….

"And he was good?"

린다가 중얼거렸다.

"Good? Good? (윌버트 할아버지가 느리게 연주하던 선율을 잠시 멈췄다.) He was better than good! He was the best! Everybody played music in New Orleans……. But Jimmy, he was meant to be a star……. He had magic!"

"Tell us more, Mr. Wilbert, please."

린다가 재촉했다.

할아버지는 자리를 편히 고치고 다시 이야기를 시작했다.

열네 살에 지미는 이미 스타가 되었다. 낮 동안에는 백인들 집에서 정원을 손질하는 일을 했다. 그게 탄광 일보다는 덜 피곤했으니까. 그리고 밤에는 클럽에서 연주를 했다. 오, 클럽은 젊은 청년에게는 고약한 장소였다. 창녀들, 깡패들, 노름꾼들……. 하지만 지미의 어머니가 지미에게 천사 같은 경호원을 붙여 주었다. 코가 짜부라지고, 덩치가 엄청나게 큰 사내였다.

윌버트 할아버지는 잠깐 기타를 놓고, 어둠 속에 그 거대한 남자의 어깨를 그려 보였다.

"His name was Black Benny……."

블랙 베니는 어디든 지미를 따라다녔다. 그는 재치 있는 사람이었다. 주변에 사람들이 너무 많이 몰리면 체구가 작은 지미의 허리를 끈으로 묶어 절대로 놓치는 법이 없었다. 뉴올리언스에서 제일 나이가 많은 노인들은 건장한 경호원의 끈에 묶여 색소폰을 신들린 듯 연주하던 그 소년을 아직도 기억하고 있다.

사육제* 때, 지미는 밤새도록 연주를 했고, 새벽이 되면 블랙 베니가 잠든 지미를 안고, 색소폰과 함께 집으로 데리고 갔다.

* 사육제 : 가톨릭교를 믿는 나라에서 사순절(육식을 금하는 기간) 직전 3일간 떠들썩하게 여는 축제.

저녁마다, 밤마다, 비외 카레에서는 사람들이 지미의 마법 같은 색소폰 연주를 들었다.

지미는 자라서 오케스트라에 들어갔다. 사람들이 계약을 제안하고, 시카고에서 첫 번째 순회공연을 막 시작하려던 참에……. 갑자기 모든 것이 중단되었다. 전쟁이었다. 지미는 떠나야 했다. 바다 건너 멀리…….

더 이상 지미의 색소폰 소리를 들을 수 없었다.

"That was Jimmy's story, Jimmy and his magic sax."

윌버트 할아버지는 기타의 마지막 화음을 힘있게 연주하고, 고개를 어깨에 떨구었다. 잠이 오는 것 같았다.

"And Jimmy's family? What happened to them?"

네모가 물었다.

할아버지가 한숨을 쉬었다. 할아버지는 클럽에서보다 한결 더 주름이 많고, 지쳐 보였다. 하지만 동이 터 오면서 머리가 맑아지는 모양이었다.

"Oh yeah……."

네모와 린다는 이야기를 기다렸다.

"It was in June 1944. Jimmy was already in Europe……."

1944년 6월 어느 날 밤, 뉴올리언스에서였다. 지미의 가족은 끔찍한 소리에 놀라 잠이 깼다. 그건 자기들의 작은 집을 둘러싸고 있는 정원에서 들려온 소리였다. 이상한 빛이 거리를 밝혔다. 가족들은 일어나서 창문 쪽으로 다가갔다.

"Biiiiig, huuuge crosses burning outside!" 커다란 십자가들이 밖에서 불타고 있었다. "It was the KU KLUX KLAN! Do you understand? The Ku Klux Klan!"

KKK는 흑인들에게 공포를 주고, 집단 폭행을 하고 목을 매달고 집을 불태우는 인종차별주의자들로, 눈과 입 부분에 구멍이 뚫린 흰 두건을 쓰고 하얀색 수도사 복장을 하고 다녔다.

집단 폭행, 네모는 영화를 많이 봤기 때문에 그게 어떤 것인지를 잘 알고 있었다. 공포…….

난폭한 Ku Klux Klan 무리들이 소리를 지르며 박자에 맞춰 증오에 찬 구호를 외쳤다. 지미의 어머니는 공포에 사로잡혀 몸을 숨겼다. "She is trying to hide." 밖에서 KKK 복장을 한 남자가 앞으로 나와서 소리를 질렀다. "Get the hell out of town, or we will kill you!" 동네에서 당장 나가라, 그러지 않으면 죽여 버리겠다!

윌버트 할아버지는 그 끔찍한 밤이 어떻게 지나갔는지 모르겠다고 했다. 집단 폭행은 없었다. 하지만 그 다음 날 지미의 가족은 떠나 버렸다. 모두! 그리고 그들이 어디로 갔는지는 아무도 몰랐다.

"The whole family was gone. They never came back. Maybe they went North……. Maybe to Chicago."

지미의 가족은 인종차별주의자들의 협박과 폭력을 피해 북쪽으로 떠났다. 그렇다면 지미의 약혼녀 마르타는? 왜 윌버트 할아버지는 마르타에 대해서는 한 마디도 하지 않는 걸까? 마르타에게 무슨 일이 생겼던 걸까? 네모는 용기를 내 질문을 했다.

윌버트 할아버지는 그 이름을 듣더니 뭐라고 중얼거리고는 입을 다물어 버렸다. 아니, 할아버지는 아무것도 몰랐다. 아니면 마르타에 대해서는 이야기하고 싶지 않은 걸까?

린다가 할아버지 팔에 손을 올려놓았다.

"Please……."

"Well……"

윌버트 할아버지가 마지못해 입을 열었다.

"This Martha……Southwell."

할아버지는 그 이름이 마치 욕이라도 되는 것처럼 발음했다.

"Her family never liked Jimmy Grant! They left for Texas, I think……. Somewhere around San Antonio……."

할아버지의 턱이 가슴께로 미끄러지는가 싶더니 금세 잠에 곯아 떨어졌다.

네모와 린다는 서로 바라보았다. 마르타의 가족이 텍사스로 떠났다……. 다시 새로운 실마리를 잡은 것이었다.

하늘이 기다란 분홍색 띠로 밝아 오면서 미시시피 강의 갈색 물도 금빛으로 반짝반짝 물결치고 있었다. 날이 아주 더울 거라는 예고였다. 네모와 린다는 아무 말 없이 윌버트 할아버지의 고른 숨소리를 듣고 있었다. 두 사람이 다투고 나서 지금까지 단둘이 있을 시간이 없었다. 네모는 린다에게 심하게 화를 냈던 건 기억났지만, 왜 그랬는지는 생각나지 않았다. 아, 그래, 린다가 거짓말을 했었지.

"Némo? ……Are you sleepy? 졸리지 않아?"

"졸리냐고? 아니, 별로……. 조금 전에는 피곤했는데, 지금은 괜찮아."

"Are you mad at me?"

"린다, 넌 항상 아무 일도 없었던 것처럼 구는구나. 이제 너를 믿었다가 배신당하는 일에도 지쳤어. 난 내가 언제 너를 믿어야 하는지 모르겠어. 그렇게는 친구가 될 수 없어."

자, 말해 버렸다. 이제 린다가 주장하고 설명할 것이다……. 하지만 이제는 속지 않을 테다.

그러나 아무 말도 들리지 않았다. 린다는 다리를 감싸 안고 머리카락에 가려진 얼굴을 깍지 낀 팔에 기댄 채 꼼짝도 하지 않았다. 아무 말도 없었다. 한 마디도.

한참이 지나고, 코를 훌쩍이며 딸꾹질하는 소리가 들렸다. 린다가 울고 있었다. 네모는 갑자기 어찌할 바를 몰랐다.

네모는 린다의 긴 머리카락을 들추고, 턱 밑으로 손가락을 넣어 얼굴을 들었다.

"Linda?"

린다의 얼굴이 새빨개져 있었다. 진짜 눈물이 뺨으로 흘러내리고 있었다.

"Linda? It's OK, really, it's OK!"

네모는 팔을 뻗어 린다의 등을 감싸 안았다. 린다는 아주 마르고, 가냘프고, 한 마디로 약했다. 쉰 목소리가 희미하게 들려왔다.

"You can't understand……. I am always trying to make life more interesting. I am so alone, so alone……."

"Linda, I am here, I am here with you."

네모는 린다가 울음을 그치기만 한다면, 지금까지 투덜대던 걸 다 잊을 준비가 되어 있었다. 하지만 울음은 더 커졌다.

"No! You said that you cannot trust me! You think that I am a horrible person! And I am a horrible person!"

"No, you are not! It's……, it's a mistake. I exaggerated ……."

린다는 소리 나게 코를 풀고서 훌쩍거리며 눈물을 닦았다.

"You see, at home, nobody cares about me. My mother ……. She is so busy……. And with my Dad……. I always must pretend that I am the perfect child."

그렇다, 린다의 아빠와 함께 있을 땐 항상 어떤 시늉을 해야 했다. 감정이나 솔직함 같은 건 중요하지 않았다. 네모는 그걸 잘 알고 있었다.

린다가 말을 이었다.

"That's what I do all the time. Pretend! Pretend! Pretend! I never want to go home again! My Dad will be so mad, with the credit card……. I don't want to go home!"

그거였다. 그게 사건의 전말이었다! 린다는 가출을 했던 것이다. 그리고 네모는 린다의 가출에 동행한 거였고.

"하지만 왜 나한테 사실대로 말하지 않았던 거야? 정말 간단한 거였잖아!"

"I wanted to make you happy. You really wanted to go to New Orleans. 널 기쁘게 해 주고 싶었어."

그런 말에 약해지지 않을 재간이 없었다.

"OK, Linda, I am happy! We are in New Orleans, we found the Better Blues, and Wilbert. So, now, stop crying! Please!"

린다는 한 번 더 코를 풀고 눈물을 닦아 냈다.

"Miss Linda, Miss Linda……. What is it?"

린다가 우는 소리에 잠이 깬 윌버트 할아버지였다. 할아버지가 린다의 어깨를 토닥였다.

"You're OK baby? Sure?"

"OK."

린다가 미소를 지으며 대답했다.

"Do you want me to tell you a joke?"

린다는 휴지로 다시 한 번 코끝을 닦아 내고는 고개를 끄덕였다.

"It's a true story, you know. When I was little, the South was segregated. We were called 'colored people'. We went to colored schools, not white schools. We could not go to white parks, white movie theaters, white restaurants…….”

“할아버지가 어릴 적 겪었던 인종차별에 관해 이야기를 하시는 거야. 할아버지는 백인들이 가는 학교나 공원, 극장, 식당에 가지 못했대.”

린다가 네모에게 설명해 주었다.

“Well…….”

다시 윌버트 할아버지가 말했다.

“I was a little kid, and you know what? I thought that cows were segregated too. I thought that white cows gave white milk……, and that colored cows gave chocolate milk!”

그러고는 큰 소리로 웃기 시작했다. 린다도 볼을 부풀리며 웃음을 터뜨렸다.

“뭐가?”

내용을 알아듣지 못한 네모가 속삭였다.

“할아버지는 어렸을 때 소들도 나뉘어 있다고 생각했대. 그래서 흰 소에선 흰 우유가 나오고, 색깔 있는 소한테선 초콜릿 우유가 나온다고 믿었대.”

네모도 뒤늦게 웃음을 터뜨렸다. 윌버트 할아버지 표정이 밝아졌다. 그러곤 하품을 했다. 이제 서로 헤어져야 했다. 네모와 린다는 오랜 친구와 헤어지는 것처럼 윌버트 할아버지를 껴안고 작별 인사를 나누었다.

할아버지는 다시 한 번 손을 흔들면서 멀어져 갔다. 노란색 고물 자동차가 할아버지를 기다리고 있었다. 윌버트 할아버지는 택시 운전사였던 적이 전혀 없었지만 택시를 운전한 지는 벌써 20년이나 되었다. 할아버진 그 차 덕분에 자기가 어떤 특권을 누린다고 생각했다.

둘만 남게 되자 네모는 린다를 향해 몸을 돌렸다.

"아무 말 안 해도 돼. 네가 뭘 생각하는지 알고 있으니까……. 텍사스로 가서 그 가족을 찾아보고, 마르타 할머니가 살아 있는지 물어봐야겠지. 하지만 그보다 먼저 어떻게 하면 네 기분이 좋아질지 말해 봐. 자, 어서! 아무거나!"

린다가 잠깐 생각을 하는 것 같았다. 그러곤 금세 작은 이가 반짝이면서 볼에 보조개가 피어났다.

"You know what would make me really happy……."

몇 시간 뒤, 네모는 이 세상에 그런 곳이 있으리라고는 꿈에도 생각지 못했던 장소에 있게 되었다. 동화책에나 등장할 법한 가게였다. 희한한 물건들, 항아리, 약병, 오래된 병, 타로 카드, 점성술 책들뿐만 아니라, 관광객들을 위한 갖가지 자질구레한 물건들, 사진 필름, 재즈 연주자 입상들 등으로 가득 찬 소굴이었다. 거긴 점쟁이 집이었다!

린다가 말했다.

"네모야, 이건 진짜야. In New Orleans, you have to see a

psychic. 그게 전통이야. 필수라고! 여기서는 누구나 약간의 마술을 부리지, some magic, a bit of voodoo."

게다가 부두교까지! 그래, 맘이 푹 놓이는 이야기다! 설마 개구리랑 도마뱀이 잔뜩 들어 있는 물약을 마시라는 건 아니겠지?

네모는 저마다 이름표를 달고 색색의 가루를 담아 놓은 작은 봉지를 보았다. love powder, anger powder, war powder, peace powder……. 이 마법의 가루들은 분명히 저주를 거는 데 쓰일 것이다. 사랑, 분노, 전쟁, 평화……, 그것들 모두를 믹서에 넣고 갈면, 자기와 린다의 관계에 대한 좋은 견본을 얻을 수 있지 않을까? 아니다, 어쨌든 '사랑'은 아니다. 괜히 부풀려 생각하지 말지. 하지만 이 여자 애와는 간단한 게 하나도 없었다.

그런데 린다는 커튼 뒤에서 점쟁이랑 이렇게 오랫동안 뭘 하고 있는 걸까? 네모는 그 'Miss Marie'가 자기의 감정을 좀 더 자세히 알게끔 도와줄 수 있을지 궁금했다. 오, 이런! 자기까지 그런 걸 믿을 순 없다.

"Némo! It's your turn!"

린다가 눈을 반짝이며 네모를 바라보았다.

네모가 속삭였다.

"What did she tell you?"

"쉿……, 가 봐! Go!"

"내가 장담하는데, 분명히 부자가 되고, 행복하고, 건강할 거라고 말할 거야. 아마 누구한테나 그렇게 말하겠지. 아니면 손님이 없을 테니까."

"Are you afraid?"

무섭냐고? 전혀. 조금 언짢아진 네모가 어깨를 으쓱해 보이며 보랏빛 커튼 뒤로 들어갔다.

첫눈에 미스 마리가 앞날을 점치는 자기의 임무를 진지하게 여기고 있다는 걸 느낄 수 있었다. 곱슬머리를 검정 스카프로 감싸고, 밑단 장식이 풍성한 집시 원피스 위에 숄을 걸치고 있었다. 작고 둥근 탁자 위에는 온갖 도구들이 쭉 펼쳐져 있었다. 수정 구슬, 카드, 커피 잔 등이 말이다.

"Sit down, sit down……. So, young man, what do you want to know?"

네모는 자리에 앉았다. 들려주는 정보를 하나도 놓치지 않으리라 마음먹으면서. 그 여자가 뭘 잘 하는지는 두고 볼 일이었다!

"I want to know my future……."

네모가 진지하게 말했다.

"Show me your hands……. You have the hands of a dreamer. You like to dream. You dream all the time. You are not American."

물론 자기 억양 때문일 거라고 네모는 생각했다.

"You are going to live a long and interesting life."

성공과 건강이라는 고전적 수법이 등장할 차례였다.

"But here, in America, you have a mission……."

순간 네모는 귀가 솔깃해졌다.

"I am looking for an old lady."

네모가 말했다.

"An old lady? Let me look in the cards."

점쟁이가 네모에게 카드를 석 장 고르라고 하더니, 다시 카드 속에 넣고 섞은 다음, 탁자 위에 펼쳤다.

"She is not in New Orleans."

마침내 미스 마리가 입을 열었다.

"Where is she?"

"She is far away……."

"Is she alive?"

미스 마리는 두 손을 수정 구슬 위에 얹고 몸을 앞으로 기울였다. 네모는 초조하게 다음 말을 기다렸다.

"I see fire……. I see lightning……. Maybe a storm……. No, no, it is war!"

미스 마리는 잠시 마음을 가다듬었다.

"There is blood……. A young soldier died……. The lady has been waiting for a long, long time……. But she is not waiting anymore."

"Is she alive?"

"I just see that she is not waiting……."

그러고는 다시 한 번 카드를 섞었다……. 네모는 마르타 할머니에 대해 더 이상은 알 수 없을 것 같았다. 말하자면 중요한 것을 말이다.

"Are you in love?"

미스 마리가 물었다.

"I don't know……."

갑작스런 질문에 당황한 네모가 얼버무렸다.

"Choose a card……. In your future, I see a very beautiful girl……. You already know her."

Linda? Sunita? 이야기가 점점 흥미진진해지고 있었다.

"She loves you. And you love her too. But now, her feelings are confused. She is too young."

미스 마리는 정신을 가다듬고 갑자기 카드 중 하나를 손가락으로 힘껏 쳤다.

"Her name ends with an A!"

네모와 린다는 문 앞에서 다시 만나 서로를 바라보았다……. 그리고 동시에 서로에게 물었다.

"그래, 아줌마가 뭐래?"

"마르타 할머니에 대해서는 별말 없었어. 할머니는 오랫동안 기다렸고, 지금은 더 이상 기다리지 않는다고 했어. 어쨌든 마르타 할머니가 아직 살아 있는지는 모르더라. 너는?"

린다가 활짝 웃었다.

"She said that I was a child of the stars……. 별의 아이! 난 분명히 우주에 갈 거래! 너에 대해서는 뭐라고 했어? Tell me, tell me, tell me!"

네모는 린다를 팔꿈치로 툭툭 쳤다.

"Let me keep my little secrets……."

네모가 장난스럽게 대답했다.

네모는 이제 점점 몸이 지쳐 갔다. 공기가 답답하고 다리가 무겁게 느껴졌다.

호텔에 도착하자마자 네모는 침대 위에 쓰러졌다. 하지만 린다는 너무 들떠서 잠이 오지 않았다. 전화국에 전화를 걸어 텍사스의 사우스웰 가족 전화번호를 찾는 열의까지 보일 정도였다.

"내 얘기 좀 들어 봐……."

네모가 하품을 하면서 말했다.

"뉴욕에도 전화를 해야 해. 에……, 너희 부모님을 안심시켜 드려야지."

네모는 차마 '별 탈이 없으려면'이라는 말은 하지 못했지만, 린다는 그 뜻을 알아들었다. 자, 자, 얌전한 네모도 이제 거짓말을 하기 시작했다. 그리고 네모가 제안한 방법은 확실히 효과가 있었다.

네모는 눈을 감았다. 하룻밤을 꼬박 새우고 낮잠도 못 잔 터였다.

"Hey!"

네모는 눈꺼풀을 들어 올리려고 애썼지만 너무 힘이 들어 이내

네모의 단어장

〈When the trial's in Belzoni, ain't no use screamin' and cryin'.〉

_벨조니에서 재판이 벌어지면, 소리질러도, 울어도 소용이 없다네.

〈Let me tell you folks, how he treated me.〉

_내 친구들이여, 그가 나를 어떻게 다루었는지를 이야기해 주겠소.

〈And he put me in a cellar just as dark as it could be!〉

_그리고 그가 나를 더할 수 없이 어두운 감옥에 어떻게 가두었는지도!

hard 힘든 / **mighty hard**(남부식 표현) 아주 힘든

clean 청소하다

folks 사람들 / **my folks** 내 사람들, 내 가족

proud 자랑으로 여기는, 긍지를 가진 / **proud of** ~이 자랑스러운

He was meant to be a star. 그는 스타가 되기로 했어.

huge 거대한

cross(복수 crosses) 십자가

burn 타다

outside 밖에서 / **inside** 안에서

The whole family was gone. 온 가족 모두가 떠났어.

somewhere around 근처 어딘가

mad 미친, 화난 → Are you mad at me? _너 나한테 화났니?

try 노력하다, 해 보다 → I am always trying to make life more interesting.
_나는 언제나 인생을 더 재밌게 만들려고 노력해 왔어.

care about~ ~관심을 갖다, 마음을 쓰다

pretend ~하는 척하다 → I always must pretend that I am the perfect child. _나는 언제나 완벽한 아이인 척 해야 해.

all the time 언제나, 항상

cry 울다 → Stop crying! _그만 울어

cow 암소

your turn 네 차례 → It's your turn! _네 차례야!

포기했다.

"Hey! Wake up!"

린다가 네모를 세차게 흔들었다. 도대체 뭘 원하는 걸까? 네모는 한쪽 눈을 떴다.

"Hey, you have been sleeping for an hour!"

네모는 자기가 깜박 잠들었다는 걸 깨달았다. 린다는 네모 코밑에 작은 쪽지를 흔들어 대며 으스댔다.

"I have it!"

"What?"

"사우스웰 가족의 주소야. They live in a small town, San Marcos, Texas."

"Ouaaaouh! (네모는 침대에서 벌떡 일어났다.) Linda, you are……, you are……."

린다가 다소곳이 고개를 숙였다. 마치 무대 위에서 갈채를 받고 있기라도 한 것처럼.

"I talked to them. 내가 사우스웰 부인과 통화를 했지. 하지만 전화로는 아무 말도 안 할 거라는 건 나도 짐작하고 있었어."

"바로 그 사우스웰이 맞다고 확신해?"

"그럼, 그럼. I asked about 'Martha Southwell', and the lady said 'yes, an old aunt, on my husband's side.'"

"Ouaaaouh……."

귀엽고 재능이 넘치는 아이였다.

네모의 단어장

show 보여 주다

let ~을 하게 하다, ~을 허락하다 / **Let me look.** 내가 보게 해 줘.

alive 살아 있는 → **Is she alive?** _ 그녀가 살아 있니?

fire 불

lightning 번개

storm 폭풍우

blood 피

die 죽다

anymore 더 이상

→ **She is not waiting anymore.** _ 그녀는 더 이상 기다리지 않아.

be in love 사랑에 빠지다

feeling 감정

confused 혼란스러운

Her name ends with an A! 그 여자 이름은 A로 끝난다!

Let me keep my little secret. 내가 작은 비밀로 간직할 수 있게 해 줘.

Wake up! 일어나!

for ~동안 → **You have been sleeping for an hour!** _ 넌 한 시간 동안 잤어!

town 도시

on my husband's side 내 남편 쪽

appointment 약속

anyway 어쨌든

"그리고……또 전화를 했어. ……Sally Hight, the astronaut."

"Ouaaaouh……."

네모는 달리 할 말을 찾지 못했다.

"가스파르 오빠가 그분에게 내 얘기를 벌써 해 놓았대. 그래서 내가 우리가 휴스턴으로 가겠다고 말했지. And she gave us an appointment!"

"In Houston?"

네모가 물었다.

"응, 가는 길이니까, anyway."

린다가 네모의 억양을 흉내 내며 말했다.

둘은 서로를 쳐다보았다. 서로 동시에 같은 생각을 하고 있었다. 네모는 갑자기 미친 듯이 웃어 댔다. 피로, 더위, 윌버트 할아버지, 휴스턴, 마르타 할머니……, 이 모든 게 머릿속에서 뒤섞였다. 세상은 참 우스웠다.

"You know, Linda……."

린다 역시 눈물이 날 정도로 웃었다. 린다는 좀처럼 숨을 고르지 못했다.

"Of course……. Of course……. The credit card! 아빠의 신용카드가 우릴 휴스턴까지 데려다 줄 거야."

10. 외로운 별

"Hi y'aaaallll!"

호텔 직원들이 입는 검은 양복 차림의 남자가 콧소리와 잘 어울리지 않는 꾸민 듯한 말투를 쓰며 두 사람을 쳐다보았다.

"저 사람, 뭐라는 거야?"

네모는 린다 쪽으로 몸을 돌리며 속삭였다.

"영어로 말한 거 아니야?"

린다는 숨이 넘어갈 듯 웃었다.

"Right! 텍사스에서는 아무도 진짜 영어로 말하지 않아. 방금 그 말은 'Hi, you all!'이라는 뜻이야. 'Howdy!'라고 대답해 주면 돼."

"어……, Howdy!"

호텔 종업원의 얼굴이 환한 미소로 밝아졌다.

"Howdy!"

이번에는 그쪽에서 서로 뜻이 통한다는 투로 대꾸를 했다.

"'How do you do.'라는 말이야. 카우보이들은 다 그렇게 말하거든."

린다가 명랑하게 설명해 주었다.

린다는 종업원에게 또박또박 말했다.

"We are expected by Miss Sally Hight."

종업원이 아래쪽 작은 살롱에 있는 낮은 탁자를 가리켰다.

리츠칼튼 호텔의 바는 금빛 비시리아 벽내 회화로 장식된 여러 개의 홀로 이루어져 있었다. 꼭 브래드스톡 아저씨가 꾸며 놓은 것만 같았다. 그런 곳을 약속 장소로 잡은 걸 보면, 샐리 하이트 씨도 취향이 고급스러웠다. 하긴 우주 비행사는 중요한 사람이니까.

네모는 주위를 둘러보았다. 우주 스타는 아직 도착하지 않았다. 어쨌든 자기들이 먼저 온 것이다. 린다는 그렇게 중요한 약속에 늦는 걸 원치 않았다.

네모와 린다는 뉴올리언스에서 루이지애나와 텍사스 서부를 거쳐 이 곳까지 오는 데 한나절이나 걸렸다. 오는 동안 네모는 주간 고속도로 10번 둘레에 있는 소도시들의 가난한 모습에 어리둥절했다. 황량하게 버려진 농장들, 대충 수리된 나무 집들……. 모든 것들이 화려하게 발전한 미국과는 거리가 먼, 시대에 뒤떨어진 모습이었다.

도로에서 네모는 그 유명한, 숲으로 모습을 감추는 강의 지류를 보았다. 늪지는 신비로운 진녹색 식물들로 뒤덮여 있었고, 물과 땅을 구분할 수가 없었다. 범죄가 일어나기에 안성맞춤인 장소였다…….

휴스턴은 네모와 린다를 재빨리 다시 21세기로 돌려보냈다. 꽤나 우아한 고층 건물 단지, 하지만 음산하기 짝이 없는 도심지를 통과했다. "퇴근 시간이 지나 저녁 6시 정도가 되면 한바탕 핵전쟁이 지나간 곳 같아. 살아 있는 존재라곤 하나도 보이지 않지. 사람들은 전부 꽉 막힌 고속도로에 있어."라고 린다가 말했었다.

"Hi! You're Linda, and Niiimo, right? I am Sally Hight. I have ten minutes."

정확히 약속 시간이었다! 운동선수 같은 몸매를 돋보이게 하는 수수한 바지와 블라우스를 입고 있었다. 그리고 아주 바빠 보였다. 자리에 앉자마자 벌써 권위 있는 몸짓으로 종업원을 불러, 레몬과 얼음을 넣지 않은 탄산수를 주문했다. 얼음을 산더미처럼 시키는 다른 미국인들과는 대조되는 모습이었다. 네모는 준비하는 데에만 적어도 10분—우주 비행사가 자기들에게 내준 시간이다—이 넘게 걸리는 제이크 브래드스톡 아저씨의 대단한 칵테일이 떠올랐다.

"So Linda, what do you want to know about my work?"

샐리 하이트 씨가 뜸들이지 않고 바로 본론으로 들어갔다.

"Why did you become an astronaut?"

린다는 무릎 위에 두 손을 가지런히 포개고, 마치 처음 인터뷰를 하는 기자 같은 모습으로 질문을 했다.

"When I was a child, I wanted to be a scientist. I was fascinated by planets and galaxies. In college, I studied astrophysics. One day, I heard that Nasa was looking for young scientists, men or women. I thought, 'Why not?'"

린다는 한 마디도 놓치지 않겠다고 마음먹고 질문을 계속했다.

"Were you good in sports?"

"Well, I grew up with four brothers……. I played soccer, baseball, basketball……. I always was on the boys' team. But in comparison with training at Nasa, it was nothing! I had to jump with a parachute, swim in cold water……. I got so sick in the machine."

샐리 씨는 '워심기' 속에서의 메스꺼움을 설명하려고 목 뒤를 잡고 눈을 굴렸다. 그 지옥 같은 회전 연습은 우주선이 이륙할 때 받게 될 가속에 우주 비행사들을 단련시키려고 상당한 가속을 가해 회전시키는 것이었다. 네모는 샐리 씨가 처음보다는 인간적으로 이야기를 하고 있다고 생각했다.

"Did you get used to it?"

린다가 물었다.

"Yes, with a lot of training. All this is a lot of hard work. In space, you have to be always calm, rational, precise."

"There is no time to dream?"

실망한 네모가 물었다.

우주 비행사가 네모를 쳐다보았다.

"Do you like to dream, Némo?"

네모는 자기가 바보 같은 말을 한 건 아닌지 마음이 쓰였다. 얼른 머릿속으로 뒤에 이을 말을 찾았다.

"Well……, yes. I thought that in space, you look at the earth……. So small, so blue……, and you dream."

샐리 씨는 힘줄이 많이 불거진 손으로 머리카락을 쓸었다.

"Well, this is an astronaut's secret……. Sometimes, when you are in space, you think that you are in Disneyland, taking a wild ride! Sometimes you look at the earth, and you think of your family, so far away. You think about the meaning of life, about God……."

그러곤 입을 다물었다.

"Do you remember the accident of Challenger?"

린다가 물었다.

"Oh, yes! I was here in Houston, at Nasa. On the TV screens, I saw the shuttle go up in the air, and then……, the explosion, and the flames……. I knew everybody on the team, they were my friends."

샐리 씨는 잠깐 동안 말없이 있었다. 린다는 그 때 포기할 생각을 했는지를 기어코 묻고야 말았다. 샐리 하이트 씨는 린다를 똑바로 쳐다보았다.

"No, never."

우주 비행사는 몸을 앞으로 기울이고는 챌린저 호에 여자가 단 한 명 있었다는 얘길 해 주었다. 만약 샐리 씨가 포기한다면 그 여자의 죽음은 헛된 것이 될 터였다. 우주 비행사는 탐험가이며 모험가이고 서로가 굳게 결속되어 있었다.

적어도 그것이 네모가 이해했다고 믿는 내용이었다. 샐리 하이트 씨가 굉장히 빨리, 지치지 않고 이야기했기 때문이다. 자기가 맨 처음 맡았던 임무, 그리고 자기가 팀에서 언제나 유일한 여자였기 때문에 제대로 따라가지 못할까 봐 얼마나 두려워했는지를 이야기했다. 스스로가 한 치의 실수도 용납할 수 없었던 것이다. 하지만 그것마저도 비밀로 간직한 채, 한 번도 그것에 대해 말을 꺼낸 적이 없었다. 사람들이 자기를 믿게 하려면, 불안은 혼자 간직해야 했다.

린다는 샐리 씨에게 자기 꿈에 대해 이야기했다. 화성. 샐리 하이트 씨는 그것이 아마도 다음 탐험, 'new frontier'가 될 것이라고 확신했다. 게다가 나사의 연구진들이 그것에 대해 아주 신중하게 연구하고 있었다. 물론 정부가 결정하고 대형 프로젝트를 진행시켜야 했다. 하지만 언젠가는, 그래, 언젠가는……, 화성에 가게 될 것이었다.

샐리 씨는 린다를 잠시 바라보더니 물었다.

"Why do you want to go to Mars?"

린다는 인터뷰를 받는 어려운 입장이 되었다. 하지만 주저하지 않고 대답했다.

"I want to reach for the stars……. I want to push the limits!"

네모는 그 말을 알아들었다. 별에 가닿고, 한계를 밀어붙이는 것……. 린다는 분명 평범한 '아무나'가 아니었다! 샐리 하이트 씨도 린다를 아주 진지하게 바라보고 있었다.

"You look like a brave, strong girl……. Are you good at school?"

"I am always the best in maths, and in physics."

그렇다면, 린다가 '모범생'이란 말인가? 네모는 린다가 혹시 거짓말을 하는 건 아닌지 의심스러웠다. 하지만 아니었다. 린다는 샐리 하이트 씨의 눈을 똑바로 바라보고 있었고, 아주 진지해 보였다. 무엇보다 린다가 그만한 능력이 있다는 생각이 들었다. 프랑스어도 그렇게 잘 하는 걸 보면 말이다.

샐리 하이트 씨가 문득 손목시계를 들여다보았다.

"Oh my God! I have been here for an hour! I've got to go!"

샐리 씨가 일어나서 네모에게 손을 내밀고는 린다의 어깨에 두 손을 얹으면서 말했다.

"Girl, never give up on your dreams……. Never! And call me whenever you want."

호텔에서 나왔을 때, 린다는 도시의 숨 막히는 더위도 느끼지 못했고, 아침부터 아무것도 먹지 않았다는 사실도 까맣게 잊었고, 며칠인지, 몇 시인지도 몰랐다. 린다는 이미 별들 속에 있었다.

한 시간 뒤, 네모와 린다는 햄버거를 먹고 나서 덜컹거리는 트럭 짐칸에 올라탄 채 다시 샌안토니오 도로 위에 있었다. 린다 말이 맞았다. 여기서는 차를 얻어 타기가 아주 쉬웠다. 특히 예쁜 여자 애와 함께 있을 때는 더 수월할 것이다. 아니, 확실히 도움이 된다…….

네모는 운전사와 억지로 대화할 필요 없이, 트럭 짐칸에 린다와 단둘이 있는 게 아주 편했다. 운이 좋았다. 네모는 뉴올리언스의 억양처럼 길게 끄는데다가, 더 이해가 안 되는 텍사스 말투를 알아듣는 게 정말 힘들었으니까.

이 동네는 진짜 찜통이었다. 주변은 온통 자갈 언덕이었고, 이따금 가시덤불과 나무 몇 그루가 보일 뿐이었다. 아무튼 휴가에 어울리는 장소는 아니었다…….

운전사는 네모와 린다를 샌안토니오 도시 한복판의 어떤 곳에 내려 주었다. 희한하게 생긴 어떤 건물 하나가 네모의 관심을 끌었다. 정면이 둥근 박공 지붕인 석조 건물이었는데, 문이 네 개의 조각 기둥에 둘러싸여 있었다. 현대식 건물들과 호텔 사이에 있는 그 건물은 마치 다른 시대에 속해 있는 같았다.

"You know it, right?"

린다가 물었다.

그렇다, 생각나는 게 있었다. 서부영화에서……, 그건…….

"The Alamo! 진짜 알라모 요새야. Do you remember the

story?"

린다가 말했다.

미국의 자부심을 드높일 기회를 놓치는 법이 없는 린다가 이야기를 간추려 들려주었다. 텍사스는 옛날에 멕시코에 속해 있었다. 1836년, 그 지역에 정착한 미국 식민지 개척자들은 독립을 요구하고 나섰다. 10일 동안, 알라모 요새로 몸을 피한 187명의 미국인들이 5000여 명의 멕시코 군인들에게 저항했다. 그 미국인들 중에는 데이비드 크로켓과 짐 보위도 있었다. 그들은 멕시코 군인들을 1500명이나 무찔렀지만 결국엔 모두 학살당하고 말았다. 하지만 그들의 희생 덕분에 샘 휴스턴이 이끄는 미국인들은 부대를 조직해 멕시코 군인들을 무찌를 시간을 벌 수 있었다. 몇 년 뒤 텍사스는 미국 연방에 합병되었다.

"하지만 텍사스는 다른 주들처럼 하나의 주가 되었던 적이 없었어……."

린다가 덧붙였다.

린다는 요새 한쪽 깃대 꼭대기에서 펄럭이는, 큰 별 하나가 그려져 있는 푸른 깃발을 가리켰다.

"The lone star……. 저게 텍사스 깃발이야. 자기들이 아직도 조금은 독립적이라는 것을 보여 주고 싶은 거지. Any way, 머릿속에서는 말이야."

"알라모 요새……."

네모는 특이하게 생긴 유적을 바라보면서 되뇌었다.

네모에게 알라모 요새는 여전히 영화에서처럼 사막 한가운데 있었다.

"It's a museum, now."

네모는 그 곳에 가 보고 싶었다. 하지만 자기는 지금 관광을 하러 온 게 아니었다.

둘은 린다의 말대로, 그 도시 북쪽에 있는 신마르코스로 가는 길에서 또다시 힘들이지 않고 차를 얻어 탈 수 있었다. 줄곧 싸워 대는 세 아이를 데리고 가던 좀 이상한 아주머니가 기꺼이 태워 주었다. 그 다음엔 닭장을 옮겨 나르는 트럭으로 갈아탔다. 차가 덜컹거릴 때마다 닭들은 사람들이 자기네 목을 조르기라도 하는 양 요란하게 울어 댔다. 네모와 린다는 차를 타고 가는 동안 서로 한 마디도 못했다.

산마르코스 주변에 도착하자, 벌써 오후가 시작되고 있었다. 놀랄 만한 일이 펼쳐지고 있었다. 10여 대의 차들이 갓길에 주차되어 있었고, 군중이 모여들어 뜨거운 열기 속에서 바삐 걸음을 옮기고 있었다. 축제일까? 시장일까? 네모는 용기를 내어 지나가는 사람 중 한 명을 붙잡고 물어보았다. 청바지를 입고 모자를 쓴 젊은 청년이었다.

"Howdy!"

린다는 웃음이 터지려는 것을 간신히 참았다. 조그만 프랑스인이 텍사스 억양을 흉내 내니까 정말로 웃겼다.

"What's going on?"

네모가 물었다.

그 남자는 어리둥절해서 네모를 쳐다보았다. 분명히 질문을 이해하지 못한 것 같았다. 린다가 다시 한 번 물었다.

"Oooh! It's rodeo day, honey. You're gonna see the best cowboys in Texas."

그 남자는 린다를 머리끝에서 발끝까지 훑어보며 말했다.

그러고는 "The beeeeest in Texas, honey! The beeeeeest!"라고 되풀이하며 발길을 돌렸다.

네모는 화가 나서 멀어지는 그 남자의 뒤통수를 노려보았다. 도대체 자기가 뭐라도 된다는 건가?

"너를 허니라고 불렀잖아! 그건 '사랑하는'이라는 뜻 아니야? 정말 뻔뻔스러운 놈이야!"

네모가 화를 냈다.

"여기서는 여자들에게 누구나 그렇게 말해."

신이 난 린다가 설명했다.

"Honey, darling, 다 똑같아. So, 오늘이 로데오 데이란 말이지. It's going to be difficult to find our way. Just follow me."

로데오라니! 네모는 그런 건 오래 전에 사라졌다고 생각했다. 그런데 그것이 아직도 있다는 얘기였다. 이 곳엔 아직도 모자를 쓴 카우보이들과 술집, 로데오가 있는 것이다. 텍사스, 여긴 여전히 서부였다.

군중들이 널찍한 밭 입구로 몰려들고 있었다. 이름과 번호를 하나씩 불러 주는 고함 소리가 확성기를 통해 울려 퍼졌다.

"Come and see."

린다의 말이었다.

"하지만 시간이 없어!"

"Just a sec. We won't stay."

린다가 고집을 부렸다.

린다가 'just a sec'—just a second—라고 말하고 나면, 다른 사람 말을 듣지 않는다는 것을 네모는 이미 알고 있었다. 반대해도 소용없었다. 네모는 어린애처럼 손을 맡기고 끌려갔다.

입구 쪽에서 아이들 한 무리가 불 주변으로 모여들었다. 긴 나무 막대기 끝에 남자 애들 둘이 마시멜로를 끼우고 있었다. 정말 기술을 요하는 일이었다! 불에 너무 가까이 대면, 마시멜로가 금세 새까맣게 타 버린다. 그렇다고 너무 멀리 대면 맛을 내는 탄 맛을 낼 수가 없다. 이따금씩 설탕물이 흘러 불로 떨어지는 동에 탁탁거리는 소리가 났다.

"When I was little, my grandparents used to take me on holiday to the sea. In the evening, with my cousins, we roasted marshmallows on the beach……. We had a great time. My grandparents used to tell us stories……. But come on……."

린다는 사람들 틈을 비집고 능숙하게 길을 만들면서 쇼가 펼쳐지는 울타리 가장자리 구석으로 들어갔다.

이번에도 역시 옛날 미국 영화 속 같았다. 청바지에 커다란 가죽 보호대를 두른 텍사스 젊은이들이 작은 칸막이 안에 갇혀 있는 말에 올라탔다. 신호가 울리자 문이 열리고……, 말이 악을 쓰고 발버둥치면서 경기장으로 달려들어왔다. 말은 어마어마한 힘으로 등뼈를 앞으로 움직여 격렬하게 뒷발질을 하고 온 힘을 다해 울음소리를 냈다. 기수는 아무리 애를 써도 30초 이상을 견디지 못했다.

"Yahooooooooooooo!"

불행한 기수는 패배의 쓴맛을 보기 전에 이렇게 소리쳤다.

"Yahooooooooooooo!"

관중들이 답했다.

경쟁자가 바뀔 때마다 똑같은 장면이 되풀이되었고, 흥분한 관중들은 똑같이 소리를 질러 댔다. 네모가 보기에 거의 모든 남자들이 모인 것 같았다. 맥주병을 마치 젖병처럼 입에 물고서 린다를 대놓고 바라보고 있었다. 여자들은 분명히 집에서 바비큐를 준비하고 있을 것이다.

"Yahooooooooooooo!"

또 한 번……. 네모는 뭔가에 관심이 끌렸다. 말들은 맨 처음 칸막이 안에 있을 때엔 어린 조랑말처럼 얌전했다. 그런데 문이 열리자마자 무엇 때문에 그렇게 분노하는 것일까? 고함 소리에 겁을 먹는 것일까? 더 이상한 것은, 말 관리인들이 말들을 울타리 밖으로 데리고 나가자마자 다시 전처럼 조용해지는 것이었다.

"Yahoooooooooooooo!"

사람이 무슨 제물이란 말인가! 이번 사람은 5초도 못 버텼다. 자신만만하던 카우보이가 다리를 절면서 울타리 밖으로 퇴장했다.

네모는 다음 경쟁자들이 준비하는 모습을 좀 더 자세히 살펴보았다. 기수가 말에 올라타면, 문이 열리면서 말 관리인이 말의 배를 둘러싸고 있는 뱃대끈을 세게 잡아당겼다. 네모는 곧바로 알아채지 못했다. 하지만……. 그렇다, 그거였다! 뱃대끈을 잡으면서 수컷 말의 가장 민감한 부분을 잔인하게 죄어서 말에게 심한 고통을 주는 것이었다. 바로 그런 행동 때문에 말이 갑자기 미친 듯이 화를 내고, 있는 힘껏 뒷발질을 하는 것이었다. 그 끔찍한 고문 기구에서 몸을 빼내려고 말이다. 일단 기수가 쓰러지면, 뱃대끈이 다시 풀리고 말은 안정을 되찾았다.

"정말 구역질 난다!"

네모가 자기가 발견한 것을 린다에게 설명하면서 격분했다.

"I didn't know that."

린다는 거북해했고, 역겨워했다. 둘은 서둘러 그 우스운 축제에서 빠져나왔다. 이미 볼 만큼 보았다. 서부는 그다지 영광스럽지 않았다…….

네모와 린다는 어렵지 않게 길을 찾아냈다. 그 동네에서는 사우스웰 가족을 모르는 사람이 없는 것 같았다. 네모와 린다는 목적지에 가까워지면서, 그 이유를 알게 되었다. 거대한 농장이었다. 분명히 그 지역에서 가장 번창한 농장 중 하나일 것이었다.

울타리 위로 커다란 나무 간판에 'Broken Arrow Ranch'라고 쓰여 있었다. '부러진 화살 농장'……. 간판 양쪽으로 기다란 깃대가 달려 있었는데, 그 위에는 미국 국기와 별 하나가 그려져 있는 바로 그 파란색 텍사스기가 꽂혀 있었다.

"여기가 확실해?"

"I guess……."

린다의 대답이었다.

린다는 좀 더 소박한 집을 기대했다. 남부에서는 흑인 가족들이 농장을 소유하는 경우가 거의 없었다. 노예의 후손들은 텍사스의 애국주의를 절대로 찬양하지 않았다……. 그런데 이상했다……. 사우스웰 가족이 여기서 일꾼으로 살고 있는 걸까?

"확실히 이게 좋은 생각일까?"

린다가 고개를 끄덕였다. 린다는 벌써 울타리 문을 밀고 있었다. 네모에게는 모르는 사람 집에 들어가는 건 언제나 힘든 일이었다. 네모는, 린다라면 이 느낌을 어떻게 표현할까……, 생각해 보았다. 'Butterflies in his stomach. 뱃속에 나비들이 들어왔다.'라고 하지 않을까? 말하자면 겁이 났다. 더구나 여기서는 아무 집에나 들어가서는 안 된다고 했다. 텍사스 사람들은 손쉽게 사용할 수 있는 무기를 지니고 있었다.

긴 오솔길을 따라가다 보니 건물이 몇 채 나왔다. 네모와 린다는 중앙에 있는 건물을 택했다. 현관 계단 옆에서 꽃을 피운 목련이 흉내 낼 수 없는 독특한 향기를 퍼뜨리고 있었다. 남부의 자랑, 그 유명한 하얀 꽃.

제대로 숙달된 하인이 두 사람에게 문을 열어 주었다.

"We are Némo and Linda……. We called yesterday. We would like to see Mr. or Mrs. Southwell."

"They will be back soon. Do you want to sit in the den?"

하인은 강한 에스파냐 억양으로 말했다. 네모는 자기가 말뜻을 제대로 이해했는지 의문스러웠다. 'the den'이라면? 굴? 어쨌든 그것이 영어 시간에 네모가 배운 뜻이었다. 'The bear sleeps in his den. 곰이 자기 굴에서 잔다.'

린다가 재미있다는 듯이 웃었다.

"거실이야. In New York, we say the 'family room', but in the South, they call it the 'den'."

네모와 린다는 'den'으로 들어갔다. 초원이 내려다보이는 테라스를 향해 창문이 나 있는 커다란 방이었다. 네모는 파리에선 한 가구 전체가 들어갈 수 있을 만한 넓이라고 생각했다.

"남부 사람들은 좀 이상해. 휴스턴에서 이렇게 더운 날 팬티스타킹 신은 여자 봤니? 여기서는 기품 있는 부인들은 한여름에도 스타킹을 신나 봐. 북쪽에 사는 양키*들은 안 그런데 말이야……."

* 양키(Yankee) : 원래는 뉴잉글랜드 지방 사람들을 가리키는 말이었지만, 이제는 일반 미국인들을 얕잡아 이를 때 쓴다. 남북전쟁 당시 남부인이 북부인에 대한 경멸적인 호칭으로 사용하기도 했는데, 여기서 린다는 자기네들이 남부에 와 있기 때문에 북부인을 양키라고 부르며 농담을 한 것이다.

린다가 말했다.

네모는 린다의 가늘고 단단한 다리를 힐끔 쳐다보았다. 스타킹! 그걸 신었다면 별로 좋지 않을 것 같긴 했다…….

네모와 린다는 꽤 오랫동안 기다렸다. 드디어 기막히게 잘 어울리는 부부 한 쌍이 들어왔다. 대머리에 배가 불뚝 나온 남자—네모 생각에 맥주를 너무 많이 마신 거였다—그리고 키가 크고 피부가 아주 건조한 여자—분명히 햇빛을 너무 많이 쬔 것이다—였다. 이 사람들은 과연 누구일까?

네모와 린다는 도저히 이해할 수 없었다. 이 사람들은 백인이었다. 마르타 할머니와는 어떤 관계일까?

"Emily and John Southwell. We're sorry, we don't speak French."

부부는 자기들을 소개하면서 말했다.

"That's OK."

린다가 네모에게 대답할 틈도 주지 않고 말했다.

"Némo can speak English like an American."

린다가 네모를 아주 자랑스러워하는 것 같았다. 네모는 그 말에 깜짝 놀랐다.

대화는 아주 힘들었다. 두 주인은 상냥한 척하려고 애를 썼지만, 긴장하고 의심스러워하고 있다는 게 느껴졌다. 두 사람은 먼저 네모와 린다에게 이렇게 방문한 이유에 대한 긴 설명을 요구했다. 그리고 린다가 질문을 할 때마다, 아저씨가 대답을 하기 시작하면 아주머니가 즉각 말을 잘라 버렸다. 사우스웰 씨는 마르타 할머니의 조카, 그러니까 마르타 할머니의 오빠의 아들이라는 결론을 얻었다. 하지만 사우스웰 씨는 할머니를 잘 모르고, 오래 전부터 서로 보지 못했다고 했다.

“Anyway, she is dead now!”

사우스웰 씨가 결국 냉정하게 내뱉은 말이었다.

네모는 깜짝 놀라서 린다를 쳐다보았다. 그랬다. 네모도 알아들었다. 죽은 거였다! 마르타 할머니는 돌아가셨다.

“But when did she die?”

네모처럼 슬퍼하면서 린다가 물었다.

“We don’t know exactly…….”라며 아저씨가 이야기를 시작하려 하자……, “She is dead. That’s all we can say.”라는 말로 아주머니가 이야기를 끝내 버렸다.

카우보이 장화를 신고 청바지를 입은 한 여자가 방 안쪽, 부부 뒤로 조용히 들어와서 별다른 기색 없이 대화를 듣고 있었다. 그녀는 눈에 띄는 걸 원치 않는 것 같았다. 린다는 한 번 더 고집을 부렸다.

“Do you know where she lived? Did she have children?”

“I think…….”

남자가 말하려 했다.

“Sorry. We have a lot of work to do.”

상냥한 체하는 목소리로 아주머니가 또다시 끼어들었다.

단호했다. 아주머니는 네모와 린다를 문 쪽으로 데려갔다.

"It was a pleasure to meet you."

둘을 문밖으로 내몰면서 사우스웰 아주머니가 속삭였다.

A pleasure, 글쎄, 정말 그럴까! 네모는 모욕을 당한 기분이 들었고, 그 위선적인 아주머니를 반박할 만한 꼬투리를 잡지 못한 것이 분했다. 네모와 린다는 뒤도 돌아보지 않고 긴 오솔길을 거슬러 올라갔다.

"할머니한테 자식들이 있는지도 못 알아냈잖아."

네모가 길 위의 자갈을 발로 차면서 한탄했다.

네모는 지치고, 속이 메스꺼웠다. 거기까지 오는 데 얼마나 고생을 했던가……. 린다도 마찬가지로 완전히 풀이 죽었다. 린다는 발만 쳐다보면서 말없이 걸었다. 이제 뭘 해야 할까?

몇 분 정도 걸었을까, 뒤에서 말을 달리는 독특한 소리가 들려왔다. 네모와 린다는 걸음을 멈추었다. 아까 집에서 본 여자였다. 그녀는 네모와 린다 옆에 멈춰 서더니 숨을 조금 헐떡거리며 말에서 내렸다.

"Wait! I have something to tell you."

그녀에겐 텍사스 억양이 없었다. 아마도 캘리포니아 억양일 거라고 린다는 생각했다.

"Who are you?"

네모가 날카롭게 물었다.

"Judy. I'm Judy. Judy Southwell."

분명히 아까 그 끔찍한 부부의 딸일 것이다. 이 여자는 뭘 원하는 걸까?

"I heard what you told my parents……."

그래, 네모는 아까 그녀를 봤다. 그녀는 그들이 나눈 대화를 모두 듣고 있었다.

"And……, Martha……."

여자는 망설였다.

"You come from so far away……, Martha……, I know her."

할머니를 안다고? 이건 또 무슨 이야기일까?

"My parents didn't tell the truth. Because they don't like Martha."

그녀의 부모가 자기들한테 거짓말을 했던 것이다. 네모는 하마터면 그 거짓말을 믿을 뻔했다.

"I went to college in San Francisco. And I met Martha there, two years ago……."

샌프란시스코에서 2년 전에 마르타 할머니를 만났다는 말이었다! 그렇다면……. 그녀가 먼저 말했다.

"Yes, she was still alive. And she probably is still alive. She was old, but very active. And she is a very sweet lady."

네모는 자기들이 그 농장에 들어간 이후 계속해서 입 안에서 뱅뱅 돌던 질문을 마침내 던졌다.

네모의 단어장

in college 대학에서
grow up 자라다 → I grew up with four brothers. _ 나는 네 형제와 함께 자랐어.
soccer 축구
in comparison with training 훈련과 비교하면
jump 뛰다 / **swim** 수영하다
get 많은 표현과 함께 쓰여 다양한 뜻을 나타내는 동사
→ **get sick** _ 아프다, 메스껍다 / **get used to** _ ~에 익숙하다
wild 야생의, 미친 듯한
so far away 아주 멀리 / **from so far away** 그렇게 먼 곳에서
think about~ ~에 대해 생각하다 → You think about God. _ 넌 신에 대해 생각하지.
the meaning of life 삶의 의미
screen 스크린, 화면 / **TV screen** TV 화면
go up 올라가다
look like ~처럼 보이다
brave 용감한 / **strong** 강한, 거친
give up 포기하다 → Never give up on your dreams. _ 네 꿈을 절대 포기하지 마.
whenever ~할 때마다
What's going on? 무슨 일이야?
stay 머물다
roast marshmallows on the beach 해변에서 마시멜로를 굽다
have a great time(have a ball) 재밌게 즐기다
guess 추측하다
pleasure 기쁨 → It was a pleasure to meet you. _ 너를 만나서 기뻤어.
something to tell you 너에게 말할 것(네게 할 말)
truth 진실 → My parents didn't tell the truth. _ 내 부모님은 진실을 말하지 않았어.
sweet 친절한, 매력적인

"Martha, she is……white?"

여자는 놀란 표정으로 네모를 쳐다보았다.

"White? Of course, Martha is white! Why?"

네모와 린다는 서로를 바라보았다. 마르타 할머니가 아직 살아 있었다. 그리고 할머니는 백인이었다.

11. 야생의 서부

아직 밤인가? 새벽인가? 아니면 또다시 저녁인가? 도대체 몇 시일까? 어디에 있는 걸까? 끝없는 여정에 무겁고 잠이 덜 깬 머리가 버스 유리창에 계속 부딪혔다. 네모는 다시 잠을 청하면서 힘없이 몸을 똑바로 세웠다. 피곤한 건가? 그것조차 알 수 없었다. 버스 좌석에 파묻혀 네모는 온갖 자세를 다 취해 보았다. 그냥 앉았다가, 책상다리를 했다가, 다리를 접었다가 폈다가. 팔걸이에 기대고 머리를 세웠다가, 한쪽으로 기울였다가 또 다른 쪽으로 기울였다가. 아니면 린다 어깨에 기댔다가(사실 이게 가장 편했다)…….

이번에는 린다가 네모에게 기대서 반쯤 잠들었다. 네모는 자기가 푹신한 안락의자로 변신한 것 같은 기분이었다. 네모는 그저 안락의자일 뿐이었다. 아무런 감정 없는 안락의자……. 눈을 뜨고 싶지도 않았다. 그래서 뭘 한단 말인가? 눈앞에는 계속 똑같은 풍경이 펼쳐질 뿐이었다. 돌과 먼지의 사막으로 사라지는 아주 곧은, 끝없이 곧기만 한 긴 띠 같은 도로, 그게 다였다. 가끔씩 좁은 국도, 통나무집, 주유소, '햄버거와 코카콜라'라는 똑같은 간판이 달린 커피숍 같은 것들이 나타나긴 했지만……. 지루했다.

네모는 손목시계를 보았다. 6시 30분. 분명 아침이었다. 네모와 린다는 전날 밤 9시에 샌안토니오를 출발했다. 멕시코 국경을 따라 미국 남서부를 가로지르는 노선의 그레이하운드 회사 버스를 탔다. 버스는 크기가 프랑스만 한 연방주인 텍사스를 가로질러 밤새도록 달렸다. 정션, 소노라……, 어둠 속에서는 다 똑같아 보이는 이국적 이름의 도시들이 펼쳐졌다. 그 다음은 기억이 나지 않았다. 네모는 잠깐씩 잠이 들었다가, 버스 맨 뒤에서 시끄럽게 떠드는 건장한 텍사스 사람들 때문에 깨곤 했다. 다행히 지금은 조용해졌다…….

엘패소에서 모든 승객들이 다른 버스로 갈아탔다. 승객들도 이미 알고 있었던 것이다. 꼭 옛날에 합승 마차의 말과 마부를 바꿨던 것처럼 차와 운전사를 바꾸는 것이었다. '빨리, 새 말로 갈아타자!' 네모는 이런 생각에 웃음이 나왔다. 역참은 맥도널드로 바뀌었지만, 결국 서부 정복 이후 달라진 건 그다지 많지 않았다.

함께 버스를 탄 사람들만 봐도 그랬다. 남자들은 청바지에 굽 높은 장화를 신고, 커다란 카우보이 모자에 얼굴을 반쯤 가린 채 잠들어 있었다. 남자들과 동행하는 여자들은 몇 명 되지 않았는데, 마치 보이지 않는 먼지를 막아야 한다는 듯이 알록달록한 커다란 스카프로 머리를 감싸고 있었다. 꼭 신비에 싸인 서부로 전진하는 개척자들의 행렬에 낀 사람들 같았다.

주변 풍경은 이런 인상을 한층 더 확실하게 만들어 주었다. 사막은 사람만 한 선인장 천지였고, 멀리 지평선 위로는 옛날 존 웨인의 영화에서 볼 수 있었던 붉은 바위산들의 그림자가 어려 있었다. 네모와 린다가 지금 지나고 있는 도시의 이름은 전설 속 인디언 추장의 이름을 따서 코치스라고 불렸는데, 그것이 이 모든 풍경을 완성해 주고 있었다. 애리조나는 진짜 서부였다.

네모는 소리를 지르며 달려오는 인디언 무리들을 피해 전속력으로 도망가는 백인들의 행렬을 상상해 보았다. 사람들이 금을 찾아 몰려든 이후로 변한 것이 거의 아무것도 없었다. 아스팔트 길과 가끔씩 나타나는 트럭이나 오래되어 찌그러진 캐딜락 말고는…….

정말로 길고도, 길었다! 길 끝은 언제나 똑같은 꼭짓점이었고, 시간이 가고 앞으로 나아갈수록 점점 더 멀어지는 것 같았다. 마치 차가 다가가는 것을 피해 도망이라도 치는 것처럼……. 하늘엔 하얀 태양이 걸려 있었다. 꼭 한증막 같았다.

"Hey! Are you still alive?"

린다는 별 생각 없이 기지개를 켜면서 네모를 바라보았다. 헝클어진 긴 머리에 얼굴이 반쯤 가려져 있었다. 린다의 긴 머리카락……. 금발. 네모는 자기 머리카락 사이로 손을 넣어 보았다. 거의 잊고 있었다. 전날 밤, 샌안토니오에서 출발하기 전에 린다는 자기랑 같이 머리를 금발로 물들여야 한다고 고집을 부렸다. 백금빛 금발, 바로 그거였다. 캘리포니아에서 그게 대유행인가 보다. 네모는 딱 잘라 거절했다. 그런데 어떻게 된 일인지 미용실에 가게 되었고, 머리에 끈적이는 크림 같은 걸 바르게 되었다. 몇 시간 동안 머리가 가려웠다. 하지만 결과는 놀라웠다. 네모는 좀 더 나이 든 외국인처럼 완전히 다른 사람이 되었다……. 아마도 린다가 바라는 대로 된 것일 게다. 린다는 훨씬 더 연예인 같아졌다. 얼굴은 더 환해지고 커다란 갈색 눈과 예쁘게 대조를 이루었다.

"You look nice, blondie."

네모의 생각을 읽은 린다가 말했다. 그러고는 작은 손거울로 자기 모습을 보았다.

"I can hardly recognize myself!"

린다는 자기 모습이 아주 만족스러운 모양이었다. 린다는 다리를 구부리더니 허벅지를 비볐다.

"My legs are itchy!"

그러고는 좀 전에 먹던 오레오 쿠키와 닥터 페퍼 깡통을 네모에게 내밀었다.

"Do you want some?"

"에……, no. I don't want any."

네모가 머뭇거리며 대답했다.

네모는 단걸 먹으면 속이 메스꺼웠다.

"Look at the rocks over there."

오른쪽 멀리 지평선을 가리키며 린다가 말을 이었다.

"Behind them, up North, it's the Grand Canyon and the

다양한 지리적 환경

미국의 동부에는 애팔래치아 산맥이 남북으로 길게 이어져 있고, 서부에는 높고 험한 로키 산맥이 남북으로 뻗어 있다. 그 사이에 중앙 평원이 있는데, 이 곳에는 미시시피 강이 흐르고, 토지가 비옥하여 세계적인 곡창 지대를 이룬다.

① 선벨트(sun belt) 지역 플로리다에서 캘리포니아에 이르는 지역이다(지도의 붉은 부분). 따뜻한 기후, 값싸고 넓은 땅, 대체로 저렴한 노동력 등 조건이 좋아서 인구 증가율이 높고 공업이 성장하고 있다.

② 실리콘 밸리 캘리포니아 주 샌프란시스코 만 남쪽에 위치한 첨단 산업 지역으로 컴퓨터 관련 기업이 집중되어 있다.

③ 그랜드캐니언 콜로라도 강이 콜로라도 고원을 흘러서 생긴 계곡으로 절벽이 400km 이상 뻗어 경관이 특이하다. 이 일대에 인디언 보호 지구들이 있다.

④ 리오그란데 강 미국과 멕시코의 국경 지대를 흐르는 강으로, 아메리카는 문화적으로 리오그란데 강을 경계로 앵글로아메리카와 라틴아메리카로 구분된다.

⑤ 토네이도 육지에서 발생하는 회오리바람을 가리킨다. 토네이도는 중심의 풍속이 1초당 100m 이상인 경우도 있고, 땅 위의 물체를 맹렬한 기세로 감아올리기 때문에 태풍보다 파괴력이 크다. 1931년 미네소타 주에서 발생한 토네이도는 117명을 태운 83톤의 열차를 감아올렸다.

⑥ 프레리 미시시피 강 서쪽의 초원 지대를 가리킨다. 프랑스어로 '목장'이라는 뜻이다.

⑦ 미시시피 강 미시시피라는 이름은 아메리카 원주민의 '위대한 강'이라는

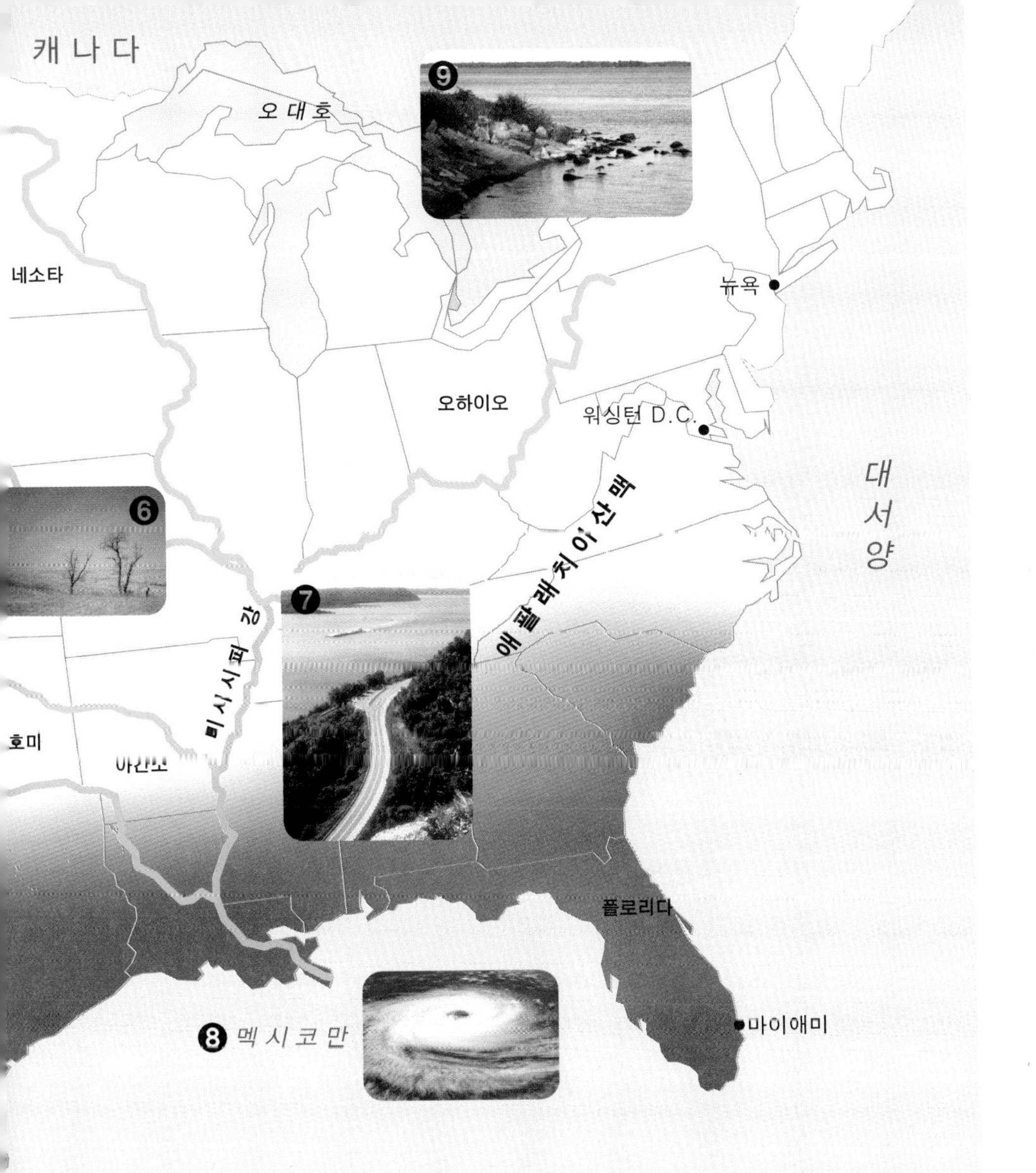

말에서 온 것이다. 나일 강, 아마존 강에 이어 세계에서 세 번째로 긴 강이다. 마크 트웨인의 소설 〈허클베리 핀의 모험〉은 미시시피 강을 배경으로 주인공 허크가 그의 친구인 노예 짐과 펼치는 모험담을 담고 있다.

⑧ 멕시코 만 멕시코 만은 수산 자원이 풍부하다. 연안에는 유전 지대가 발달해 있다. 8~9월에는 허리케인이 북상하여 만 연안 지역과 플로리다에 피해를 입힌다. 2005년 8월 멕시코 만 일대를 강타한 허리케인 카트리나는 사망 1306명, 실종 6600여 명이라는 큰 피해를 주었다. 특히 재즈의 도시 뉴올리언스의 제방이 무너져 도시의 80%가 물에 잠겼다.

⑨ 오대호 빙하에 깎여 생긴 5개의 호수. 주변에는 대규모 공업 지대가 형성되어 있으며, 도시가 발달하고 인구가 집중되어 있다.

⑩ 알래스카 캐나다 북서쪽에 있어서 이 지도에는 보이지 않는다. 크기는 미국 본토의 1/5에 맞먹는다. 빙설로 덮힌 화산과 빙하가 발달해 있고, 해안 지방에는 섬이 많고 풍경이 아름답다. 러시아가 지배하다가 1867년 720만 달러를 받고 미국에 팔았다. 그 때 미국인들은 값비싼 냉장고를 샀다며 비난했지만, 금광과 유전이 발견되면서 알래스카는 미국에 부를 안겨 주었다. 항공 의 요지로서 군사·교통상 매우 중요 한 지역이다.

Navajo country."

나바호족의 땅……. 린다는 이미 인디언들에 대한 장황한 설명으로 들어갔다. 몇 년 전에 린다는 부모님과 그 지방에 다녀갔다고 했다. 애리조나 부족의 이야기가 린다에게 깊은 인상을 남겼다.

나바호족들은 사막에서, 자기들이 성스럽다고 여기는 거대한 거석들 한가운데서 살아왔다. 1863년, 키트 카슨의 군인들이 그들을 좇아 몰살시킬 때까지. 8000여 명의 인디언들이 추방됐고, 텍사스와 뉴멕시코 국경선에 있는 서머 요새까지 끌려가며 걷고 또 걸었다. 그들 중 4분의 1이 그렇게 강제로 걷다가 죽었고, 나머지는 조상의 땅을 되찾을 수 있는 협약이 이루어질 때까지 4년 동안 감옥에 갇혀 있었다. 그 뒤 1세기도 채 안 돼서 할리우드는 그 곳에 카메라 부대를 이끌고 들어와 서부영화를 찍었다. 그리고 지금은 수천 명의 관광객들이 찾아와 모사된 전통 물품들을 사 간다.

네모는 린다의 이야기를 흘려듣고 있었다. 정말로 웃긴 여자 애였다. 전날 밤 사우스웰 가의 농장을 떠나면서 린다는 1초도 망설임이 없었다. 주머니에 마르트타 할머니의 주소를 받아 넣고 샌프란시스코로 향했다. 네모는 캘리포니아 어딘가에 있을 가스파르 형을 다시 만나고 싶었다. 형이라면 틀림없이 린다의 이런 뒤죽박죽인 생각을 정리해 줄 수 있을 것이었다.

그런데 린다가 샌안토니오에서 걸었던 그 수상한 전화는 뭐였을까? 그 때 린다는 얼굴이 창백해지고, 표정이 일그러졌다. 하지만 네모한테는 상투적인 말뿐이었다.

"Everything is fine, don't worry, I'm just tired."

린다는 네모에게 뭔가 숨기고 있었다. 확실했다. 그런데 그게 뭘까? 샌프란시스코에서는 모든 게 정리가 되겠지. 적어도 네모는 그러기를 바랐다.

마르타 할머니에 대해서는……. 네모는 아직도 혼란스러웠다. 지미 할아버지의 약혼녀가 백인일 수 있다는 건 한순간도 상상해 본 적이 없었다.

"Are you thinking about Jimmy?"

네모를 바라보고 있던 린다가 물었다.

"Yeah……. (네모도 남부의 길게 끄는 말투를 썼다.) Martha is white. I can't believe it."

"That was the big secret. That's why Jimmy's family was in danger. In 1944, a black man could not love a white girl. 어떻게 생각해? 흑인 남자는 백인 여자를 사랑할 수 없었다고. They were both in danger."

"기껏해야 우리 할머니, 할아버지 시대인데."

"I know, it's hard to believe. 하지만 그 시대엔 상상도 할 수 없는 일이었어. Unthinkable. Ku Klux Klan이 지미 할아버지나 그 어머니를 죽일 수도 있었던 거지. It was crazy! Just because of the color of their skin."

네모는 마르타와 사랑에 빠진 지미를 상상해 보았다. 금지된 사랑……. 어떤 일들이 있었을까? 두 사람은 몰래 만나야 했을 것이

미국의 서부 개척과
인디언 수난의 역사

유럽에서 온 이주민들은 곧 아메리카 원주민들의 토지를 차지하기 위해 군대를 동원하였다. 그들은 애팔래치아 산맥을 넘어 서쪽으로 진출했다. 그리고 영국의 식민지였던 13개 주가 독립 전쟁에서 승리하면서 본격적인 서부 개척이 시작되었다. 원주민과 이주민들 사이에 이루어졌던 수많은 협정은 파기되었고 원주민들은 대대로 살아 온 삶의 터전을 빼앗겼다.

1783 독립전쟁에서 승리한 뒤 이루어진 파리 조약에서 미국은 서쪽으로 미시시피 강, 남쪽으로 동·서 플로리다, 북쪽으로 오대호까지 이르는 영토가 확정되었다.

1787 서북 지역 포고령을 내려 인디언의 토지와 재산을 인디언의 동의 없이 빼앗지 않을 것이며, 인디언과 평화 우호 관계를 유지한다고 적고 있으나 말뿐이었다.

1795 미군은 인디언 부족들을 진압하고 오하이오 주의 대부분과 일리노이 주, 인디애나 주, 미시간 주의 일부를 포함하는 넓은 영토를 얻었다.

1803 미국의 제퍼슨 대통령이 프랑스의 나폴레옹 황제에게 1500만 달러를 치르고 뉴올리언스에서 캐나다에 이르는 루이지애나를 얻었다.

1830 잭슨 대통령이 공표한 인디언 이주법에 따라 미시시피 강 동쪽에 살던 10만 명 가까운 인디언 부족들이 강제로 건조하고 척박한 오클라호마 지역으로 이주되었다.

1839~1840 조지아 주에 거주하던 체로키 인디언 1만 6000명이 강제로 오클라호마로 추방되었다. 그들이 살던 땅은 추첨을 통해 백인들이 나누어 가졌다.

1845 독립국이던 텍사스가 미국에 합병되어 텍사스 주가 되었다. 원래 텍사스는 인디언들의 땅이었으나 17세기 후반부터 에스파냐 사람들이 정착하기 시작하여 에스파냐의 식민지가 되었다. 1821년 독립하여 멕시코의 지배를 받다가 미국인 이주자들이 반란을 일으켜 텍사스공화국이 되었다.

1846~1848 멕시코와의 영토 싸움에서 미국이 승리해, 멕시코 북부의 캘리포니아, 네바다, 유타, 애리조나 땅을 얻게 되었다.

*아메리카 인디언 두아미쉬 수쿠아미쉬족의 추장 시애틀은 부족의 땅을 미국 정부에 넘기는 조약을 맺었는데, 유명한 이 연설은 그가 1854년 부족을 모아 놓고 미국의 파견 관리 앞에서 행한 것이다. 워싱턴 주의 시애틀 시는 그의 이름을 딴 것이다.

1848 서부 캘리포니아에서 황금이 발견되었다는 소식이 전해지면서 이 지역으로 이주민 몰려들었다. 미국뿐만 아니라 유럽, 라틴아메리카, 하와이, 중국 등지에서 약 10만 명이 캘리포니아주로 왔다. 이를 '골드러시'라 한다.

1863 나바호 지방의 인디언들이 키트 카슨 대령이 이끄는 군인들에게 추방되었다. 그 과정에서 인구의 4분의 1이 죽었다.

1887 인디언에게 개인 소유의 토지가 제공되었으나, 실제 인디언 소유지의 3분의 2가 백인 수중으로 넘어갔다.

1890 운디드니 전투는 백인과 인디언이 벌인 최후의 전투로 꼽힌다. 이 때 수우족의 여자와 아이들까지 학살되었다.

현 재 오늘날 미국에는 약 500개의 부족이 278개의 인디언 보호 구역에서 살고 있다. 그러나 열악한 환경 속에서 대부분의 인디언들은 실업과 저소득, 질병 등으로 힘든 삶을 살고 있다.

다. 지미가 유럽 전쟁터로 떠났을 때, 두 가족 모두 루이지애나를 떠났다. 지미의 가족은 협박과 폭력을 피해서, 마르타의 가족은 분명 너무나 수치스러운 그 흑인과 마르타를 떼어 놓기 위해서. 바로 그런 까닭에 유럽에서 보낸 지미 할아버지의 편지가 모두 되돌아왔던 것이다.

"그러니까 미국이 그렇게 좋은 게 아니라니까!"

네모가 목소리를 높였다.

"Segregation was terrible. Can I see the letter? Please, let me see it."

린다가 말했다.

또다시! 이 여자 앤 분명 그걸 계속 생각하고 있었던 거다.

"Linda, it is Jimmy's letter, I told you already!"

네모는 자기도 모르게 바로 영어로 말하고 있었다. 어느 순간 그게 더 편하게 느껴졌다.

"But Jim is dead!"

"Of course he is! But we should respect him anyway, we should respect his memory."

린다는 약간 놀리듯이 짧게 휘파람을 불었다.

"You know that you can speak English pretty well! You're almost an all-American boy! Thanks to me……."

자! 린다가 포기하고 은근슬쩍 화제를 돌렸다. 하지만 그건 사실이었다. 네모는 이 새로운 언어가 훨씬 편하게 느껴졌다. 모든 대화에 어쩔 수 없이 끼다 보니 어느새 더 이상 우스워지는 게 겁나지 않았다. 그리고 무엇보다 머릿속에서 놀라운 일이 일어났다. 네모는 이제 프랑스어 단어를 영어로 옮기지 않고 곧바로 영어로 생각하게 되었다. 그게 훨씬 더 편했다. 자기가 들었던 표현들이 정확한 억양으로 바로 되돌아왔다. 언젠가 가스파르 형이 재미있어하면서 네모에게 말했다. "영어에 편해지려면 날마다 말해야 해. 실수를 두려워하지 말고, 억지로 해야 해. 하지만 제일 좋은 건 영국이나 미국 여자 친구를 사귀는 거야……."

여자 친구라면 성공이었다. 하지만 가스파르 형이 말한 그 여자 친구가 무슨 뜻이었는지는 여전히 알쏭달쏭했다.

"Do you want to go out, just for a sec? I'm hungry."

린다가 물었다.

버스가 목재 가건물 몇 채로 이루어진 주유소에 들러 잠시 쉬었다. 가건물 안에서는 린다가 좋아하는 '그린 칠리 부리토'라는 그 지역 음식을 팔고 있었다.

"Beef, beans, and chili wrapped in a tortilla."

일종의 멕시코식 샌드위치였는데, 네모도 맛있게 먹을 만했다.

밖의 열기는 참을 수 없는 지경이었다. 네모와 린다는 더위를 피해 버스로 돌아왔다. 이번에는 얼음처럼 차가운 공기였다.

그리고 다시 선인장의 행렬이 시작되었다……. 부르릉거리는 차 안에서 흔들리며 네모와 린다는 서로 기대 달콤한 잠에 빠졌다. 네모와 린다네 팀은 참 볼 만했다! 커다란 두 눈과 탈색한 금발을 한 두 사람은 다른 행성에서 막 떨어진 것만 같았다. 다른 승객들도 호기심어린 눈으로 재미있다는 듯 바라보았다.

네모와 린다는 반쯤 잠들었다가 곧 깼다. 오후가 끝날 무렵이었고, 버스는 캘리포니아 주로 들어서고 있었다. 둘은 옆 자리 사람들과 포커를 치기 시작한 두 명의 카우보이 때문에 잠이 깼다. 버스 안 분위기가 풀어져 있었다. 비스킷과 사탕이 돌고, 몇몇 승객들은 저린 다리를 풀 겸 자리를 옮겨 가며 서로 농담을 주고받았다.

몇 시간 뒤, 로스앤젤레스에는 참 희한한 여행객 무리가 도착했다. 남녀노소를 막론하고, 그리고 심지어는 사람들이 니이이모라고 부르는 머리를 탈색한 프랑스 소년까지, 모든 여행객들이 서로 수다를 떨고, 마치 오래 전부터 알던 사람들처럼 아주 친해졌던 것이다. 몇몇은 전화번호를 나누기까지 했다. 남부에 내려온 지 시간이 꽤 되었지만, 이런 모습은 처음 보았다.

네모와 린다는 이제 배낭을 메고, 버스 터미널 보도 위에 서서 버스를 어떻게 갈아타야 할지 찾고 있었다. 두 시간 뒤에 출발하는 샌프란시스코행 버스가 있었다. 대충 햄버거로 끼니를 때우고, 또다시 버스에서 밤을 지낼 채비를 할 시간은 되었다.

먼젓번 버스랑 생긴 건 비슷했지만 승객은 거의 없는 버스를 타고 거대한 캘리포니아 대도시를 떠난 게 밤 11시였다. 피곤으로 멍해진 네모와 린다는 창밖을 내다보았다. 로스앤젤레스가 이렇게 생긴 거였나? 끝없이 펼쳐진 고속도로, 쭉 늘어서 있는, 오직 콘크리

트만으로 지어진 건물들……. 제대로 된 시가지는 온데간데없고 볼품없는 외곽만 끝없이 펼쳐진 꼴이었다.

네모는 영어와 프랑스어를 뒤섞어 린다와 잠깐 대화를 나눴다. 단어가 막히면 자연히 프랑스어로 넘어갔고, 린다도 역시 그랬다……. 이런 식이었다.

"I think that American girls are more……, 프랑스 여자 애들보다 겉치레가 많은 것 같아."

"바보 같은 소리."

린다가 흉내 낼 수 없는 억양으로 대답했다.

"It's just a matter of education. American girls are more polite, that's all."

"But are they sincere? In France, it is easier to understand ……the other."

"'the other'가 아니라 'each other'라고 해야겠지."

대화는 린다가 옆 자리에 누울 때까지 이어졌다. 샌프란시스코 도착은 아침 7시로 예정돼 있었다. 좀 쉬어야 했다…….

"네모야! 네모야!"

린다가 네모의 어깨를 마구 흔들었다. 네모가 투덜거리며 눈을 떴다.

"Look outside! We are in San Francisco Bay."

네모는 몸을 일으켜 세웠다. 버스가 해협을 따라 내포에 걸쳐져

네모의 단어장

*** myself** 나 자신

- 대명사에 '자신'이라는 뜻을 덧붙이려면 self(복수는 selves)를 사용한다.

myself 나 자신 / **ourselvers** 우리 자신 / **yourself** 너 자신 / **yourselves** 너희들 자신 / **himself** 그 자신 / **themselves** 그들 자신 / **herself** 그녀 자신 / **itself** 그 자체

→ I can hardly recognize myself!

_ 나 자신을 알아보기가 힘들어! 나도 나 자신을 못 알아보겠다.

*** some과 any**

- 정확하지 않은 양을 표현하는 데는 some을 가장 많이 사용한다.
- 부정문에서는 any를 쓴다.

Do you want some? 좀 줄까?

Yes, I want some. 응, 조금만. / **No, I don't want any.** 아니, 됐어.

*** could와 should**

- could는 can의 과거형이다.

→ A black man could not love a white girl.

_ 흑인 남자는 백인 여자를 사랑할 수 없었어.

- **could**는 가정법을 나타낼 때도 쓴다. → I could come. _ 나는 올 수 있었을 텐데.
- **should**는 의무의 가정법 → We should respect his memory.

_ 우리는 그의 기억을 존중해야 했는데.

*** both와 each other**

- **both**는 '둘 다'를 의미한다.

→ They were **both** in danger 그들은 둘 다 위험에 처했어.

→ I want **both**. 둘 다 원해.

- **each other**는 상호성이 있을 때 사용한다.

→ understand **each other** 서로 이해하다

→ Don't fight with **each other**! 서로 싸우지 마라!

있는 2층으로 된 긴 다리 위로 들어갈 준비를 했다. 다른 쪽, 반도 끝에선 꼭대기는 떠오르는 태양 속에 드러나 있고 아래쪽은 두터운 구름 사이에 가려진 고층 건물들이 나타났다.

"The greatest city in America! After New York, of course! Look to the right……."

린다가 흥분해서 소리쳤다.

멀리 금문교의 붉은색 아치가 보였다. 샌프란시스코 만과 태평양을 연결하는 해협 위를 가로지르는 세계에서 가장 유명한 다리다. 역시 다리의 아랫부분은 안개에 싸여 있었다. 구름과 바다가 무척이나 잘 어우러져서 다리가 물 위에 둥둥 떠 있는 것 같았다.

"히피의 도시야."

린다가 다시 말했다.

드디어 도착이었다. 네모는 피곤하긴 했지만 아주 들떠 있었다. 곧 가스파르 형을 볼 것이고, 마르타 할머니의 흔적도 찾을 수 있을 테고, 그러면 자기 임무를 완수하게 되는 것이었다. 자기한텐 그럴 만한 자격이 있지 않을까?

"San Francisco!"

마켓 스트리트에 정차하면서 버스 운전사 아저씨가 말했다.

휴! 드디어 여행이 끝났다. 네모와 린다는 배낭을 움켜쥐고 출입문 쪽으로 나갔다. 그런데 보도에 내려서자마자 묵직한 손이 네모의 어깨를 덮쳤다.

"Are you Niiimo?"

네모의 단어장

hardly 거의 ~가 아니다, 간신히

leg 다리

itch 가렵다 → My legs are itchy! _ 다리가 가려워!

rock 바위

behind ~뒤에 / **in front of** _ ~앞에

up North 북쪽으로

worry 걱정하다 → Don't worry _ 걱정 마.

in danger 위험에 빠진 → that's why Jimmy's familly was in danger
_ 그게 지미 가족이 위험해진 이유야.

tired 피곤한, 지친

unthinkable 생각할 수 없는, 상상할 수 없는

because of ~때문에

skin 피부 → color of skin _ 피부색

respect 존중하다

memory 기억, 추억

pretty well 아주 잘

thanks to ~덕분에 → thanks to me _ 내 덕분이야. 내게 고마워 해라.

hungry 배고픈, 허기진 → I'm hungry. _ 나 배고파.

beef, beans, and chili 소고기, 콩, 고추

wrap 감싸다, 포장하다

tortilla 토르티야(옥수수 전병)

덩치 큰 경찰 두 명이 네모를 가로막았다.

"Yes, I'm Némo."

네모가 불안한 마음으로 대답했다.

대화가 이어질 틈이 없었다. 경찰들이 난폭하게 네모를 붙들어 버스 벽에 밀어붙이고는 팔을 등 뒤로 비틀었다. 손목에 차가운 무언가가 감기는 느낌이 들었다. 수갑이었다……. 체포된 것이었다.

12. 참 멋지기도 하군, 샌프란시스코!

"Leave me alone!"

린다가 얼마나 크게 소리를 질렀는지 유니언 스트리트의 작은 카페에 앉아 있던 사람들이 린다를 빤히 쳐다보았다. UCSF(University of California, San Francisco의 약자) 티셔츠를 보란 듯이 입고, 우스꽝스러운 얼굴에 머저리같이 웃어 대는 그 바보 같은 놈이 린다에게 집적거린 게 벌써 두 번째였다. 정말로 때를 잘못 고른 것이었다.

그 남자는 뭐라고 중얼거리면서 멀어졌다. 린다는 앞에 놓인 아이스티 잔을 다시 뚫어지게 바라보았다. 도대체 무슨 일에 얽혀 버린 걸까?

몸이 오슬오슬 추웠다. 에어컨을 켠 걸까? 팔다리가 다 떨리고, 마치 누군가가 자기 신경세포를 다 빨아 먹은 것처럼 텅 빈 느낌이었다. 다행히도 티셔츠를 입은 머저리 같은 놈이 린다를 모른 척하기로 마음먹었는지, 옆에 있는 바에서 콜라를 마시고 있었다. 린다는 시선을 피하려고 고개를 숙였다. 린다는 그냥 그대로 사라져 버리고 싶었다.

상황이 더 이상 나쁠 수는 없었다. 아빠는 화가 머리끝까지 났고, 네모는 감옥에 갇혔다. 그리고 제프리에겐 무슨 일이 일어난 걸까? 아무도 몰랐다.

바보 같다. 정말 바보 같았다! 어떻게 그렇게 될 수 있었을까? 네모와 린다가 뉴욕을 떠날 때만 해도 모든 게 순조로웠다. 물론 린다는 아빠의 권총이 그 악당 같은 미싱 링크의 손아귀에 있을 수도 있다는 생각에 불안하긴 했었다. 하지만 그렇게 심각한 건 아니었다.

네모가 온 건 절호의 기회였다. 린다는 그 기회를 이용해 가족들에게서 벗어나 우주선이 출발하는 모습도 지켜보고, 제일 좋아하는 우주 비행사도 만나 보았다. 그렇다, 린다는 샐리 하이트를 만났던 것이다! 린다는 '정말로' 샐리 하이트를 만났다!

그랬다, 뉴올리언스와 휴스턴으로 가기 위해 린다는 거짓말을 했다. 가스파르 형은 네모와 린다가 린다 아버지와 함께 있다고 생각했고, 린다 아버지는 둘이 가스파르 형과 함께 있다고 믿었다. 그다지 떳떳하진 않았지만, 둘은 정말로 잘 해 왔고, 그 군인 할아버지의 가족에 대해서도 알아냈다. 그건 어쨌든 멋진 성과가 아닌가?

린다는 고개를 저었다.

성과, 과연 그럴까? 샌안토니오에서 제프리에게 전화를 걸었을 때, 린다는 몸이 우스꽝스럽게 떨렸다. 뉴욕의 한 공원에서 그 일이 벌어진 지 사흘 뒤에 복면을 한 남자가 2번가 주유소에서 강도짓을 했다는 것이었다. 바로 자기 아빠의 권총을 가지고 말이다. 누구일까……, 아마도 미싱 링크였을 거다……. 그 머저리가 권총을 쏘는 바람에 주유소 직원과 싸움이 벌어졌고, 도망치긴 했지만 권총이 발견된 것이었다.

그게 다가 아니었다. 며칠 뒤 경찰은 그 권총의 주인을 찾아냈다. 바로 린다의 아버지였다. 린다 아버지의 생각으로는 자기 아파트에서 권총을 훔쳐 갈 수 있는 유일한 사람이 바로 네모였다. 그건 분명했다. 네모가 범인이었다. 그래서 린다를 데리고, 죄 없는 자기 딸을 데리고 도망을 친 것이었다. 그러니까 딸은 큰 위험에 빠져 있는 거였다. 제프리는 오랜 시간 취조를 받으면서 경찰에게 이 모든 이야기를 들었다. 하지만 아무 말도 하지 않았다.

린다는 기계적으로 아이스티를 휘젓고 있었다. 표면에 소용돌이가 만들어졌다. 얼음은 벌써부터 녹고 있었다.

정말 바보 같다, 정말 바보야! 샌안토니오를 떠나면서 린다는 적어도 며칠은 자기들을 추적하지 못할 거라 믿었다. 더구나 금발로 머리를 염색하면 네모와 자기를 알아보지 못할 거라고 생각했다. 어리석었다! 버스표를 끊으면서 아빠의 신용카드로 지불했던 것이다. 신용카드는 기록이 남는다는 건 만천하가 다 아는 사실이었다. 경찰은 두 사람을 금방 찾아냈고, 샌프란시스코에 도착하자마자 바로 잡아넣은 것이었다.

"Can I help you? You seem so sad……. Can I buy you a

drink?"

티셔츠를 입은 짐승이 동정어린 눈길로 린다를 쳐다봤다. 그 남자는 정말 악몽이었다! 꼭 공포 영화에 나오는 괴물 같았다. 납작하게 쪼그라들고 녹아내린 괴물. 사람들은 괴물이 죽고 이제 구출됐다고 생각하지만……, 아니다. 갑자기 괴물이 움직이기 시작하고, 다시 일어나서 다가와 발목을 잡는다…….

"Listen, stupid……."

린다는 화가 나서 얼굴이 빨개졌다. 그러곤 일어나서 언제라도 발길질할 준비가 되어 있다는 듯이 다리를 흔들었다.

"If you keep bothering me, you won't be able to have children, 알겠어!"

린다가 소리를 질렀다.

카페의 손님들이 웃음을 터뜨렸다. 린다는 태연했다. 그 한심한 놈은 잠시 린다 앞에 꼼짝 않고 서 있다가 바 쪽으로 가서 계산대에 2달러를 던지더니 한 마디도 못하고 나가 버렸다. 카페 안쪽에 앉아 있던 여자 두 명이 손을 들어 린다에게 박수를 보냈다.

린다는 엷은 미소를 지었다. 그러곤 다시 고민에 빠졌다.

정말로 후회스러웠다! 린다는 경찰에게 아무 말도 하지 않고, 입을 꽉 다물었다. 무서워서 죽는 줄 알았다. 아니다, 자기는 그 권총 이야기를 모른다. 아니다, 아무것도 모른다…….

린다는 왜 그렇게 비겁했을까? 린다가 권총을 훔쳤다고 솔직하게 말한다면, 린다와 제프리가 곤경에 빠질 위험이 있었다. 유죄판

결을 받을 수도 있었다. 범죄 기록이 있으면, 절대로 우주 비행사가 될 수 없을 것이다.

네모에겐 별 위험이 없었다. 외국인이니까 비행기에 태워서 보내버리면 그뿐이었다. 네모가 무장 강도가 아니라는 사실을 밝혀낼 수도 있을 것이다. 어쨌든 그것이 린다가 바라는 결말이었다. 하지만 그렇게 되면 네모는 자기를 미워할 것이고, 다시는 보고 싶어하지 않을 것이다.

린다는 연행 이후 네모가 어떻게 됐는지 전혀 알 수가 없었다. 둘은 따로 취조를 당했다. 아빠가 전화를 걸어 준 덕분에 린다는 경찰서에 감금되진 않았지만 저녁때 가족이 데리러 올 때까지 그 구역을 벗어나지 않고 얌전히 기다리겠다고 약속해야 했다. 하지만 네모는, 불쌍한 네모는……, 조사관의 질문에 영어로 싸워야 했고, 감옥에 갇혔다. 지금쯤 어떻게 되었을까?

린다는 손에 머리를 파묻고 소리 없이 울기 시작했다.

한 시간 뒤면, 브래드스톡 아저씨가 샌프란시스코로 올 것이다. 린다는 전화로 엄마나, 특히 아빠가 아닌, 아저씨가 일을 해결하러 오기를 간청했다(다행스럽게도 아빠는 워싱턴에서 아주아주 중요한 약속이 있었다). 린다는 경찰이 휴대전화로 소식을 전한 가스파르 역시 이리로 오는 중이라는 사실을 알고 있었다.

뜨거운 눈물이 뺨을 타고 목까지 천천히 흘러내렸다. 아마도 보기 흉한 몰골이 되었을 것이다. 린다는 스스로가 너무나도 초라하게 느껴졌다.

아, 그래! 샌프란시스코, 참 멋지기도 하군! 그동안 네모는 자기 앞에 펼쳐진 최고의 경치를 쓰라리게 바라보고 있었다. 엄지손가락만큼 굵은 창살이 이어진 높은 쇠창살, 싸구려 옛날 그림이 덩그러니 걸려 있는, 군데군데 칠이 벗겨진 벽, 그리고 가구라고는 굉장히 낡은 긴 나무 의자……. 참 멋지기도 하다, 캘리포니아! 마치 영화의 한 장면처럼!

"How old are you, my boy?"

저 여자는 왜 자기를 한사코 'my boy'라고 부르는 걸까? 어쨌든 그게 좋은가 보다……. 옆 '닭장'에서 한 여자가 조금 전부터 네모를 유심히 바라보고 있었다. 그 여자는 옛날 히피풍으로 옷을 입고 있었다. 통 넓은 찢어진 청바지에 그런 장소에서는 영 엉뚱해 보이는 알록달록한 긴 튜닉을 입고, 붉은색 긴 머리는 등 뒤로 늘어뜨려 가죽 끈으로 묶었다. 눈가엔 주름이 자글자글했다. 그 여자는 슬프고 지쳐 보였다.

그리고 굉장히 말을 하고 싶어했다. 하지만 네모가 갇힌 감방 안의 또 다른 사람은 확실히 대화에 참여할 상대가 아니었다. 의자 밑에서 곯아떨어져 술 냄새를 풀풀 풍기고 있었으니까.

"Fifteen."

결국 네모가 대답했다.

"Fifteen! You're too young to be in jail, my boy!"

감옥에 갇히기엔 너무 어린, 그렇다, 그 여자 말이 맞다. 그런데 도대체 무슨 일이 있었던 걸까? 네모는 자기한테 일어난 일을 도무지 이해할 수가 없었다. 자기를 체포 '시킨' 그 권총 이야기 말이다. 정말 웃긴 일이었다! 자기가 무슨 노상강도라도 된단 말인가? 또다시 린다가 나쁜 일을 꾸민 걸까? 아니다, 그건 있을 수 없는 일이다. 분명히 어딘가에서 실수가 있었을 거다. 하지만 린다는 왜 그렇게 서둘러 샌프란시스코에 오려고 했던 걸까? 분명히 잡히지 않기 위해서였을 거다……. 지금 린다는 어디에 있을까? 혹시 다른 감옥에?

"German? French?"

히피 여자가 다시 물었다.

"French……."

"French……, Paris……. I've been to Paris during a holiday……. It's a wonderful city. But people are so……. You know, selfish! They don't like Americans too much, you know."

네모는 고개를 끄덕였다. 또다시 미국인과 프랑스인 사이의 복잡한 관계에 대한 논쟁에 얽히고 싶지 않았다.

"Why are you here? What have you done? Crack? Hero?"

그 여자는 네모를 마약중독자로 여겼다. 네모는 얼버무리며 대답했다.

"I don't know……."

여자는 얼굴 표정이 밝아지며 이가 훤히 드러나도록 활짝 웃었다. 그러니까 조금 젊어 보였다.

"You don't know, my boy? So, who knows? Maybe you're a murderer……."

그러면서 다시 한 번 웃으며 창살 사이로 손을 내밀었다.

"My name is Rosalind……."

참 이상했다. 한참 대화하다가 불쑥 자기소개를 하는 미국인들 습관이란. 네모는 그게 항상 관계가 날라짐을 뜻한다는 걸 깨달았다. 자기소개를 한 다음에는 마치 오래된 친구들처럼 이야기를 나누게 된다.

"My name is Némo."

네모가 답례를 했다.

"Niiimo……. Nice name……. Nice to meet you, Niiimo."

우스운 상황이었다. 사교계 살롱에라도 와 있다고 착각하는 모양이었다. 로잘린 아주머니가 계속해서 말했다.

"You know……. One day, I would like to have a boy just like you. But I need a man for that, you know……."

맞다, 그건 확실했다. 아이를 낳으려면 남자가 필요했다. 시험관으로 수정하지 않는 이상……. 요즘엔 여자들이 점점 시험관 수정을 많이 하는 것 같았다. 특히 여기, 미국에서는.

"But I don't want a man. It is so much trouble, you know……. My life is such a mess……. My father left when I was ten. I lived with my mother……. Then, my father wanted me back……. But he didn't love me, you know. Somebody who leaves his daughter doesn't love her, don't you think so?"

로잘린 아주머니는 말하고, 또 계속해서 말했다. 아주머니는 '슈' 소리가 많이 나는 우스꽝스러운 말투로 단어를 발음했다. 아마 캘리포니아 억양인 것 같았다. 자기 인생, 어린 시절, (그리고 아직도 끝나지 않은) 마약으로 생긴 문제들, 그리고 자기를 가끔씩 감옥에 오게 만드는 자잘한 뒷거래들에 대해 이야기했다. 이번에는 담배 두 갑과 약 한 상자—just some medicine—를 훔쳤다고 했다. 100달러면 보석으로 석방될 수 있었는데, 그만한 돈이 없단다. 아주머니는 자기가 갖고 싶은 아이와 남자들, 여자들, 사랑, 세계 전체에 대해 계속해서 이야기했다.

네모는 마치 다른 곳, 다른 행성에 와 있는 것 같았다. 네모는 어린 시절과 한 번도 진정으로 가져 보지 못한 아버지 이야기를 하는 알록달록한 옷차림의 달의 여인에게 귀기울이고 있었다. 네모는 그 여자 이야기를 감동하며 듣고 있었다. 자기 집에서 1만 킬로미터 떨어진 곳에서 감옥 창살에 갇힌 채로. 네모는 부모님, 파니 할머니, 수니타를 생각했다……. 이 상황에서 누가 자기를 믿어 줄까? 그리고 언제 그들을 다시 볼 수 있을까?

샌프란시스코의 부두—그 중에는 유명한 39번 부두도 있다—에서는 도마토케첩을 살짝 뿌려 맛을 낸, 배 모양의 신선한 새우 바케트를 살 수 있다. 린다는 원래 그것을 굉장히 좋아했지만 지금은 그런 군것질을 할 때가 아니었다.

린다는 다리 난간 위에 앉아 바로 정면, 만 한가운데 있는 앨커트래즈 섬을 바라보았다. 여기선 그것을 The Rock, '바위'라고 부른다. 옛날에 그 곳엔 흉악범들이 갇혀 있었고, 그 중에는 그 유명한 알 카포네도 있었다. 지금은 감옥 성채가 관광 명소가 되었다. 페리선들이 정기적으로 왕복하며, 유명한 죄수들 이야기와 바다의 엄청난 조류를 이겨 내고 탈주에 성공한 이야기를 들은 관광객들을 그 곳으로 실어 나른다. 린다는 그와 마찬가지로 감옥에 갇혀 있는 네모를 생각했다.

하지만 더 이상 울고 싶지는 않았다. 이제 끝났다. 마음을 굳혔다. 브래드스톡 아저씨가 샌프란시스코에 오자마자, 린다는 아저씨에게 전부 털어놓았다. 권총, 공원, 비싱 링크, 뉴올리언스의 재즈 클럽, 휴스턴 방문……. 모두 다.

"You're a funny girl……."

브래드스톡 아저씨가 중얼거렸다.

그게 아저씨가 하려는 말의 전부였을까? 미술상 아저씨도 깊은 생각에 잠겨 앨커트래즈를 뚫어져라 바라보았다.

참 이상했다. 그렇게 다 털어놓고 나니까 여전히 걱정이 되긴 했지만, 마음은 한결 편안했다. 물론 린다는 자기한테 어떤 일이 생길지 알 수 없었다. 하지만 할 수 없었다. 린다는 기운을 되찾았다. 린다는 어떻게 자기가 말 한 마디 없이 네모가 그냥 체포되도록 내버

샌프란시스코

미국 캘리포니아 주 서부에 있는 도시로, 미국의 서부 태평양 연안에서 로스앤젤레스에 이어 두번째로 큰 도시이다. 1776년 에스파냐의 선교사들이 처음으로 이 지역에 진출했으며, 1746년 멕시코령이 되었다가 1846년 이후 미국의 영토가 되었다. 초기에는 소규모 이주민만 거주하였으나 19세기 중반, 가까운 산지에서 금광이 발견되면서 미국뿐만 아니라 해외에서도 많은 사람들이 몰려들어 인구가 급격히 늘어났다.

금문교

골든게이트 브리지라고도 한다. 골든게이트 해협에 설치된 붉은 색 다리이다. 길이는 2825m, 너비는 27m이고, 1933년에 착공하여 1937년에 완성하였다. 다리 위에는 차량을 위한 도로와 보행자를 위한 도로가 나뉘어 있으며, 시속 160㎞의 풍속에도 견딜 수 있게 설계되었다.

금문교 공원

금문교가 있는 해안에서 동쪽으로 넓게 펼쳐진 공원이다. 인공적으로 만들어진 공원으로서는 세계에서 가장 큰 규모를 자랑한다. 공원 안에는 다양한 체육 시설, 박물관, 수족관, 식물원, 열대 식물과 계절꽃들이 아름다운 온실, 셰익스피어 작품에 나오는 식물만 모아 놓은 셰익스피어가든, 향료용 꽃만 모아놓은 식물원 등 여러 시설들이 있다.

앨커트래즈 섬

피셔맨즈 워프에서 3km 떨어진 곳에 떠 있는 작은 섬이다. 1850년대에는 국방의 요새로, 에스파냐와 미국이 전쟁을 할 때는 포로수용소로 쓰였다. 1934년에는 알 카포네 등 마피아와 흉악범들을 감금하는 악명 높은 감옥이 되었다. 영화 제목이기도 한 〈더락〉(*The Rock*)은 앨커트래즈의 별명이다. 공식적으로 탈출을 감행한 죄수 중에 성공한 사람은 없다고 한다. 지금은 관광지로 이용되고 있다.

피셔맨즈 워프(Fisherman's Wharf)

옛날에는 이탈리아계 어부들의 선착장이었으나 지금은 유명한 관광 명소가 되었다. 각종 기념품 가게 및 박물관, 거리에서 펼쳐지는 행사들이 볼 만하다. 중세 때의 선박 관광, 내셔널 해양 박물관, 잠수함 박물관, 밀랍 인형 박물관 등을 볼 수 있다. 또한 유명한 초콜렛 상점들도 많이 있다.

차이나타운

유니언 광장에서 북쪽으로 조금만 가면 붉은색과 금색으로 용과 사자 석상이 조각된 대문이 보이는데, 이 곳이 차이나타운이다. 현재 중국계 8만여 명의 인구가 모여 살고 있다.

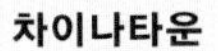

이 곳은 골드러시 때 금광과 철도 노동자로 온 중국인들에게서 유래되었다고 한다. 거리는 원색으로 화려하며 음력 1월 1일이 되면 퍼레이드와 불꽃놀이를 하는데, 텔레비전을 통해 생중계를 할 정도로 규모가 크다.

려 두었는지조차 이해할 수 없었다. 때때로 사람들은 그저 다른 사람들이 무서워서, 또는 다른 사람들 눈에 완벽하게 보이고 싶어서 그렇게 형편없이 굴거나 비겁하게 굴 수 있다. 최악이다……. 하지만 이제 린다는 자기가 올바른 결정을 내렸다는 것을 깨달았다.

브래드스톡 아저씨는 묘한 미소를 지으며 린다를 바라보았다.

"What?"

린다는 걱정스럽게 물어보았다.

"You're such a funny girl."

아저씨가 되풀이했다.

아저씨는 그렇게 화가 난 것 같지는 않았다. 브래드스톡 아저씨는 진정한 친구였다.

아래쪽에서는 거대한 바다사자들이 나무 뗏목 위에 태평하게 누워 낮잠을 자고 있었고, 그 앞에서는 관광객들이 흥분해서 사진을 찍어 댔다. 동물들이 마치 사진 찍기 좋은 자세를 취하는 것 같았다. 가끔씩 한 놈이 날카롭게 소리를 지르며 옆에 있던 다른 한 놈을 물속으로 빠뜨리면서 자세를 바꾸거나, 양쪽 지느러미를 박수 치듯이 마주 치기도 했다. 그러면 소란스런 관광객들은 웃음을 터뜨렸다. 린다는 그 모습을 곱지 않은 눈으로 바라보았다. 동물들은 분명히 사람들의 생각과는 다를 것이나.

"OK. I guess I have to give a few calls, right?"

브래드스톡 아저씨는 고민을 끝내고, 휴대전화를 꺼내서 뉴욕에 전화를 걸었다.

"Do you want to listen?"

"I'd rather die!"

린다는 아저씨에게서 멀리 떨어졌다. 자기 부모님과 나누는 대화를 듣고 싶지 않았다. 그러면 애써 북돋워 놓은 용기를 죄다 잃을지도 몰랐다.

피셔맨즈 워프의 부두 위에선 싱싱한 해산물을 먹을 수 있는 식당 주변으로 사람들이 모여들고 있었다. 손님들이 수족관에서 직접 종류를 고르면, 상인은 그것을 집어서 물이 끓고 있는 기다란 냄비에 넣었다……. 불쌍한 짐승들……그거 좀……creepy.

린다는 식당에서 접시에 생선 머리와 눈까지 통째로 내놓는 것을 혐오했다. 우웩! 생선이 슬픈 눈으로 자기를 쳐다보면서 비난하는 것만 같았다. 하지만 어쨌든 사람들은 그걸 먹는다. 까다롭게 구는 것도 좀 위선적인 걸까?

린다는 브래드스톡 아저씨가 다가오는 것을 보았다. 아저씨는 만족스러워 보였다.

"It's OK. I think we might save your Némo."

아저씨가 자신만만하게 말했다.

린다의 아버지는 네모에 대한 고소를 취하하고, 네모를 풀어 주기 위해 샌프란시스코 경찰청장에게 전화를 하고, 린다의 자세한 설명을 근거로 미싱 링크를 쉽게 잡을 수 있도록 뉴욕 경찰에 전화를 했다. 또한 제프리도 걱정할 것이 없었다. 그 애는 안전했다. 공모자도 아니었으니까.

브래드스톡 아저씨가 어떻게 이야기했는지는 모르겠지만, 아빠가 핵폭탄을 발사하지는 않은 것 같았다. 그 문제에 대해서 아저씨는 그냥 이렇게 말했다. "We'll discuss it later……." 린다는 아마도 나중에 벌을 받을 것이다. 그건, 운이 좋으면 아예 안 받을 수도 있다는 말이었다. 아빠는 워싱턴에 처리해야 할 아주 아주 중요한 일이 있었다. 이번에는 아빠의 무관심이 오히려 좋게 느껴졌다. 린다는 다시는 그런 잘못을 하지 않겠다고 약속만 하면 되었다. 뉴저지에 있는 기숙학교 얘기는 꺼내지 않은 것 같았다. 혹시 딸이 안전하게 구조됐다는 사실만으로 아빠가 마음을 탁 놓은 것일까? 엄마에게라면 린다는 아무것도 모른다고 딱 잡아뗄 생각이었다. 엄마는 너무 심약하기 때문에 아무도 걱정을 끼치고 싶어하지 않았다.

린다는 눈물을 글썽이며 한 마디 말밖에 할 줄 모르는 미술상의 품에 안겼다.

"You're a funny girl, you know……."

중앙 경찰서에서는 말세에 버금가게 혼란스러운 커다란 중앙 홀에 사람들을 오랫동안 세워 두었다. 권총과 큰 몽둥이, 무전기, 그리고 두세 개의 다른 물긴들 때문에 허리춤이 접힌 경찰들이 왔다 갔다 하고, 문이 쾅 닫히고, 전화기가 시끄럽게 울어 대고, 고함치는 소리가 들렸다. 긴 안내대 뒤에 서 있는 공무원 두 명만 이런 난장판에서 비켜나 있었다. 그들은 전혀 상관없다는 듯 무심하게 다른 곳을 바라보다가, 기다림에 지친 사람들의 질문에 건성으로 답하고 있었다.

드디어 린다와 브래드스톡 아저씨가 끝없이 긴 복도를 지나 2층 사무실로 안내됐다. 한 남자가 수사관과 대토론을 벌이고 있었다.

"Gaspard!"

린다가 소리쳤다.

"This is Gaspard, Némo's cousin."

린다는 브래드스톡 아저씨를 위해 덧붙였다.

"Nice to meet you!"

브래드스톡 아저씨가 가스파르에게 악수를 청하면서 말했다.

"Nice to meet you!"

가스파르는 탐탁지 않아 하며 작은 목소리로 똑같이 말했다.

린다는 뒤를 돌아보았다. 네모가 한쪽 구석 나무 의자에 앉아 자기를 쳐다보고 있었다.

"I love San Francisco."

네모가 빈정거렸다.

"You're blond, too!"

브래드스톡 아저씨가 조금 놀라며 말을 이었다.

"You look freaky."

뒤이은 설명은 끝이 날 것 같지 않았다. 린다의 아버지가 경찰서장과 전화로 장황하게 대화를 나누었다. 하지만 까다로운 수사관은 모든 것을 빠짐없이 확인하고 기록하길 원했다. 뉴욕, 뉴올리언스, 휴스턴에서 있었던 일들……. 네모의 관점, 린다의 설명, 가스파르

네모의 단어장

* **How old are you?** 몇 살이야?
  How tall are you? _ 키가 얼마나 되니? / **How far is it?** _ 얼마나 멀지?
  How many? _ 얼마나 많이? / **How often?** _ 얼마나 자주?

* **I'd rather die!** 차라리 죽고 싶어!
  I had rather(I'd rather) _ ~하는 게 더 좋다, ~가 더 하고 싶다.
  I had better(I'd better) _ ~하는 편이 좋다, ~하는 게 낫다.
  You'd better be quiet. _ 조용히 하는 게 좋아.

* **So much, Such** 강조를 위한 표현
  So much trouble _ 그렇게 많은 문제 / Such a mess _ 그런 혼란

* **We might save your Némo** 우린 너의 네모를 구할 수 있을거야.
  We may save Némo. '네모를 구할 수 있을 거야'보다 좀 더 불확실한 표현.

Leave me alone! 날 좀 내버려 둬!
Seem ~처럼 보인다.
Listen, stupid. 내 말 잘 들어, 이 멍청아.
bother 괴롭히다, 귀찮게 하다 → If you keep bothering me _ 네가 계속 나를 귀찮게 하면
German 독일인, 독일어
Selfish 이기적인
murderer 살인자
be in trouble 말썽을 일으킨, 곤경에 처한 / **get into trouble** 말썽을 일으키다
My father wanted me back 우리 아빠는 내가 돌아오기를 바랐지.
medicine 약, 약물
a funny girl 재미있는 여자애
a few 몇몇, 약간 / **few** 거의 없는
creepy 오싹한, 을씨년스러운 / **creep** 기다 / **a creep** 비열한 놈, 시시한 놈
late 늦게 / **later** 뒤에, 나중에
freaky 야릇한, 이상한 / **a freak** 마약중독자
matter 문제, 일 → What's the matter? _ 무슨 일이야? 무슨 문제야?
put an end 끝내다

의 의견, 브래드스톡 아저씨의 해석……. 수사관은 각각의 세부 사항을 재검토하고 손가락 두 개로 컴퓨터에 힘들게 입력을 했는데, 그 때문에 시간이 한없이 걸렸다.

네모와 린다는 힐끔힐끔 서로를 자주 훔쳐보았다. 두 사람 다 어떻게 행동해야 할지 몰랐다. 하지만 마르타 할머니의 가족을 찾아다닌 이야기는 꺼내지 않았다. 어떤 일이 있어도 그건 둘만의 비밀로 간직할 생각이었다.

이상하게도 네모는 린다에게 화가 나지 않았다. 물론 린다가 자기한테 갖은 고생을 시키고, 계속해서 거짓말을 하고, 감옥까지 가게 했지만, 사실 이 권총 이야기의 책임이 전부 린다한테 있는 것도 아니었다……. 게다가 린다는 모든 걸 고백했다. 그 무서운 아버지에게. 또 지금은 경찰서장에게도. 결국 린다가 자기를 구한 것이었다. 그리고 적어도 린다와 함께 있으면 절대로 심심하지 않았다!

린다도 네모를 바라보았다. 분명히 자기한테 원망의 마음을 품었을 텐데……, 네모는 역시나 온순했다. 때론 너무 얌전했다. 그게 결국엔 짜증스럽기도 했다! 하지만 린다는 그 little French boy가 정말 잘 견뎌 왔다는 건 인정해야 했다. 네모는 불만도 터뜨리지 않고, 진짜로 감옥살이를 해냈다! 네모에겐 인내심이 있었다.

한 시간 반쯤 지난 뒤 수사관이 드디어 충분히 알아냈다고 판단한 모양이었다. 모두가 일어나서 복도 쪽으로 나가는데 린다는 네모가 가스파르를 따로 끌어당기는 모습을 보았다. 귀를 기울여도 소용이 없었다. 린다는 프랑스어 몇 마디만 들을 수 있었다. '보증금'이니 '환불'이니 하는 말들이었다.

가스파르는 고개를 저었고, 네모는 고집을 부렸다……. 둘은 결국 수사관의 사무실로 다시 들어갔고, 린다와 브래드스톡 아저씨 앞에서 사무실 문이 닫혔다.

"What's the matter?"

브래드스톡 아저씨가 물었다.

"I really don't know."

린다가 걱정스럽게 대답했다. 10분쯤 지나고 문이 다시 열리더니 네모와 가스파르가 웃으면서 나타났다.

"That's all, folks. I think we can put an end to this story."

린다는 감히 아무것도 물어볼 수가 없었다. 자기가 나설 자리가 아니었다. 그보다 누군가의 생각이 바뀌기 전에 빨리 여기서 나가는 게 급선무였다.

중앙 홀에서 가스파르가 마지막으로 서류에 서명을 하는 동안, 린다는 네모가 갑자기 뒤돌아 입에 손가락을 갖다 대는 모습을 보았다. 조용히 하라는 시늉을 할 때처럼. 린다는 네모와 같은 쪽을 바라보았다.

누군가 네모에게 손짓을 했다. 찢어진 청바지와 일록달록한 튜닉을 입은 이상한 여자였다.

경찰서의 회전문을 밀면서 여자는 다시 한 번 네모를 쳐다봤다. 그러고는 입술을 과장되게 움직여 소리 나지 않게 두 마디를 해 보였다. 린다는 금방 이해했다. 확실히 이 말이었다. "Thank you."

13. 녹색 광선

1520, 1522, 1526……. 한결같이 페인트칠이 되어 있는 집들이었다. 길이 어찌나 가파른지 주택들은 좀 더 균형을 잘 유지하기 위해 서로 기대어 층층이 들어서 있었고, 차들은 좀 더 안전하게끔 바퀴가 보도 쪽을 향해 서 있었다.

린다는 이 곳 사람들은 기울어진 채 살고 있다는 생각이 들었다. 동네 주민들도 역시 기울어지 있을까? 아무튼 일단 구름이 걷히고 나자, 언덕은 만 위로 멋진 장관을 보여 주었다. 반도인데다가 구릉이 많은 이 마을에서는 고층 건물 모퉁이를 돌거나 길 아래쪽으로 내려갈 때마다 바다가 조각조각 보이곤 했다.

그런데 1524번지는 어디 있는 걸까? 네모와 린다는 출발했던 곳으로 되돌아가 보았다. 좁은 골목 하나가 집 두 채 사이에 숨어 있어서 눈에 잘 띄지 않았던 것이다. 쑥 들어간 그 길 끝에 작은 울타리가 있었는데, 바로 거기였다.

우편함에는 고운 로만체 글씨로 이름이 쓰여 있었다. Martha S. Southwell. 네모와 린다는 가슴이 뛰는 걸 느끼며 서로를 바라보았다.

둘은 천천히 앞으로 나아가 티임과 재스민 향이 나는 정원을 가로질렀다. 안쪽에, 파란색 칠이 되어 있고 초록색 덧창이 있는 작은 나무 집이 마치 꽃 속의 비밀처럼 숨어 있었다.

현관 입구 방충망 옆에 소박하게 생긴 종이 걸려 있었다. 린다가 머뭇거리다가 종을 울렸다.

한참이 지났다. 둘은 집이 비어 있는 게 아닐까 하는 생각이 들었다. 폐가일까? 아니었다. 모든 것이 정돈돼 있는데다 창가에는 커튼도 걸려 있었고 정원도 완벽하게 가꾸어져 있었다…….

가벼운 발소리가 들려왔다. 누군가가 오고 있었다. 잠금쇠를 풀고 방충망을 미는 소리가 난 뒤, 자그마한 할머니가 나타났다. 백발을 곱게 묶은, 구겨진 종이처럼 주름이 많은 할머니였다. 하지만 얼굴빛은 환했고, 존경심이 우러나게 하는 도도한 표정이었다.

"Yes?"

할머니 목소리가 가볍게 떨렸다.

이유를 설명할 순 없었지만, 네모의 눈엔 이 꼬부랑 할머니가 아름답게 보였다. 할머니는 수수한 원피스를 입고 목둘레에 알이 작은 진주 목걸이를 걸고 있었다. 목걸이도 같이 떨렸다. 용기를 내어 먼저 말을 건넨 건 린다였다.

"Are you Miss Martha?"

할머니의 검은 눈이 린다의 눈을 뚫어져라 바라보았다.

"Who are you?"

할머니가 대답하지 않고 물었다.

"I'm Linda. And this is Némo. We would like to talk to you about……. (린다는 잠깐 머뭇거렸다.) About Jimmy……, Jim Grant."

마르타 할머니는 놀라움을 감추지 못했다.

"Jim Grant?"

"Yes, the young soldier who went to Europe in 1944."

"Jim? You want to talk about my Jimmy?"

린다와 네모가 동시에 고개를 끄덕였다.

할머니는 둘을 다시 한 번 빤히 쳐다보고는 안으로 안내했다.

몇 시간이나 이야기를 나누었을까? 네모는 알 수 없었다. 네모는 린다에게 영어로 모든 이야기를 해 달라고 부탁했다. 하지만 세부사항을 덧붙이거나 정확한 설명을 위해 네모도 자주 끼어들었다.

도자기로 된 꽃병과 말린 꽃다발로 풍성하게 꾸민 작은 거실에서 마르타 할머니는 시선을 고정하고, 이야기를 들었다. 이야기가 계속되는 동안 할머니는 내내 한 마디도 하지 않았고, 꼼짝도 하지 않았다. 손수 내온 찻잔에 손도 대지 않았다. 할머니의 깊은 눈이 린다에게서 네모로, 네모에게서 린다로 옮겨졌다. 하지만 주름투성이 얼굴은 무표정하기만 했다!

상륙 후에 짐이 부상을 당했다는 이야기에 마르타 할머니는 가볍게 떨었을 뿐이다. 네모는 그 모습을 놓치지 않았다. 그리고 네모와 린다가 루이지애나에서 '수취인 불명'이라고 찍혀 되돌아온 편지들에 대해 이야기했을 때, 할머니는 고개를 천천히 끄덕였다. 하지만 그게 다였다.

독일에서 일어났던 일을 이야기하기 전에 린다는 다시 한 번 망설였다. 그렇게 망설이는 게 바보 같아 보일지도 몰랐다. 짐이 죽은 지 벌써 50년도 더 됐으니까. 하지만 그건 마치 방금 전에 일어난 일처럼 알리기 힘든 소식이었다. 마르타 할머니는 좀 더 강한 눈빛으로 린다를 바라보았다. 물론 할머니는 알고 있었다. 그럴 거라고 짐작했었다…….

린다는 마지막으로 네모와 자기가 어떻게 뉴올리언스의 옛날 연주자들과 산마르코스의 어린 주디를 만나 그들이 가르쳐 준 정보를 가지고 할머니를 찾아낼 수 있었는지 이야기했다.

그러고는 아주 긴 침묵이 흘렀다. 더 이상 덧붙일 말은 아무것도 없었다. 마르타 할머니는 당당한 얼굴로 입을 꾹 다물고 있었다. 할머니의 눈빛은 보이지 않는 세상에 빠져 있었다.

용기를 내어 침묵을 깬 건 네모였다. 네모는 주머니에서 누렇게 빛바랜 봉투를 꺼내 할머니에게 내밀었다.

"Jim's letter."

네모가 짧게 말했다.

마르타 할머니는 봉투를 받아 들고 한참을 쳐다보고 나서야 편지를 꺼냈다. 할머니 손이 떨렸다.

네모와 린다는 동시에 일어나 벽에 걸린 사진을 보는 척하며 멀찌감치 물러났다.

세월에 빛바랜 아주 낡은 사진들이었다. 그리고 모두 같은 사람의 사진이었다. 때때로 아주 우스꽝스럽게 생긴 모자를 쓰기도 한, 키 큰 흑인 소녀.

그리고 그 중에는 작은 무대에 서서……, 색소폰을 연주하고 있는 사진도 있었다. 네모와 린다가 마주 보았다. 지미였다!

둘은 다음 사진을 꼼짝 않고 바라보았다. 뺨을 맞댄 두 사람의 얼굴이 크게 나온 사진이었다. 반짝이는 눈, 툭 튀어나온 광대뼈, 넓은 이마의 지미와 별처럼 아름다운 긴 머리의 젊은 마르타였다.

"He loved me, he had always loved me, I knew it, I knew it……."

네모와 린다는 뒤를 돌아보았다. 할머니가 울고 있었다.

"I knew it, I knew it."

서로 짠 것도 아니었는데, 네모와 린다는 다시 한 번 똑같이 행동했다. 몸을 숙여 마르타 할머니 팔에 손을 올려놓고 슬픔을 달래 주려 했던 것이다.

"I knew it."

이번에는 마르타 할머니가 작고 부드러운 목소리로 이야기를 시작했다. 할머니는 전쟁이 터지기 전, 지미와 자기가 루이지애나에서 어떻게 서로 알게 되었으며, 피부색이 다른데도 어떻게 서로 사랑에 빠지게 되었는지 이야기했다. 두 사람은 뉴올리언스에서 멀리 떨어진 강가에서 몰래 만나곤 했고, 서로 순정을 맹세했다. 하지만 그 뒤 짐은 군인이 되어 프랑스로 가서 전쟁에 참가하게 되었다.

그러던 어느 날 모든 것이 틀어졌다. 이웃 사람 하나가 두 사람을 고발했고, 소문이 돌았다. 그리고 Ku Klux Klan이 나선 것이다. 짐의 가족은 마을에서 완전히 쫓겨났고, 마르타는 '창녀', '흑인들의 여자' 취급을 당했다……. 마르타의 가족들은 그 모든 이야기를 그쯤에서 끝내려고 멀리 떠나기로 결정했다. 가족들은 더 이상 짐 그랜트에 대한 이야기를 듣고 싶지 않아 했다. 짐 그랜트는 처음부터 존재하지 않았던 사람이었다.

하지만……, 마르타는 망설였다……. 마르타에게는 그것이 이야기의 끝이 아니었다. 마르타는 지미를 사랑했고……, 아기가 태어나기를 기다리고 있었다. 그래서 가족 곁을 떠나 사람들이 자기 아기를 빼앗아 가지 못하도록 한참 동안 숨어 지냈다. 마르타는 짐이 돌아와서 아기를 돌봐 줄 날을 기다렸다.

몇 달이 흘렀다. 마르타는 짐이 다시는 돌아오지 않는다는 걸 깨달았다. 하지만 이미 순정을 맹세한 터였다.

마르타는 짐이 자기를 언제나 사랑했다는 것을 알고 있었다. 그리고 이제 이 편지가 할머니에게 그것을 증명해 주었다. 그렇다, 짐은 자기를 사랑했고……, 자기와 결혼하기를 원했다! 그렇다. 마르타는 짐에게 순정을 지킬 이유가 있었다. 마르타는 평생토록 혼자 살았고, 짐의 여자로 남았다.

할머니는 숨이 차는지 이야기를 멈추었다.

"Our son lives in San Francisco too."

할머니가 덧붙였다.

"What's his name?"

린다가 물었다.

마르타 할머니 입가에 미소가 되살아났다.

"His name is……, Jim! Of course! And you know what? He's a saxophonist, too."

할머니는 지쳤다……. 감정이 갑자기 너무 한꺼번에 북받쳐 올랐기 때문이다. 네모와 린다는 이제 그만 작별할 시간이 됐다는 것을 깨달았다. 하지만 할머니는 네모와 린다를 잠깐 더 붙잡아 두었다. 할머니는 두 사람과 쉽게 헤어질 수 없었다. 거의 새로운 가족이나 다름없었으니까…….

마르타 할머니는 네모와 린다에게 저녁때 다시 와서 자기 아들 짐 주니어와 인사하겠다는 약속을 받아 냈다. 그들은 약속했다.

네모와 린다가 샌프란시스코의 다른 쪽 끝, 오션 비치에 다다랐을 때엔 이미 해가 지고 있었다. 이 곳은 청소년들의 만남의 장소였다. 그리고 여기서의 만남은 일종의 의식처럼 정해진 순서대로 이루어졌다. 먼저 도시 한복판을 향해 거의 60여 구역이나 이어져 있는 금문교 공원에서 조깅을 하거나 인라인스케이트를 탄다. 거기도 뉴욕의 센트럴 파크와 마찬가지로 주말에는 내부 도로에 차량 통행 금지였다. 그리고 해질녘에는 서쪽 맨 끝, 태평양이 마주 보이는 백사장의 긴 해변 위에 자리를 잡는다. 그러곤 연인끼리, 아니면 작게 무리를 지어 모여 앉아서 석양을 기다리는 것이다.

네모는 기분이 좋았다. 먼 바다에서 불어오는 산들바람 덕에 그렇게 덥지도 않았다. 해변은 너무나 분주한 이 도시에 항상 휴가철 같은 분위기를 만들어 주고 있었다.

린다가 말했다.

"That's why San Francisco is so great. You have everything in one place, the big city and the sea, skyscrapers and small houses like Martha's……. And sometimes, you can see whales."

"Whales?"

네모가 물었다.

"Yes, 불어로는 뭐라고 하더라? 고래……, 가끔씩 고래가 해변 앞을 지나갈 때도 있거든."

"와! 정말 보고 싶다……. 여기가 그렇게 좋으면 여기서 살지 그러니?"

"I could……. But, you know, New York is my home. I was born there. I am a true New Yorker!"

"맞은편에, 저기 멀리 아시아가 있어."

네모가 다시 말했다.

네모와 린다는 함께 먼 바다, 수평선을 바라보았다. 해가 지기 시작했다.

"Maybe we will see the green sunset."

린다가 말했다.

네모는 못 알아듣겠다는 의미로 입을 삐죽거렸다.

"Yeah. 녹색 광선……. 태양이 사라지는 바로 그 때, 녹색 광선을 볼 수 있거든. 바다 위로……. It's so beautiful."

린다의 목소리는 작고 날씬했다. 네모는 린다를 곁눈질로 보았다. 사실 린다는 마치 두 명의 여자가 합쳐진 것 같았다. 신경질적이고 변덕스러운 린다, 간단히 말해……. 네모에게 온갖 고생을 하게 만든 귀찮은 여자, 그리고 다른 하나는 상냥하고 재미있고 곤경을 잘 헤쳐 나가는 린다. 네모가 좋아하는, 용감한 모습의 여자. 결국은 모든 여자가 다 그런 것일까?

하지만 네모도 한 가지만큼은 인정해야 했다. 일이 모두 해결되고 자기 아버지의 처벌의 위협이 사라지자마자 린다는 천사가 되었다는 것을.

"Look!"

천사가 소리쳤다.

"It's starting……."

먼 바다에서 붉은 태양이 빠른 속도로 바다 속으로 사라지고 있었다.

"I love sunsets."

린다가 네모에게 몸을 바싹 기대면서 중얼거렸다.

주황색 화관이 점점 작아지다가 깨알만 해졌다.

"Look, look……."

네모도 정신을 집중해 수평선을 응시하고 있었다. 그리고…….

"Ouaaouh!"

무지갯빛이 감도는 가느다란 초록색 띠가 수평선을 도드라지게 만들었다. 사실 눈여겨볼 겨를도 없었다. 광선은 눈 깜짝할 사이에 기울더니 이내 사라졌다.

주변에서 몇몇 사람들이 박수 치는 소리가 들려왔다. 네모는 뒤를 돌아보았다. 캘리포니아 사람들은 참 희한했다. 그들은 인라인 스케이트를 타고 회사에 가고, 줄곧 조깅을 하고, 태양을 보며 박수를 친다……. 하지만 네모도 따라서 박수를 쳤다. 뭐 안 될 이유라도 있나?

네모와 린다는 아무 말도 하지 않고 움직이지도 않았다. 네모는 자기들이 자랑스럽게 느껴졌다. 날씨도 화창했고, 안개도 걷혔고, 마르타 할머니도 찾아냈다.

네모는 자기가 뉴욕의 JFK 공항에 도착했던 날을 떠올려 보았다. 만약 누군가가 자기가 앞으로 이런 일들을 겪게 될 거라고 미리 알려 줬다면, 믿었을까? 네모는 이제 자기가 거의 미국인처럼 여겨졌다. 사실, 아직 완전히는 아니었지만.

네모는 이 모든 것을 파니 할머니에게 말하고 싶어 맘이 조급했다. 프랑스랑은 시차가 아홉 시간이 나기 때문에 낮 동안에는 통화를 할 수가 없었다. 하지만 내일 아침이 되면 바로 전화할 수 있었다. 믿기 어려운 마르타 할머니 이야기를 들으면 파니 할머니는 한동안 정신을 못 차릴 것이다.

"Can you imagine?"

네모가 중얼거렸다.

"마르타 할머니 말이야……, 다른 남자를 만난 적이 한 번도 없다는 것……. Only Jimmy."

린다가 웃었다.

"나도 똑같은 생각을 했어. It's an incredible love story!"

네모는 잠시 머뭇거렸다. 그리고 질문을 했다.

"넌 사람들이 그렇게 평생 한 사람만 사랑할 수 있다고 믿니?"

린다는 곧장 대답하지 않았다.

"Yes……, 진정한 사랑을 만난다면……."

"진정한 사랑이 뭔데?"

"You know……. 네가 사랑한다고 확신하는 것. 모든 것을 말하는 것. 그 사람이 없으면 만족하지 못하고, 그 사람과 함께 있으면 기쁜 것. 항상 같은 것을 생각하지는 못해도 모든 것을 함께하고 싶은 것."

린다는 역시 낮은 목소리로 말했다.

"그 사람을 꿈꾸는 것. 그리고 그 사람이 행복하기를 바라는 거야. It's very important. 그 사람이 행복하기를 바라는 것. 자신을 사랑하는 게 아니라, 그 사람을 사랑하는 거지."

"그런 사랑이 아직도 존재할까? 그건 마르타 할머니의 시대에만 가능했던 거 아닐까? 그러니까 할머니가 젊었을 때 말이야."

"물론이야, 지금도 존재해. I think so. But……."

"그런데 뭐?"

"그런데 모든 사람에게 그런 건 아니야."

"그럼 누구한테 그래?"

"Maybe only for a few people. 큰 꿈을 가지고 있는 사람들, 자기 꿈을 믿는 사람들에게……."

네모는 린다를 바라보았다. 이 귀여운 여자 애는 정말이지, 기상천외했다.

"어떻게 그런 걸 다 알아?"

"You know, 난 생각을 많이 했거든……. 그리고 내겐 큰 꿈이 있으니까……."

이제 날이 어두워졌다. 몇몇 연인들이 아직 모래사장에 남아 있었다. 첫 번째 별들이 나타나기 시작했다.

"Némo……."

"What?"

"I'm sorry……."

"Sorry? Why?"

"I'm sorry……, for the……prison, and so many things. Please, forgive me."

린다는 네모가 아니라 하늘에 온통 맘을 빼앗긴 것처럼 보였다.

어둠 속에서 린다의 두 눈만 작은 별처럼 반짝였다. 그리고 반사된 빛이 탈색된 머리카락을 무지갯빛으로 보이게 했다.

"OK. It's OK."

네모가 대답했다.

물론 네모는 린다를 용서했고, 결국 좋아하게 되었다. 정말로 많이……, 특히 린다가 이럴 때는…….

"다른 곳에도 생명이 있다고 믿니?"

네모가 화제를 바꾸려고 질문을 했다.

"Sure."

"Why?"

"Why not? Why should life exist only on the Earth? There is life in other galaxies. But they are very far away. One day, we will get there!"

네모는 감히 린다를 바라볼 수가 없었다. 린다는 네모의 어깨에 머리를 기대고 너무 가까이 있었다. 린다는 아주 부드럽고, 아주 예뻤다……. 네모는 린다에게 뭔가 다정한 말을 해 주고 싶었다.

"넌 네가 화성에 가게 될 거란 걸 알고 있어. 넌 그럴 자격이 있어. You deserve it, you'll be a great astronaut……."

장래의 우주 비행사는 대답이 없었다. 린다는 네모를 향해 천천히 고개를 들었다. 네모는 린다의 부드러운 입술이 자기 입술에 와 닿는 걸 느꼈다. 그리고 눈을 감았다.

네모와 린다는 약속 시간에 좀 늦었다. 오케스트라가 막 무대를 떠난 뒤였고, 아직 다음 연주자들이 올라오지 않은 상태였다. 이야기 소리가 어두운 공간을 꽉 채웠다. 자기 말이 들리게 하려면 소리를 질러야 할 정도였지만, 네모에게는 그것이 불편하지 않았다. 네모는 더 이상 할 말도, 덧붙일 말도 없는 것처럼 느껴졌다. 여행 막바지에 네모는 너무 많은 일들을 겪었고, 너무 많이 불행했고, 또 너무 많이 행복했다……. 네모는……, 그렇다, 네모는 '나이가 들어 버렸다'. 네모는 감정이 바닥났음을 느꼈다. 네모는 오직 한 가지만을 바랐다. 짐 주니어, 그러니까 마르타와 짐의 아들이 무대에 올라 색소폰을 연주해서 그 소리로 이 모든 잡음을 잠재우는 것.

네모네 일행은 나무 탁자 주위에 모여 앉아 있었다.

우아하게 미소짓고 있는 마르타 할머니가 린다와 네모 사이에 자리를 잡았고, 가스파르 형과 초저녁부터 합류한 아름다운 무용수 레아 누나, 그리고 입술에 살짝 미소를 띠고 터키식 칵테일을 홀짝이고 있는 제이크 브래드스톡 아저씨…….

자리가 나기를 기다리면서 바 주변에 모여 있는 젊은 손님들의 수로 평가한다면, 이 재즈 클럽은 상당히 인기 있는 식당이었다. 무대 바로 옆에 앉은 네모에게는 입구가 거의 보이지 않았다. 실내는 널찍했고, 온통 짙은 색 목재로 장식돼 있었다. 희미한 촛불에 의지해 프랑스어로 쓰여 있는 메뉴를 읽었다. 게다가 모든 것이 프랑스를 떠올리도록 만들어졌다. 빨간색과 흰색의 바둑무늬 작은 냅킨이 접시 옆에 앙앙이 놓여 있었고, 바구니에 바게트가 담겨 있었다. 그리고 종업원들은 "meeeci."와 "sivouplaît."라고 말하려고 애썼다.* 네모는 이 곳에서는 프랑스를 '아주 멋지게' 받아들이고 있다는 것을 잘 알 것 같았다.

게다가 브래드스톡 아저씨와 가스파르 형은 포도주에 대한 열띤 토론에 빠졌다. 언제나 예절 바른 제이크 브래드스톡 아저씨는 프랑스 포도주, 특히 부르고뉴산 포도주를 좋아했다. 하지만 캘리포니아에 자주 가는 가스파르 형은 미국의 포도밭을 옹호했다. 아아, 나파 밸리의 청포도 묘목! 거꾸로 된 세상이었다. 결국 두 사람은 의견 일치를 봤다. 각 나라별로 한 병씩, 모두 두 병을 시키기로.

네모는 브래드스톡 아저씨가 이따금씩 레아 누나를 바라보는 것을 알아챘다. 마치 '가스파르는 참 운이 좋군.' 하는 듯한 표정을 지으면서. 레아 누나는 가스파르 형의 손에 깍지를 낀 채 모두에게 웃으면서 이야기하고, 설명하고, 네모와 린다의 모험에 대해 질문을 하기도 했다. 사흘 전, 누나는 미국 순회공연을 마쳤다. 그것도 무용수로서뿐만 아니라 안무가로서 첫 무대였다. 누나의 무용 〈빛 속에서〉는 호평을 받았고, 아주 유명한 무용단인 샌프란시스코 발레단에서 누나에게 작품을 의뢰할 계획이었다. 네모는 탁자를 가로질러 몸을 기울이고 대화를 들으려고 노력했다.

레아 누나는 우아한 손놀림으로 투명한 선을 그려 가며 이야기를 했다.

* '고맙다'는 뜻의 프랑스어 단어 merci와 'please'에 해당하는 si vous plaît를 제대로 발음하지 못하는 미국인들의 모습을 나타낸 것이다.

"저는 고대 여인들에게서 현대성을 찾아내고 싶은 거예요. 안무가들은 로마와 그리스 등에 관심이 많아요. 저는 훨씬 더 오래된 고대 세계에 매료돼 있지요. 바로 이집트예요. 날씬하고 활동적인 고대 이집트 여인들은 우리의 누이들과 같지요."

가스파르 형이 네모 쪽으로 돌아앉았다.

"우리가 함께 이집트에 갔던 거 기억하지?"

"당연하지!"

네모가 말했다.

하지만 네모는 그 여행이 마치 아주 오래 전에, 거의 다른 삶에서 일어난 일처럼 느껴졌다. 어쨌든 다른 책 속에서. 네모가 덧붙였다.

"이집트에 다시 가고 싶어. 나도 컸으니까……, 다른 것을 볼 수 있을 거야."

레아 누나가 웃으면서 맞장구를 쳤다.

"그건 정말 맞는 말이야, 네모야. 사람은 자라면서 다시 발견하게 되거든. 내게는 아주 어렸을 때부터 나를 꿈꾸게 했던 채색된, 무덤 그림 속의 여자가 있어. 그 여자를 다시 보고 싶어. 지금의 나에겐 어떤 의미일지 알아보고 싶어."

"아, 이집트……."

가스파르 형이 레아 누나의 아름다운 눈을 바라보며 중얼거렸다.

두 사람은 서로에게서 눈을 뗄 줄 몰랐다. 네모는 둘 사이에 열기나 전류가 흐르는 것 같다고 생각했다. 언젠가는 어떤 여자가 자기를 그렇게 바라보게 될 날이 오려나? 린다……. 마르타 할머니 오른쪽에 앉아 있는 네모에게는 친구의 가냘픈 옆모습만 살짝 보일 뿐이었다. 친구? 그래, 이번에는 친구였다. 그건 분명했다. 단지 친구일 뿐일까?

린다는 지금 마르타 할머니에게 프랑스어로 오고 가는 대화를 문장마다 통역해 주느라 바빴다. 두 사람은 서로에게 몸을 기울이고 있었다. 마치 루이지애나의 할머니와 뉴욕의 어린 응석받이가 비밀 연대라도 맺은 것 같았다.

갑자기 모두들 입을 다물었다. 다른 연주단이 무대에 올랐던 것이다. 그리고 바로 그 중에 색소폰 연주자 짐 주니어가 있었다. 마르타 할머니의 아들이었다.

네모와 린다는 순간 똑같은 미소를 지으며 서로를 바라보았다. 물론 짐 주니어는 나이가 꽤 든 아저씨였다. 네모와 린다에게는 짐 주니어의 아버지가 항상 20대 청년이었는데 말이다. 짐 주니어는 움직임이 꽤나 둔하기까지 했다. 약간 비만이었다.

하지만 짐 주니어 아저씨가 첫 번째 솔로에 들어갔을 때, 비할 수 없이 아름다운 색소폰 선율이 다른 모든 소리를 잠재웠다. 네모는 베티 블루스와 윌버트 할아버지가 생각났다. "His sax……, it was like a human voice……." 윌버트 할아버지가 그렇게 말했었다. 아들의 재능 덕분에, 전쟁 전의 짐이 그들에게로 돌아왔다. 그 순간 네모는 린다가 눈을 반짝이며 그를 바라보는 것을 보았다. 웃음인지 눈물인지, 네모는 알 수 없었다.

네모네 일행은 마지막까지 재즈 클럽에 남아 있었다. 연주자들은 쉬는 시간마다 이마의 땀을 닦고 물을 마시고, 또다시 연주했다. 그날 저녁은 다른 날들과는 달랐다. 마르타 할머니는 때때로 마치 자기만의 세상에 빠져든 것처럼, 눈을 감고 조용히 음악을 들었다. 자기 혼자만 아는 세상……. 어느 순간 마르타 할머니가 그 작고 마른 손을 네모의 손 위에 포개며 중얼거렸다.

"Thank you."

네모가 지금까지 들어 본 가장 아름다운 찬사였다.

"Miss Martha, do you live alone with your son, Jim?"

린다가 물었다.

마르타 할머니가 왼쪽에 있는 린다를 바라보고, 다시 오른쪽에 있는 네모를 본 다음 고개를 저었다.

"I live all alone in my little house, just the way I want to. But I am not lonely. I have a son, four grandchildren, and seven great-grandchildren!"

할머니가 다시 말을 바로잡았다.

"Jim and I, we have a son, four grandchildren, and seven great-grandchildren……."

린다가 마르타 할머니의 귀에 대고 뭔가를 속삭였다. 마르타는 고개를 끄덕이며 린다의 손을 다정하게 꼭 쥐고 네모를 향해 몸을 돌렸다.

"Linda would like to read the letter……."

편지! 정말 대단한 린다, 린다는 포기라는 단어를 전혀 모르는 아이였다.

할머니는 탁자를 장식하고 있는 촛불 두 개를 린다 쪽으로 끌어당겨 좀 더 환하게 만들어 주었다. 그러고는 실로 뜬 작은 주머니 안에서 그 소중한 편지를 꺼내 린다에게 내밀었다.

네모는 외따로 떨어져 있는 것처럼 보이는 제이크 브래드스톡 아저씨에게로 몸을 돌렸다. 그러고는 딱히 뭐라고 할 말을 찾지 못한 채 말을 시작했다.

"Euh……, Mr. Bradstok, 주황색 전시회는요? 그림이 좀 팔렸나요?"

브래드스톡 아저씨가 갑자기 고개를 들었다.

"Actually……, 사실 딱 하나 팔렸난나. 근데 그게 뭔지 아니, 네모야?"

"어……, 아니요."

"파란 그림!"

아저씨는 비밀스럽게 덧붙였다.

"하지만 해링턴 부인이 그걸 보고 집을 다시 꾸미고 싶어해. 내 생각엔 주황색이 아주 유행이야……."

네모는 린다를 살짝 보았다. 린다는 자기에게 향하는 눈길을 느끼기라도 한 듯 고개를 들어 네모에게 미소를 지었다. 그러고는 다시 편지를 읽는 데 몰두했다.

무대 위에서는 짐 주니어가 색소폰에서 마치 다른 곳, 다른 시간

네모의 단어장

*** 주의해야 할 복수형 몇 가지**

man → men(남자) / woman → women(여자) / child → children(아이)
tooth → teeth(이, 이빨) / foot → feet(발) / life → lives(삶)
half → halves(절반) / knife → knives(칼) / wife → wives(아내)
leaf → leaves(나뭇잎)

*** 복수와 단수가 같은 단어들**

hair 머리카락 / luggage 짐 / fruit 과일 / the police 경찰

*** people은 3인칭 복수형 동사를 수반한다.**

People are happy.

skyscraper 고층 건물, 마천루
small houses like Martha's 마르타의 집처럼 작은 집들
whale 고래
sunset 노을, 일몰
start 시작하다
prison 감옥
so many things 많은 것들
forgive(forgave, forgiven) 용서하다
deserve ~할 만하다, ~할 만한 가치가 있다.
all alone 혼자, 홀로
lonely 외로운, 고독한
grandchildren 손자들 / great-grandchildren 증손자들
actually 사실, 실제로
eventually 결국

에서 온 사람의 목소리처럼 슬프고 애절한 소리를 끌어내는 즉흥 솔로를 연주하며 날아오르고 있었다. 연주자는 밤이 끝나기를 원하지 않았다. 그 밤은 위대한 밤, 훌륭한 밤이었으니까. 오랜 세월이 지나고, 자기 아버지와 어머니가 자기들만의 방법으로 재회한 밤이었으니까 말이다.

에필로그

Paris, France, September 24, 1944

My beloved Martha,

Where are you? What happened to you? My last letters came back. Where are you, my love? I miss you so much, so much…….

If something terrible happened, if you cannot write to me, remember the Better Blues. Try to leave me a message. I give this letter to my friend Guy. Maybe he will find you.

My darling, so many things have happened in the past three months. On June 6, I arrived in Normandy with the American Army. When I jumped with My parachute, I thought,

1944년 9월 24일, 프랑스 파리에서

사랑하는 마르타에게

당신은 어디에 있나요? 혹시 무슨 일이 있는 건가요? 내가 보낸 편지들이 모두 되돌아왔답니다. 내 사랑, 어디에 있는 건가요? 나는 당신이 너무나, 너무나 그립습니다…….

만일 끔찍한 일이 생긴 거라면, 만일 내게 편지를 쓸 수 없다면, 베티 블루스를 기억해요. 그 곳에 메시지를 남겨요. 난 이 편지를 내 친구 '기'에게 줄 거예요. 아마 그 친구가 당신을 찾아 주겠죠.

나의 사랑, 지난 3개월 동안 너무도 많은 일들이 일어났어요. 6월 6일, 나는 미군과 함께 노르망디에 상륙했지요. 낙하산을 타고 뛰어내리면서 난 이렇게 기도했어요. "하나님, 부디 마르타를 다시

'God, please let me see Martha again.'

I broke my leg. Around me, there was complete terror and confusion. The sounds, Martha, the sounds of war……. Nothing prepared me for that. I saw people dying……. Young people, friends…….

The Germans were everywhere. And I prayed, 'God, please let me see Martha again.' A man came and helped me : it was Guy. He became my friend. He was working with the Resistance. He is a real hero. He found a place for me to hide. Everyday, he brought me food and medicine. Thanks to Guy, I can walk again. He saved my life.

After two weeks, I went back to the US Army. I stayed in a military hospital, and the doctors were good to me. But I was back in real America, back to segregation. I was in the 'colored' section of the hospital. Do you know that, for blood transfusion, they separate 'white blood' and 'black blood'?

Well, I am not a scientist, but I have seen men dying. There is no 'black' or 'white' blood! There is only human blood!

I was in Paris on August 25, 1944. 'The liberation of paris!' It

만날 수 있게 해 주세요."

난 다리가 부러졌어요. 주위에는 끔찍한 공포와 혼돈뿐이었어요. 마르타, 전쟁의 소리……, 난 그것에 대해 아무런 준비도 되어 있지 않았어요. 하지만 난……, 젊은이들, 친구들이 죽어 가는 모습을 보고 말았답니다…….

독일군이 사방에 포진했어요. 난 기도했지요. "하나님, 제발 마르타를 다시 만날 수 있게 해 주세요." 그 때 한 남자가 다가와서 나를 구해 주었답니다. 그가 바로 기예요. 그는 내 친구가 되었죠. 그는 레지스탕스로 일했던 진정한 영웅입니다. 그가 내게 숨을 곳을 마련해 주었고, 날마다 음식과 약을 가져다 주었어요. 기 덕분에 난 다시 걸을 수 있게 되었죠. 그가 내 생명을 구한 거예요.

2주 뒤에 미군으로 돌아올 수 있었어요. 나는 군 병원에 입원했고, 의사들은 아주 친절했지요. 하지만 난 진짜 미국으로 되돌아갔던 거예요. 인종차별의 세상으로 말이에요. 나는 병원의 '유색인종'실에 있었어요. 수혈을 할 때도 '백인 피'와 '흑인 피'를 나눈다는 것을 당신도 알고 있나요?

그래요, 난 과학자가 아닙니다. 하지만 사람들이 죽어 가는 모습을 보았지요. 피에는 '흰색'과 '검은색'이 없던 말입니다! 오직 인간의 피만 있을 뿐!

1944년 8월 25일에는 파리에 있었어요. '파리의 해방!' 내 인생

was the most incredible day of my life. All those poor French people, old people, children, men and woman……. They suffered so much during the German occupation. And now they love us. For them, we are American soldiers, the soldiers of freedom. For the first time, I was really proud of my uniform.

In France, there is no segregation. I can take the bus, sit in a cafe, shop in every store(there is not much to buy). People do not care about the color of my skin. Maybe because there are few black people here.

For the first time, I have a white friend. With Guy, we started an orchestra. Parisians are crazy about American jazz, and we have great success. But I miss you, I miss you……. I wrote a new song. It is called "Martha".

Martha, I have something very important to you:

Will you marry me?

I love you and you love me. It is a gift from God.

During these weeks, I have been thinking a lot. In New Orleans, there is no future for us. After the war, I hope to

에서 가장 놀라운 날이었어요. 가난한 프랑스 국민들, 남녀노소 모두……. 그들은 독일군이 점령했을 때 극심한 고통을 받았지요. 그리고 지금 그들은 우리를 사랑합니다. 그들에게 우리 미군은 자유의 군인이지요. 처음으로 난 내 군복이 정말로 자랑스러웠답니다.

프랑스에는 인종차별이 없어요. 나는 버스를 타고, 카페에 가고, 가게에서 물건을 살 수 있지요(살 것이 많지는 않지만). 사람들은 내 피부색에 별로 신경을 쓰지 않아요. 아마도 이 곳에 흑인이 많지 않기 때문일 거예요.

처음으로 백인 친구가 생겼어요. 그 친구 기와 함께 우리는 연주단을 만들었지요. 파리 사람들은 미국 재즈에 열광한답니다. 그래서 우리는 대단한 성공을 거두었어요. 하지만 난 당신이 그리워요. 당신이 보고 싶어요……. 새 노래를 하나 썼습니다. 제목은 〈마르타〉예요.

마르티, 당신에게 묻고 싶은 아주 중요한 말이 있답니다.

나와 결혼해 주겠습니까?

나는 당신을 사랑하고, 당신은 날 사랑하지요. 이건 신이 준 선물입니다.

이 몇 주 동안 나는 많은 것을 생각했어요. 뉴올리언스에는 우리에게 미래가 없어요. 전쟁이 끝나면 난 당신과 함께 프랑스에서 살

live in France with you. Here we will be free. and we will be happy, so happy.

Tomorrow, I am going back to war. I cannot tell you where, it is a military secret. I must help win this war. We are not fighting for a nation. We are fighting for freedom.

I know what America will change. One day, America will really be the country of freedom. Men and women, black and white, we will all be equal.

Martha, our love is stronger than nations, stronger than wars, stronger than time. I will love you forever.

Jim

고 싶어요. 여기서 우리는 자유로울 수 있을 테니까요. 우리는 행복해질 거예요. 아주 많이.

내일, 난 다시 전쟁에 나가야 해요. 어디로 가는지는 말할 수 없어요. 군사기밀이니까. 난 이 전쟁에서 이겨야만 해요. 우리는 국가를 위해 싸우는 것이 아니라, 자유를 위해 싸우고 있어요.

나는 미국이 곧 바뀔 거라는 걸 알아요. 언젠가 미국은 진정으로 자유의 국가가 될 겁니다. 남자와 여자, 백인과 흑인, 우리는 모두 평등해요.

마르타, 우리의 사랑은 국가보다 강하고, 전쟁보다 강하고, 시간보다 강해요. 나는 당신을 영원히 사랑할 거예요.

짐

* 도움 주신 분들
1. 미국의 이모저모를 소개한 '네모의 수첩'은 원서에 없는 것으로
도봉중학교 최경미 선생님(사회과 담당)이 글을 마련해 주었습니다.
2. 뉴욕과 샌프란시스코에 관련된 사진을 곽희선 씨가 제공해 주었습니다.

네모의 미국 여행

2006년 11월 25일 1판 1쇄
2023년 11월 20일 1판 20쇄

지은이 니콜 바샤랑 · 도미니크 시모네
옮긴이 이수련

편집 정은숙, 송명주 **디자인** 이혜연
제작 박흥기 **마케팅** 이병규, 이민정, 최다은, 강효원 **홍보** 조민희
출력 블루엔 **인쇄** 코리아피앤피 **제본** J&D바인텍

펴낸이 강맑실 **펴낸곳** (주)사계절출판사 **등록** 제406-2003-034호
주소 (우)10881 경기도 파주시 회동길 252
전화 031)955-8558, 8588 **전송** 마케팅부 031)955-8595 편집부 031)955-8596
홈페이지 www.sakyejul.net **전자우편** skj@sakyejul.com
블로그 blog.naver.com/skjmail **트위터** twitter.com/sakyejul **페이스북** facebook.com/sakyejul

값은 뒤표지에 적혀 있습니다. 잘못 만든 책은 서점에서 바꾸어 드립니다.
사계절출판사는 성장의 의미를 생각합니다. 사계절출판사는 독자 여러분의 의견에 늘 귀 기울이고 있습니다.

ISBN 978-89-5828-194-8 03860